望門閨秀 4

風文創 085

不游泳的小魚 著

目錄

第七十八章

都說少年貪歡，第一次嚐禁果的人總是覺得一次不夠，這一夜，葉成紹連折騰了素顏兩回，若不是看她初經人事，身子承受不了，可能再來個幾次他也不會停歇。

素顏被他弄得筋疲力盡，罵了他無數遍，他全當助興，看素顏實在是不行了，終於老實下來，心疼地將大手托在素顏的腰間，掌心處傳過一股熱力，使得素顏身體感覺一陣舒泰，一股睏意爬上，眼皮就有些睜不開了，哪裡還記得罵他，閉上眼就睡了。

第二天，素顏睡得很晚才醒來，睜開眼，就看到葉成紹那雙幽黑的眸子正注視著自己，大手伸到了她的衣襟裡摩挲，素顏身子一顫，忙去推他。

「不行……我……」

「就摸摸……我不亂動。」葉成紹的眼神已經沈深，聲音也有點黯沈了。

素顏哪裡會信他，男人在這個時候說的話十之八九是不可靠的，她猛力一推他，身子往床裡縮了一尺多遠，想要避開他，聲音也放軟下來。

「相公，我……我不行了，那裡……好痛。」

葉成紹一聽，臉有些發黑，眼裡滿是疼惜。「娘子，我傷了妳嗎？讓我看看。」

素顏聽得大驚，兩腿夾得死緊。這混蛋，那裡也是能看的嗎？她忙顧左右而言他。「那麼多的夜明珠，你從哪裡尋來的？可真漂亮，一會子全收了吧，太奢華了，一下子放這麼多在屋裡，會引得人說閒話的。」

「不過幾顆夜明珠而已，算不得什麼的，娘子，比這更好的東西，我都能給妳尋來呢。」葉成紹很隨意地回道，卻仍往被子裡鑽，沒放棄剛才的想法。

「快起來，太陽都老高了，一會子我還要到回事房去理事呢，你不用上朝嗎？」素顏氣惱地說道。

「我一個廢物，上不上朝誰關心？人家巴不得我三天打魚兩天曬網就好。再說了，新婚還有幾天假呢，昨兒個下午，我去宮裡找皇上請了好幾天假，這幾天，不用上朝了。」葉成紹被素顏拽著兩隻耳朵，疼得直齜牙，卻也不得不從被子裡出來。

「新婚都好幾天了，你也好意思，還拿這個作藉口請假。」素顏不由好笑，推了他一下道。

「娘子，昨天才算是正式大婚好不好？我昨兒個才小登科呢，娘子……妳又不肯讓我盡興，妳摸摸，它好想妳。」葉成紹一聽，委屈地看著素顏，扯著她的手就往自己某個地方去。

素顏伸手觸到了他某處的炙熱，手一收，另一隻手就戳他的腦門，斜了眼看他。「你真的還想再來？」

葉成紹的腦袋立即搖成了博浪鼓。娘子眼裡的威脅很可怕，他忙表決心道：「想是想，不過，娘子得將養將養才行，我……我忍得，只是想娘子……撫慰幾下。」他臉上帶著討好的笑，眼裡可憐地帶著乞求。

素顏頓了頓，惡作劇地說道：「悠然居還有好幾個姊妹呢，要不，你去悠然居解決一下？」

葉成紹聽了，黑亮的眼眸深深的看著素顏，正色道：「那些個，進府好幾年了，我從來也沒碰過。平時玩鬧下就算了，要我和她們做跟娘子做的這事，我……噁心。」

素顏聽得一怔。經過昨晚，她也真的相信，葉成紹確實是個處男，可是，她沒想到的是，他對那幾個女子竟是有這種心理。這傢伙還真是個怪物，哪個男人不好色，都說男人是下半身的動物，逢場作戲的事情多了去，他竟然……

不過，心裡原本對他有別的女人而膈應著，聽了這話，也舒坦了一些，不過，那些都是活生生的人，又正值青春年少，以往他沒娶正妻，可以有藉口不與她們同房，可現在，他如果還是像以前那樣晾著她們，她們一定有怨氣。很多女人，分明是男人對不住她，但她從來不怨恨男人，不去找問題的癥結所在，只會一味地恨另一些女人。如果以後，葉成紹每晚只待在自己屋裡，那後園子裡的妾室定然會恨死自己去，誰知道又會弄多少么蛾子出來，自己難道要每天與她們見招拆招嗎？

再說了，若只有一個還好一點，還有兩個啊，自己總有鬆懈的時候，一個不小心，怕就會中招。

話又說回來，那些女子也是可憐人，與人做妾，原就沒有尊嚴和地位可言，再被所嫁的男人冷落，青春虛度，也著實是殘忍……

她不禁惱火地瞪著葉成紹。都是這廝胡鬧，既然不喜歡人家，弄回家做什麼？不是害了人家一輩子嗎？

看素顏突然秀眉緊皺，目露怒色，葉成紹心裡一咯噔，不知道自己說錯了什麼，想起素顏以前說過，她有潔癖，不喜歡別人碰的話，以為自己方才說的素顏不信，心裡就急了，忙道：「娘子，我真的沒有碰過她們，以後更不會再碰她們。」

「那你要將她們怎麼辦？獨守空房一輩子嗎？她們也是人生父母養的，她們也要過正常人的生活。」素顏聽了就怒斥道。

葉成紹聽得懵了，心突然就感覺有些空落，更有些迷茫。「那娘子是要我……要我去與她們……」

「你敢，只要你碰過別人一次，就不要再回來碰我。」素顏聽得一滯，沒想到這廝的理解能力如此強，橫眉罵道。

「那就好，我不去，堅決不去，一定不去。」葉成紹懸著的心落了下來，嬉笑著說道。

素顏若真的將他推到別的女人屋裡去，他心裡會很不舒服，好像她拿他當禮物似的，更多的是覺得素顏對他不是很在乎。

「你……你這個混蛋！」素顏第一次覺得跟古人說話真難，這廝腦子裡有沒有想過，那幾個女人要如何生活啊？她們的幸福，在他眼裡是什麼？

「娘子，我錯了，妳別發火。」葉成紹真的有點暈了。娘子究竟在氣什麼啊，為什麼他說什麼她都不高興呢？不過，他很見機，不管娘子是對是錯，自己的態度要好，要有認錯的姿態，這樣娘子才不會更生氣。

「你錯了？那你錯哪兒了？」素顏一看他那樣子就知道他沒明白自己的意思，不由更氣，挑了眉問他，語氣裡含著濃濃的威脅。

「呃……」他哪裡知道錯在哪裡啊？娘子醋勁大，他半點也不敢對那幾個女人假以辭色，可是，娘子卻更氣了……

「那個，我將她們都送走吧，送到別院裡去，以後，她們就不會再來吵著娘子了，娘子也不用看著她們心煩。」他試探著說道。

「送到別院裡去就行了嗎？人家正值青春年華，你要她們枯守空房一輩子？你這個壞蛋！你會將司徒蘭也送過去嗎？她會肯去？你如此送走她，怎麼跟護國侯府交代？」素顏怒斥道。

「娘子，那妳說怎麼辦？」葉成紹終於有點明白素顏的意思。

「自己惹出來的事，自己解決。總之，你要妥善安排好，如果，你對她們有情、捨不得，早些跟我說了，我也不是那霸道不講理的，你可以與她們過，我也仍給你當媳婦，只是別再到我屋裡來就是；如果，你對她們沒感情，那就想個好法子，給她們一個前程，我相信以你的手段和權勢，你總會想到法子的。」

素顏鄭重地說完後，自己拿衣服起身。她與葉成紹的思想相隔著幾千年，葉成紹自小便在男尊女卑的世界裡生活著，等級觀念也深入他的腦海，對女人和奴婢們，從來便沒同等看待過。她知道這不能怪他，這是整個社會的主流思想，不能單要求他一個人能有多現實，何況他身世複雜，侯府裡也充滿著陰謀，他為了自保，不得不做出某些事情，對那些當棋子的女人冷漠，她也是能理解的。

想要改變他固定成形的思維，不能一蹴而就，只能慢慢來，但願他能理解自己的苦心。

葉成紹怔怔看著素顏，開始沈思。

外面響起紫綢的問話聲。「大少奶奶，您起了嗎？前頭來說，管事娘子都在回事房等著呢。」

素顏已經將衣服穿好了，轉頭看葉成紹正蹙著眉頭發呆，身上的中衣大開，露出光潔而健壯的胸膛來，想起昨夜的激情，她臉一紅，便推了他一把道：「快穿衣服。」

葉成紹醒過神來，很聽話地去拿衣服穿，也沒說要叫人進來服侍他，素顏心裡這才好過了些。這個老公雖然還有待調教，但很有進步，將來，總有一天，夫妻二人能相知相愛的。

她難得地伸了手，幫他扣扣子，神情溫柔靜謐，俏麗的容顏顯得柔美安詳。

葉成紹有點受寵若驚之感，柔柔地看著素顏，低了頭，就在她額頭上輕輕吻了一下。

「娘子，我會努力給妳幸福的，妳相信我。」

素顏抬頭看他，清澈的眸子含著堅定和鼓勵，點了頭道：「嗯，我們一起努力。」

幫葉成紹穿好衣服，素顏才揚了聲讓紫綢進來，意外地卻不見紫晴。

紫綢進來看大少奶奶和爺的衣服都穿整齊了，有些詫異，隨口道：「紫晴說今兒個不太舒服，陳嬤嬤就讓她在屋裡歇著了，一會子芍藥打水進來。」

素顏聽了也沒多想。紫綢過去幫素顏鋪床，一看床上那情形，不由臉一陣燒紅，心裡卻是很高興。大少奶奶總算想通了，要跟世子爺好生過日子了，這樣才好嘛，將來生個小小少爺，大少奶奶在侯府的地位就更穩固了，日子也只會往好裡過。

正要扯下床單，突然就想起白嬤嬤精明厲害的眼神。大少奶奶與爺新婚之夜並沒有洞房，厲害點的燕喜婆婆一眼就能看出來，陳嬤嬤就看出來的，白嬤嬤又怎麼會看不出來？新婚第二天交出去的元帕分明就有假，白嬤嬤卻沒說半句什麼，就是侯夫人也沒拿這說事，怕是巴不得大少奶奶和爺槓著，永遠不同房才好吧……

如此一想，她眼波一轉，就對素顏道：「奴婢去請白嬤嬤來一趟吧，就說您身子不舒坦，您今兒個也別太累著了，就在這院裡見管事娘子吧。」

素顏聽了沒多想，她今天也著實不太舒服，畢竟初經人事，葉成紹這廝又太過……勇猛，她走路都有些不適呢，臉一紅，就點頭同意了。

一會子，芍藥進來了。這幾天，芍藥一直很低調，事事不與紫晴和紫綢爭，做事也勤快，也不往葉成紹面前湊，又加之上回素顏被人欺負時，正是她想法子送信給葉成紹的，紫綢便對她有了好感，不像紫晴那樣排斥芍藥了。

今天紫晴一說不舒服，她就去叫了芍藥來服侍葉成紹。芍藥進來後，便先給素顏打了水，看紫綢出去了，便洗了熱帕子給素顏，素顏笑了笑道：「妳先服侍爺淨面吧，我這裡自己來就行。」

芍藥看素顏的眼神溫和，便笑了笑道：「爺心疼您呢，要是看到奴婢先顧著他，把您丟一邊，指不定就急了，大少奶奶，您還是可憐奴婢吧，讓奴婢先把您服侍妥當了，再服侍爺。」

芍藥性子開朗明快，聲音也像銀鈴一樣清脆悅耳，腦子也很見機，素顏倒是有幾分喜歡她的活潑又不失穩重，便接了帕子道：「妳這丫頭，就會變著法幫他說話，他真有那麼細心嗎？」

「怎麼沒有，芍藥可是打小就服侍我的，最明白我的心，娘子，妳怎麼能不相信她的話呢？」葉成紹站在素顏身後，正把玩著她的頭髮，素顏的頭髮烏黑發亮，柔順細軟，摸著很舒服。

三人說說笑笑，氣氛倒也很融洽。一時，紫綢請白嬤嬤來了，白嬤嬤立在外頭不肯進屋，紫綢眼珠子一轉，道：「我先給大少奶奶鋪床，昨兒晚上大少奶奶累著了，怕是精神不濟呢，嬤嬤不如進了屋給大少奶奶回事吧。」

說著，故意將簾子綰了起來，掛在門框上，白嬤嬤就能一眼看到屋裡的情形，她這才走了進去為素顏鋪床。

白嬤嬤只好先給素顏和葉成紹行禮，神情很有點不自然，素顏這才對紫綢的行為有些明白了，不由臉又紅了一下，對紫綢的細心很是滿意。這丫頭，越來越得她的心了。

「外頭站著冷，嬤嬤不如進來吧，正好紫綢忙，聽說嬤嬤梳的一手好頭髮，今兒個可讓我也享享福，幫我也梳一個漂亮的髮髻吧。」素顏笑著對白嬤嬤道。

如此一說，再站在外頭就顯得矯情了，白嬤嬤只好走了進來，一轉眸，看到紫綢將床上的錦被摺了，露出下面的素色床單，上面一塊血跡很是惹眼。白嬤嬤目光一閃，忙轉了眸，再沒有看，不動聲色地走到梳妝檯前給素顏梳頭。「大少奶奶的頭髮長得可真好看，順溜又柔滑，您想梳個什麼髮式？」

「簡單些吧，我不想頭上戴多了東西，太重了。」素顏將白嬤嬤的神色看在眼裡，隨意說道。

白嬤嬤笑著拿著梳子幫她梳頭，手法輕快而靈巧，一看就是個做熟了的。她淡淡看了一旁的芍藥一眼，見她正在服侍葉成紹淨口，便道：「大少奶奶屋裡的人也忒少了些，茯苓走了後，您得再挑個能幹又機靈點的人來服侍爺才好，芍藥如今年紀也大了，過不了兩年怕是得放出去，或者配人，早些訓幾個熟手，將來也省得接不上來。」

素顏聽了這話便有些不豫。這是她屋裡的事情，白嬤嬤一個下人，便是身分再體面，也沒資格置喙，不由看了白嬤嬤一眼。白嬤嬤平素最是穩重，今兒個怎麼有些反常了？

芍藥聽了白嬤嬤的話，正端著水盆去倒的手便抖了一下，不小心就將水灑了些出來，濺了點到葉成紹煙青色的直裰下襬上，她嚇得立即就放下盆，跪下認錯，葉成紹將衣服下襬抖了抖，道：「無事，不過一點子水星，一會子就乾了，妳起來做事吧。」

白嬤嬤見了便罵道：「大少奶奶和爺都是慈和的人，可做下人的也不能看主子人好、好說話，就忘了本分，一點子小事也做不來，虧得妳還是爺屋裡的老人呢。」

素顏聽了眉頭微蹙了蹙，忍不住說道：「芍藥是個用心的，平素她做事也沒犯過錯，今天是嬤嬤突然說要放她出去，又說要配人，這話太突然，想來是太意外了吧？這些日子我也忙，沒怎麼注意她們幾個，原來芍藥的年紀很大了嗎？嬤嬤不說，我還真不知道呢，以後我屋裡的事情，嬤嬤可要多操些心才是。」

白嬤嬤聽得一震，嚇得立即垂了首道：「奴婢不敢，大少奶奶屋裡的事情，奴婢哪敢多嘴？奴婢是看著芍藥長大的，又與她老子娘關係好，所以才多了句嘴，請大少奶奶恕罪。」

「看嬤嬤說的，嬤嬤是侯府裡的老人，在府裡體面著呢，我又年輕，不太懂規矩，肯定有想不周到之處，嬤嬤提點，我又怎麼會責怪呢？」素顏淡淡地說道。有些事情不敲不打，別人會以為她好欺負。

白嬤嬤臉色一白，手僵在空中就不知如何是好了。紫綢拿著那塊元帕從她面前經過，往內堂而去，看到她這神情，便道：「大少奶奶說真心話呢，嬤嬤可能不知道，我們大少奶奶啊，對下人最是體恤，只要對她忠心又肯真心辦差，將來沒有不給個好前程的。芍藥妹妹年紀還不如我呢，我可不急，將來大少奶奶一定會給我安排妥貼的。其實啊，我可巴不得在大少奶奶身邊做一輩子，如今這樣的主子可不多了喔。」說著，便睃了芍藥一眼。

芍藥的臉色這才緩了些，卻是抬頭看了白嬤嬤一眼，並沒有接紫綢的話茬兒。

白嬤嬤也正好就坡下驢，笑道：「那還用說，大少奶奶雖只進府幾天，但是府裡誰不說大少奶奶聰慧和善的？妳們跟了大少奶奶就是福氣，是得多幹幾年才是。」

白嬤嬤正要走，劉姨娘就上門來了，說是拿了幾盒補藥來看素顏，這時，紫雲匆匆來報，說是司徒姨娘那邊鬧騰得厲害，從昨兒個起就粒米未進，只喝了點水，今兒還拉上肚子，人現在都暈過去了。

素顏一聽，秀眉高蹙，對紫雲道：「可去請了太醫？她如今人在哪裡？」

紫雲聽了，就看了劉姨娘一眼，道：「沒請太醫呢，人還關在黑屋裡。她們說，沒有大少奶奶的吩咐，誰也不敢去請醫。」

素顏聽得大怒。昨天她可是特意叮囑過紫綢，讓她好生關照司徒蘭的，不管司徒蘭的拉肚子是她自己故意為之，還是他人所為，她都說過，她要病了、痛了，要立即請太醫，怎麼都拿她的話當耳邊風？

正惱火著，就聽劉姨娘狀似不經意地說道：「大少奶奶怕還不知道司徒姨娘的身分吧，她可不比洪姨娘，洪姨娘說起來是太后賜的，是貴妃娘娘家的親戚，其實不過是個遠得不能再遠的親戚。這司徒姨娘來頭可大著呢，她可是正兒八經的侯府嫡長女，當初是世子爺胡鬧了，才害了人家嫡長女為妾，侯爺其實是一直拿她當兒媳待著的呢，婢妾就聽侯爺不止一次說過，先磨磨司徒姨娘的性子，等她真對世子爺好了，便升她為平妻，也好對得起護國侯爺在朝裡的幫襯，更要還護國侯爺一些臉面。大少奶奶怎麼還真將她關小黑屋了？侯爺回來知道了，大少奶奶怕是不好交代呢。」

這些個素顏早就知道，只是不知道侯爺對司徒蘭是如此看重，劉姨娘此時如此說，是警告還是幸災樂禍？

她心裡著急司徒蘭的病情，又不想在劉姨娘面前太失色，便道：「我倒是知道司徒妹妹的身分，只是，不管她的身分以前是什麼，以後會變成什麼，妾便是妾，沒有妾能越過正室的，如果有些妾室自重身分，自以為得寵，不安於室，對我不敬，懲罰她一下也不為過，姨娘，您覺得呢？」

這話簡直就是在打劉姨娘的臉，她便是那不安於室的，素顏罵司徒蘭，又何嘗不是在間接罵她？她秀美脫俗的臉上便有些閃過一絲苦澀和狠戾，笑容也僵了，點了頭應著是，眼睛卻是死盯著自己的腳尖。

素顏起了身，正要往外走，青竹突然臉色一變，自她身後掠起，縱身往院外而去。

第七十九章

素顏有些意外，除了自己讓她休息，青竹當值時，很少會突然離開自己三公尺之外，她一定是發現了什麼緊急、意外的人或事，不然，也不會突然不說一聲便離開。

劉姨娘看到青竹飛縱的身影，不由訝然，妙目裡含了幾絲複雜的神色，但很快就恢復了平靜，關切地對素顏道：「大少奶奶，婢妾也陪您一起去看看司徒姨娘吧，婢妾懂一點淺顯的醫理，太醫沒來之前，婢妾能幫著做些簡單的護理。」

劉姨娘果然是會些醫理的。素顏便想起侯夫人吃的八珍粥，裡面或許放了什麼別的料也未可知，而劉姨娘自己定然也是先吃了解藥的，只是，這是她與侯夫人之間的爭鬥，素顏暫時不想管，只要不鬧到自己身上來，她們愛怎麼鬧，就鬧去。

「那求之不得了，姨娘請。」素顏對劉姨娘道。她倒想看看，劉姨娘所說的淺顯的醫理，究竟淺到了何種地步。

紫綢見青竹沒有跟著素顏，她自己便跟了上來，幾人很快便到了後園裡。

小黑屋竟然離那座種著藥草的園子不遠，素顏昨日忘了這一點，一見之下，心裡便有些不祥的預感。

好在，她離小黑屋還有十幾公尺的路程時，青竹如一個飄渺仙子般凌空踏步而來，在素顏身後急速停下，面色平淡無波，也沒有對素顏說明她方才的去處和原因。素顏也沒問，她從青竹與葉成紹的話語裡聽出來，青竹定然是司安堂的人，她除了要貼身保護自己以外，肯定還有別的什麼事情，這屬於機密，素顏不想摻和。

所謂的小黑屋，不過是一間單獨的、沒有窗子的房子，裡面沒有床，只有一條長凳，被關在裡面的人吃喝拉撒睡都在裡面，到了晚上，也不許點燈，沒有窗，屋裡便一片漆黑，關在裡面的人，既要忍受惡臭的氣味又暗無天日，自然是很難受，那便成為了大宅子裡專門對做錯事的妻妾的一種懲罰。

兩個婆子守在小黑屋門外，見素顏來了，忙上前來行禮。劉姨娘跟在素顏身後，見那小黑屋的門還關著，皺了眉道：「不是說司徒姨娘已經暈過去了嗎？怎麼還不快些將那黑屋的門打開通風，再關下去，只會加重病情啊。」

素顏也深覺有理，忙對那兩個婆子道：「快快將門打開。」

兩個婆子聽了忙去開門，果然一股酸臭味自小黑屋裡傳來，素顏不由看向身旁的紫綢，紫綢自己也覺得奇怪，先素顏一步進了黑屋，一看屋裡那情形，她很是委屈，也更覺無語，退了出來，沈著臉看著素顏。

素顏還沒責問她呢，她倒是先發上火了，不過，紫綢素來是個沈穩的，一般不會這樣，只怕是受了窩囊氣了才會這樣，好脾氣的人也發火了，不知裡面是什麼情況。

素顏不由加快了步子，拿了帕子掩住嘴，走進黑屋裡一看，只見滿地都是飯菜碗碟，屋裡有一張小床，上面鋪著棉被，但只看到墊的，蓋的那床被丟在了地上，上面沾了不少菜汁湯水，而司徒蘭正歪靠在大迎枕上，兩隻漂亮的大眼狠狠地瞪著站在門口的素顏。如果目光能夠殺人，估計她現在已經把素顏碎屍了。

一看這情形，素顏心裡便有了幾分明瞭，正好劉姨娘也走近，她便偏過身子，讓劉姨娘站在門口看。

果然劉姨娘一看屋裡的情形，也吃了一驚。她沒想到素顏雖說是懲罰司徒蘭，卻對她還算寬仁，小黑屋裡雖說酸臭，但屋裡並不寒冷，牆角邊安了一個炭盆，雖然炭火已滅，但邊上的竹簍裡仍有沒燒的銀霜炭，而為了司徒蘭還特意在屋裡置了張小床，被子齊全。再看地上的飯菜，有魚有肉，除了屋子條件不行外，司徒蘭昨夜應該並未受虐待，只是，看來這位司徒姨娘脾氣很大，很是不領大少奶奶的情，正故意作踐自己，以另外的方式與大少奶奶對抗呢！劉姨娘眼裡不經意閃出一絲笑意來。

「大少奶奶這……倒也還算對司徒姨娘特殊關照了呢，不過，這裡氣味著實難聞，司徒姨娘又病了，大少奶奶還是著人將她抬回屋裡，請太醫來醫治吧。怎麼說，司徒姨娘也是千金之軀，她可不能在這種地方待得太久啊。」劉姨娘看過素顏後，又看了眼司徒蘭，也不嫌屋裡髒，很殷勤地走進屋裡，自然地拉起司徒蘭的手腕，給她探起脈來。

司徒蘭對劉姨娘倒還和氣，見她拉自己的手探脈，很順從地任劉姨娘施為，只是一雙眸子死盯著素顏，冷哼道：「大少奶奶是怕我死在這裡了嗎？妳放心，妳是正室，我是妾，我明白自己的地位和身分，妳既然要罰我，我便老實受著，既沒用飯，也沒睡妳拿來的被子，既然已經關進來了，那些虛偽的好心，我一概不接受。」

「妹妹真的明白了嗎？那也不枉我罰妳一場，如今妹妹既然已知錯，那便不必再受罰了。來人，扶了姨娘回屋去，請太醫來診治吧。」素顏倒也不惱，司徒蘭這樣子，跟個任性的孩子沒什麼兩樣。

只是生了病的人，說話的聲音還可以如此氣息實足，眼神還可以如此凌厲，那便是病得不到位。

進來兩個婆子，上前來扶司徒蘭，司徒蘭狠狠地瞪著那兩個婆子道：「賤婢，拿開妳的髒手！本姑娘可是侯府嫡長女，哪裡是妳們這等下賤之人能碰的?!」

紫綢在外頭聽著就氣，分明自己派了人仔細關照過的，一切安排得妥妥貼貼，這司徒蘭名義上是被罰了關小黑屋，實則不過是移了個地方歇一晚罷了，一應用度並不差，她卻偏要折騰自己，那不是自己找虐嗎？想趁此陷害大少奶奶嗎？怪不得身為侯門嫡長女會淪落為做妾的下場，著實是她自己太討厭了。

兩個婆子被司徒蘭罵得訕訕地收回了手，素顏無奈地搖了搖頭，對司徒蘭的侍女道：「既然妳家小姐不喜讓人碰，那妳便扶她回去吧。」

那侍女卻是兩眼鼓鼓地看著素顏，並沒有動。

「大少奶奶不是要關我在小黑屋裡嗎？那就繼續關著好了，哼，本姑娘就不走了，就在這裡，看妳能關我多久。」司徒蘭憤恨地看著素顏道，竟是要耍起賴來。她有生之年雖挨過罵，但從未被人如此懲罰過，昨日藍素顏的下人竟然還拿塊髒兮兮的帕子堵她的嘴，讓她過後好生吐了一回。

「喔，這樣啊？看來，司徒妹妹也沒什麼大礙，那我走了，司徒妹妹覺得這裡舒服，那就繼續待著，待煩了，想回去也行。紫綢，我們走。」素顏笑了笑，轉身便要走。

司徒蘭氣得自床上一衝而下，對著素顏就罵道：「藍素顏，我跟妳沒完！不要以為妳如今封了一品就了不起了，妳在本姑娘眼裡一文不值，別以為那個混帳現在把妳看成個寶，他不過是圖妳的新鮮，等過了這幾個月，再抬幾個新人回來，妳就等著靠邊站吧！」

竟然敢當面大呼大少奶奶的名字，這小妾做得也太狂了些吧？素顏微瞇了眼睛看著司徒蘭，只覺她行事與以往很是不同，第一次在洪氏屋裡見到的司徒蘭，冷靜而沈著，說話句句透著機鋒，心機也深，而今天的司徒蘭卻像個潑婦，更像個不可理喻的任性小孩，這變化也太快了些，不合常理。

一旁的紫綢實在是氣不過，見素顏挨了罵卻沒作聲，她便對司徒蘭大聲喝道：「大膽！哪有小妾直呼正室之名的，還有沒有規矩了？」

劉姨娘在一旁也好生勸司徒蘭道：「司徒姨娘啊，妳也真是的，這可真是太不合規矩了，大少奶奶可是世子爺的正妻，她便是出身沒有妳貴重，但如今身分擺在那裡，妳可不能如此對她啊。俗話說，人在屋簷下，不得不低頭，位大一級便要壓死人啊，姨娘還是認命吧，不要再鬧了。」

素顏聽了劉姨娘這話就不停皺眉。這話聽著是在勸慰，卻像是在挑唆，司徒蘭最恨的便是她出身比自己高，卻要被自己壓一頭……

果然就聽司徒蘭大聲道：「我憑什麼要低頭？不就是個正室身分嗎？這還是本姑娘當年不要的呢，哼，給這混蛋做正妻，也不見得就是多風光的事情，京城裡頭，凡有點身分的人家，沒一個人願意與他聯姻。藍素顏，妳不過是愛上寧伯侯府的權勢，趨炎附勢罷了，聽說，妳與上官明昊還牽扯不清呢，妳為了榮華富貴，還真是不擇手段。」

素顏面沈如水，雙眸冷冷地看著司徒蘭，總感覺她太過反常了點。紫綢聽了司徒蘭的話，氣得衝口就說道：「姨娘真是說的比唱的還好聽，妳不屑做世子爺的正妻，卻巴巴地來做妾，原來是清楚自己的斤兩和人品，只有資格與人做妾，沒資格做人正妻啊？姨娘的自知之明也太甚了一些。」

這話正好觸到司徒蘭的痛腳，她突然瘋了一般地向素顏衝過來。「藍素顏，妳裝賢淑，故意不說話，讓妳的丫頭來刻薄我，我……我今天要跟妳拚了！」

素顏筆直地站著，冷靜看著司徒蘭，動也不動，任她向自己衝過來。果然，司徒蘭張著五指剛衝到她面前三尺不到的地方，青竹出手了，只是輕輕一撥，司徒蘭便被摔在了地上，一屁股坐在地上的飯菜，頓時一條上好的宮錦繡青梅羅裙被污了一大片，整個人看起來更加狼狽不堪。

她更是氣了，撿起地上的碎瓷片就往素顏身上扔，青竹素手輕彈，只聽叮地一聲，那瓷片便被青竹彈在了地上。她上前一步，攔在了素顏身前，對司徒蘭道：「妳再敢對大少奶奶不利，奴婢打斷妳的腿。」

司徒蘭哪裡被人如此威脅過，站起來就要與青竹拚命，青竹剛要動手，素顏忙在她身後道：「不要傷她，制住她就好，她怕是中了什麼毒了。」

青竹聽了原本要甩出去的巴掌改成了指法，一手捉住司徒蘭，輕輕在她脖間一點，司徒蘭身子一軟，青竹上前一步，攔腰摟住了她。

素顏看司徒蘭終於被制住，冷著臉轉身便往外走，就聽劉姨娘在屋裡道：「大少奶奶，您這丫頭用的是什麼手法啊，怎麼司徒姨娘突然暈過去了？不會傷了她的身子吧？」

司徒蘭的貼身丫頭一聽，也緊張了起來，衝過來就要扶司徒蘭。青竹哪裡肯讓她碰，只是長袖輕甩，便將那丫頭甩到了一邊去，那丫頭便大叫起來。「大少奶奶也太狠心了，姨娘便是有幾句話對妳不恭敬，也沒必要將人打暈吧？妳、妳等著，我這就回侯府找老爺和夫人去，總要給我家小姐討個公道回來！」

素顏一聽，這丫頭也有些不對勁，她也見過這丫頭兩回，到底護國侯府調教出來的，進退有據，怎麼今天也會如此狂躁呢？

她不由停下腳步，轉身回到小黑屋裡，在屋裡慢慢搜查起來。

劉姨娘看了便道：「大少奶奶，您還是先把司徒姨娘送回去，請太醫來醫治吧！她要真出了什麼岔子，侯爺和夫人可是真的會發怒的。她可比不得洪氏啊，說句不好聽的，大少奶奶您一進門，就先後有姨娘出事，這於妳的名聲也不好的。」

素顏聽了看了劉姨娘一眼，突然道：「母親只怕醒了，姨娘還不去服侍母親嗎？」

劉姨娘聽得一怔，眼中便閃過一絲張皇，隨即又笑道：「婢妾才從夫人處來，是夫人吩咐婢妾要看望司徒姨娘的。大少奶奶，您還是聽婢妾的勸，快些先醫治司徒姨娘的好，這裡，婢妾幫您清理吧。唉，怎麼鬧成這個樣子了，侯爺回來知道，一定又要鬧心。」說著，她走進屋裡，竟是親自拿了掃把清掃起來。

「這是下人做的事，姨娘怎麼親自動手了？還是讓奴才們來吧，姨娘可是長輩，傳出去人家會說我不尊敬您呢。」素顏看了便在心裡冷笑一聲，面上卻是一片急色，忙讓紫綢上前去奪了劉姨娘手裡的掃把。

劉姨娘看著被搶走的掃把，微呆了一下，隨即笑道：「看大少奶奶說的，婢妾不過是半個主子，為大少奶奶做點事情也是應該的。」邊說便邊走開了些，一雙粉色的繡紫鈴蘭繡花鞋上沾了一些湯汁，她也不嫌髒，輕移蓮步，退到了牆邊。

素顏淡笑著勸道：「這裡氣味污濁，姨娘還是離開吧，一會兒只怕侯爺要下朝了，您身上沾了氣味，怕是侯爺會不喜呢。」

劉姨娘聽了臉色一變，也不好再待下去，只好點頭出了小黑屋。臨出門，還不忘也要拉素顏走。「大少奶奶千金之體，這裡太臭了，您也快些走吧。」

素顏笑著點頭，眼睛迅速掃向劉姨娘方才站過的牆角，那裡放著炭盆，炭火早就滅了，並沒有什麼異狀，但她眼睛一凝，那炭盆邊緣上似乎有片狀似葉子的東西，她不由走了過去，拈了起來，一看之下，頓時臉色一沈。

果然如此，怪不得司徒蘭會如此狂躁。

她將那葉子用手帕包起來，然後不動聲色地退了出去。

劉姨娘在屋外看到素顏出來了，神色自然平淡，又跟素顏說了兩句應景的話，終是擔心侯爺回來會到她屋裡去，告辭離開了。

司徒蘭的丫頭雖然跟在青竹身後，但嘴裡還在罵罵咧咧，紫綢聽得火起，與她對了幾句，那丫頭也叫囂著要與紫綢撕打，青竹聽著煩，素指凌空一點，將她也弄暈過去，紫綢便讓兩個粗使婆子將她拖往悠然居去。

將司徒蘭放在她的臥房裡後，青竹臉色凝重，悄悄對素顏道：「要不要奴婢請了世子爺回來？這事著實透著蹊蹺，大少奶奶您一人怕是不好應對。」

素顏凝了凝眉，沈吟片刻道：「不用了，妳一會兒用心瞧著，揀有用的東西告訴他就是了。」

素顏讓人給司徒蘭換了身乾淨的衣服，將她放在床上，掀了被子蓋好，然後，自己給司徒蘭探起脈來，但探了很久，並查不出什麼異樣。想起前世時，可以抽血化驗，一查便知司徒蘭是否中毒，如今光用一片葉子，怕是不能說服別人，那小偏門後的藥圃裡種著奇怪的藥物，卻被侯府的人稱為良藥，她的話，又有誰會相信？

而且，她現在也著實不想就此揭穿一些事情，那是個偌大的黑洞，一旦扯開蓋在黑洞表面的布，必然會掀起驚天大浪，而且，會給自己惹來很大的麻煩，好好地坐山觀虎鬥，何必將虎怒轉到自己身上來呢？

一時，太醫請來了，竟然又是那位陳太醫。素顏覺得這位太醫很有意思，是個妙人兒，上回明明自己並未中毒，而這太醫卻說得活靈活現的，而且還煞有介事地拿了粒藥丸來給自己吃，不過是養生的藥物罷了，吃了倒沒什麼壞處，只是他也太能裝了，連精明無比的太后娘娘也騙了過去，真不知道葉成紹在那麼短的時間裡是如何與他密謀的。

陳太醫進來後，便要給素顏行禮。陳太醫官居四品，比起素顏的一品來低了好幾級，行禮是應該的，但素顏制止道：「先生無須多禮，您是長輩，應該受姪媳一禮才是。」

陳太醫聽得驚惶，忙搖了手道：「不敢、不敢。」心裡卻暗暗點頭，世子夫人倒是個謙遜平和之人，不過這大周朝裡，真有幾個人敢稱世子夫人姪媳啊，別人不知道也就罷了，他可是不敢的。

一看床上之人竟是司徒蘭，陳太醫又是一陣惶恐，也不是個好惹的人物啊，要是她稍有差錯，護國侯府那邊也不是好相與的。

陳太醫小心翼翼地給司徒蘭探著脈，越探臉色越凝重，過了很久才鬆了手，皺了眉頭向素顏一揖。

素顏心一驚。難道司徒蘭不只是只中了那種毒？

「太醫有話請講，司徒妹妹究竟是得了何病？」素顏冷靜地看著陳太醫，將司徒蘭屋裡的其他幾個下人都屏退出去。

「夫人，姨娘病情很怪異，下官也說不好。她身上至少有兩種毒素，一種稍輕，但卻霸道，能令她血行加速、性情驟變；另一種卻是深入血液裡，是慢性的，體內積下不少了，而且下官還不知道是何種毒，便無從下手解毒。」陳太醫鄭重地說道。

素顏聽了心裡咯噔一下。慢性毒藥，還中毒頗久了？

「您能看得出，中毒有多少日子了嗎？」素顏又問。

「至少七天之期。」

一個星期？那不是自己進門以後的事？難道，那幕後之人又是衝著自己來的，想要陷害自己？按說那時洪氏還沒死，如此說來，那人是同時對洪氏和司徒蘭下的手，只是洪氏身上的毒令洪氏發躁，令她瘋魔，而司徒蘭身上的是另一種……

第八十章

「她體內的毒會致死嗎？方才我也探過她的脈，竟然沒探出來，只是覺得她的脈象很是怪異，卻找不到原因。」素顏虛心求教，更覺得心驚膽顫。

「只要是毒，服多了，自然會致人於死的。不過還好，她身上的毒素並不很重，原本是潛藏在體內的，現在又被另一種毒誘發，只要立即停止再服毒，應該性命無憂。只是要徹底清毒，那就還是得研究解藥出來才行。」

是被另一種毒藥誘發？素顏聽得一震。難道，兩種毒還不是同一人所下的？她心裡的懷疑立即又模糊了起來。從那片葉子來看，很可能致狂躁的毒與劉姨娘有關，但另一種呢？她不可能自己下藥吧？

「先生請救救司徒妹妹，她可不能有事。」素顏感覺此事非常嚴重，司徒蘭雖在侯府為妾，但只要她好好的，護國侯府就不會如何，但她一旦有事，護國侯震怒起來，可不是她能擔待的，弄不好，還會讓兩個侯府變成仇敵……

「下官先給她服此解毒丸吧，只要保證她以後再不服毒，應該還是會好的，大少奶奶倒不要太過憂心。」陳太醫安慰素顏道。

青竹聽了上前去，輕輕在司徒蘭脖子前拂了一拂，司徒蘭立即醒轉，一看素顏正坐在她面前，她兩眼一瞪，揮手就打了上來。素顏早有防備，一下捉住了她的手道：「不要再鬧了，妳被人下藥了。」

司徒蘭聽得一怔，哪裡肯信，掙扎著又要打素顏。青竹看著煩躁，輕輕在她肩頭一拍，司徒蘭頓時身子僵住，動彈不得。一時，陳太醫拿了解毒丸來，紫綢餵了司徒蘭服下，過了好一會兒，只聽得司徒蘭肚子裡一陣咕嚕聲，青竹忙提了她往後堂去。

再回來時，司徒蘭有些虛弱地歪靠在青竹身上，眼神卻清明了很多。

陳太醫又留下了一些藥丸後，便告辭了。

素顏看司徒蘭清醒了很多，便讓青竹幾個出去，自己坐在司徒蘭身邊，幫她掖了掖被子，問道：「可清醒了些，知道妳自己都做了什麼嗎？」

司徒蘭先前所做之事，雖是藥力所致，但並非沒有神志，哪裡不清楚自己都做了什麼？心中雖愧，卻不願意在素顏面前服軟，她清冷的雙眸怔怔看著帳頂子，並沒有回答素顏的話，心裡卻是翻江倒海，很不平靜。

「洪妹妹就死得很莫名，司徒妹妹怕是沒想到，那人也對妳下藥了吧？而且，妳所中之藥，還不止一種。」素顏說得很真誠。她雖不喜歡司徒蘭的個性，但知道她不是個愚蠢之人，以她的聰明，一定能想到一些什麼事情。

司徒蘭平靜的臉上果然泛起一絲波瀾，眼裡流露一絲疑惑和憤懣，轉了眸看著素顏道：「未嘗不是大少奶奶的手筆，最想置我們於死地的，可不就是大少奶奶嗎？」

「如果是我的話，先前妹妹說出那麼大不敬的話，我大可以藉機發作，繼續懲治妹妹就是，又何必幫妳請醫問藥，還告訴妳中毒的實情？妹妹便是心中對我有氣，也該分清是非才是，為今之計是妹妹要如何防備，不要再被人下毒才好。」素顏笑了笑，對司徒蘭說道。

「大少奶奶是想與我結盟嗎？」司徒蘭眼裡含了一絲輕蔑。她對於素顏救了她，沒有半點感激之意，似乎認為這一切都是素顏該做的。

「確實如此，我知道司徒妹妹心高氣傲，不甘於人下，可是，如今正有人利用妹妹的這份心思，還加害妳我，為何我們不聯手呢？」素顏認真地看著司徒蘭道。

「大少奶奶可看出些什麼來了？」司徒蘭起身來，半靠在大迎枕上，皺了眉問素顏。

素顏便自袖袋裡拿出那一根草葉子來，遞給她看。

司徒蘭看得一驚，眼裡迅速閃過一絲不置信，但隨即又恢復了平靜，問道：「這可是那片小園子裡的藥草？」

「此藥有鎮痛的作用，更大的功用卻是能使人致幻，用久了，便會使人瘋狂，妹妹，妳想必也見過吧？」素顏眼含深意地看著司徒蘭問道。

「自然，三少爺種在藥圃裡，當寶貝一樣看著的……妳是說，有人對我下了此毒？」司徒蘭淡淡地說道，突然眼光一亮，坐直身來，怔怔地說道。

「這是我在小黑屋的炭盆邊上發現的，昨夜怕是有人丟了不少此種東西在炭盆裡，卻不小心遺留了這一星點，被我發現了。司徒妹妹，現在心裡應該明白一些了吧？」素顏笑著對司徒蘭道。

「只怕這東西拿出去，也沒人會承認，藥圃裡總共就種了那麼點，真要少得太多了，侯夫人定然會發現。這藥可是夫人當寶貝一樣供著的呢，聽說二少爺每年都要用。」司徒蘭皺了眉頭說道。

「妹妹心裡清楚便好，此事不宜聲張，妹妹以後在吃食上要多加小心才是，而且，有的人妳既是清楚了，也多防著點，不要中了人家的奸計。」素顏認真的對司徒蘭說道。

「我知道了，大少奶奶且回吧，我累了，想休息。」司徒蘭聽了，懶懶地對素顏說道。

素顏也不生氣，起了身便往外走，還沒到門口，司徒蘭又說了一句。「請大少奶奶消了那心思吧，妳就是做得再好，我也不會認可妳，更不會離開侯府，此話，當是我對妳方才坦誠相告的回報吧。」

素顏聽得一怔。她確實想與司徒蘭交好，好給她找個妥善的法子，幫她找到另一份幸福，沒想到司徒蘭卻一眼看穿了她的心事，而且明明白白說了出來，還當作是自己救她的回報，她不覺又好氣又無奈，更是迷惑，忍不住就問道：「妳既是不喜歡相公，又討厭他，何苦要作踐自己，以侯府嫡女之尊給他當妾呢？於妳，又有何好處？也許他真的能幫妳挽回名聲，讓妳再重新找個合心合意的人呢？留在侯府，只會讓妳痛苦，妳又是何必……」

「這是我的事，與妳無關。我既做了他的妾，便是一生也要纏著他，我不好過，也不會讓他好過，他害了我的一生，我也要他用一生來償還。」司徒蘭翻身坐起，直直地瞪著素顏道：「所以，不要妄圖與我交好，妳我之間是不可能成為朋友的。我不想做虛情假意、陰謀害人之人，所以，我現在明明白白給妳說了，妳便再不要心存妄想了。」

素顏轉過頭，眼神犀利地看著司徒蘭，好半晌才道：「其實，妳是喜歡相公的，對吧？不然，妳不會甘心給他做妾。」

「妳胡說！那個混蛋也就洪氏那種淺薄之人才會喜歡，我是恨他，恨死他了！」司徒蘭聽得臉一白，大聲對素顏吼道。

「妳是在罵我也淺薄嗎？我也是喜歡相公的。」素顏的聲音變得冰寒起來，她走近司徒蘭，冷冷地瞪視著她。「我再跟妳說一遍，不許在我面前罵他混蛋，這兩個字，只有我能說。我一直對妳容忍，並非怕妳，對付妳這種自以為是的貴族大小姐，我有的是法子折辱妳，不要逼我，而且更不要仗著他對妳的那點子愧意便任意妄為，他可以忍，我是有底限的。」

「妳儘管放馬過來好了，我不怕妳。不要忘了，我也是侯府正經抬進來的貴妾，葉成紹都不敢對我言重半句，妳又算什麼？」司徒蘭的臉色越發白了，她紅著眼瞪著素顏，眼裡一片怨恨之色。

「貴妾又如何？他並不喜歡妳，看到妳除了愧色，連其他念頭也沒有。在這種深宅大院裡頭，一個女人，想要有地位，最大的倚仗就是男人的心，男人的心若不在妳身上，妳又拿什麼來跟我鬥？」

素顏微瞇了眼，故意說著狠話刺激司徒蘭。

「只要我肯屈就於他，他又如何不會喜歡我？藍素顏，妳也太自大了些，憑出身、憑容貌，妳哪一點比我強？不信，今晚我們便可以試試，看他是來陪我，還是陪妳？」司徒蘭果然被素顏說得激動起來，連這平素她最不屑的話也說了出來。

素顏聽了便沈默了。不用再試了，司徒蘭之所以會甘願給葉成紹做妾，其實便是喜歡葉成紹，這種感覺，怕是連司徒蘭自己也不是很清楚明白。也許，當年司徒蘭第一次見到痞痞的葉成紹就愛上了，只是自己也不知，便用古怪的方式去招惹他，讓他注意到她。她也是個心高氣傲又彆扭的人，不肯承認自己喜歡他，所以才會拒絕婚事……最終鬧到了現在這種情形，雖然這一切都只是她的猜度，可她敏銳地感覺到事實就是如此。

她現在不明白葉成紹對司徒蘭究竟是何種心思，如果，司徒蘭真的要葉成紹來陪她，葉成紹會來嗎？

她一時心煩意亂，正要再說什麼，便聽到屋外青竹在報。「大少奶奶，白嬤嬤使了人來說，請您快去一趟，夫人正大發脾氣，要罰劉姨娘三十板子呢。」

素顏聽得一怔，正要離開，就聽司徒蘭在身後又道：「妳不敢試嗎？」

素顏聽了心一沈，回頭淡淡地看著她道：「有何不敢？妳今天晚上可以著人去請他就是，只要他肯來妳處過夜，我不會說半個不字。」

「那好，不過現在，我要與妳一同去前頭看看。某些人挨打，不看可惜了。」司徒蘭聽了卻是突然起身道。

「妳身子不好，這種事情就不要再摻和了，好生歇息幾天吧。」素顏回頭疑惑地看了司徒蘭一眼道。

司徒蘭聽了，也沒有強行要走，素顏便往外走去，心中五味雜陳，像是堵了一塊沈重的大石一樣，讓她很是難受。她要的愛情很簡單，只有兩個人相扶相攙，一同到老就好，可是為什麼這麼簡單的日子，她就不能擁有呢？

出了門來，青竹看素顏神情很不好，便嘆了口氣對素顏道：「大少奶奶可不是這種患得患失之人才是。世子爺是什麼樣的人，大少奶奶還不清楚嗎？如果這點子自信也沒有，大少奶奶可就讓奴婢失望了。」

素顏聽得一怔，不由呆呆地看著青竹。她確實被青竹說中了心事，這一刻，她對葉成紹的感情有一絲的動搖，畢竟，葉成紹是這個社會裡長大的人，司徒蘭又是他名正言順的妾室，他要與她行夫妻之實也是無可厚非的……

眼前又浮現出葉成紹小意討好的樣子來，更想起第一次牽她手時，那種既高興又興奮，還很羞澀的模樣。突然，她的心情就豁然了。是啊，好不容易下定了決心，要將終身託付給他，那便要信他才是。

似是下了很大的決心，又似乎想明白了一些事情，素顏的心情變得明朗起來，一把挽住青竹的手，笑嘻嘻地對青竹道：「妳家主子一會子會回嗎？回了就給他親手做個點心吃。」

青竹聽得先是一怔，隨即冷峻的眼睛裡閃出笑意來。「可不興只給主子一個人吃，奴才幾個也服侍得辛苦，到時也得享些口福才行啊。」

「那是自然，咱青竹是誰啊，是最漂亮、最瀟灑、最英挺的俠女呢，不給誰都得給青竹女俠吃啊。」素顏笑著，聲音愉悅得很。

司徒蘭歪在大迎枕上，聽到屋外漸行漸遠的笑聲，眼裡升起一片水霧。葉成紹，晚上會到她這裡來嗎？自己是真的喜歡上他了嗎？不，藍素顏說的不是真的，自己沒有喜歡上那個混蛋，只是在賭氣罷了，對，只是在跟藍素顏賭氣，就是看不得她那一副虛情假意的樣子。

一轉頭，看到自己的貼身丫頭琴兒立在一旁，她眼珠子一轉，將琴兒叫過來，在她耳邊說了幾句話。

琴兒聽得眼睛瞪得老大，勸道：「小姐，不要啊，那會傷身子的，夫人要是知道了，會打死奴婢的，奴婢可不敢啊。」

「死丫頭，讓妳去就快去，妳不說、我不說，夫人怎麼會知道？放心吧，如果夫人怪罪下來，我幫妳頂著就是。」司徒蘭沈著臉說道。

琴兒聽了仍是猶猶豫豫著，不肯走，司徒蘭拿起床上的一個抱枕就向琴兒砸了過去，罵道：「是看本小姐如今沒落成了別人的妾室了，所以，連著妳們這起子奴才也不聽我的話了嗎？」

琴兒也不敢接那抱枕，任那抱枕打在頭上，才撿了起來，哭喪著臉道：「小姐，奴婢是您的陪嫁，您好了，奴婢才有好日子過，奴婢不過是怕您傷了身子啊，哪裡敢不聽您的話？」

「那還不快去，磨蹭什麼？」

司徒蘭又聽到外頭傳來素顏一連串歡快的笑聲，心情越發鬱堵，一翻身，將自己的臉埋在枕頭裡，半晌也沒有抬起頭來。

第八十一章

素顏帶著紫綢和青竹兩個去了侯夫人院裡。

她有點不明白，侯夫人要打劉姨娘，白嬤嬤為何要請了自己來，難道婆婆要懲治小妾，兒媳婦能夠勸解得了嗎？

白嬤嬤的態度讓人覺得奇怪，素顏都不知道她如此做是為了侯夫人好，還是為了劉姨娘好了。

剛走到松竹院，就看到白嬤嬤親自迎到院子外頭，一副很心焦的樣子，素顏也不好再磨蹭了，立即換了副憂急的神情，快步走了進去。

「大少奶奶可來了，快進去勸勸夫人吧，劉姨娘怎麼說也是有兒有女的妾室，又弱不禁風的，若真被打得有個三長兩短……侯爺回來，還不得更惱了夫人了？」白嬤嬤行了一禮後急急地說道。

也是，劉姨娘可是侯爺最寵的小妾，若真被打傷了，侯爺會更加厭棄夫人，白嬤嬤倒真是為夫人著想的呢。

如此，素顏不疑有他，跟著白嬤嬤進了侯夫人的屋裡。正堂裡並沒見著人，素顏不由得蹙起了眉，正要問白嬤嬤，白嬤嬤已經將裡屋的簾子掀起，素顏便看到劉姨娘正跪在地上垂淚，一雙明麗的眸子淚水盈盈，神情淒楚無助，整個人顯得嬌弱可憐，就像暴風雨中的一株樹苗，隨時都可能會被風雨折斷一樣。

而侯夫人正坐在床上，目含震怒，一隻左手伸在床外，邊上的晚榮正用帕子幫侯夫人洗著手，神情小心翼翼。

「母親為何生怒？您不是有頭痛病嗎？還是少生氣的好，頭痛病就是得心平氣和才好，生氣會加重病情的。」素顏沒有管地上的劉姨娘，快步走到侯夫人床邊。

「哼，我死了，不是更合了別人的心意嗎？這麼些年，人家一直被我壓制著，心裡不服，想著方子整治、謀害我呢，如今看掌家權也在兒媳妳手裡了，就更不將我看在眼裡了。」侯夫人冷哼一聲道。

劉姨娘聽了哭得更傷心起來，卻是半句也不敢反駁。

素顏聽侯夫人話裡有話，好像不只是在罵劉姨娘，便笑道：「母親您多想了，兒媳哪裡就真能掌家理事了，不過是邊學邊像罷了，府裡沒有母親掌舵，兒媳做事可沒底呢，等母親病好了，這府裡還是母親您當家作主。」

侯夫人聽素顏這番話說得好，臉色緩了緩，卻是瞪著劉姨娘罵道：「那起子捧高踩低的可不這麼想，她們哪裡知道兒媳的孝順，以為兒媳如今封了一品，在府裡就是最大的誥命，整個侯府都由兒媳作主了，眼裡自然不會還要我這失了勢的侯夫人了啊……」邊罵，口裡還不時地輕嘶一聲，似是很痛的樣子。

素顏這才去看她的左手，晚榮正幫她上藥，原來，手背上被燙紅了好大一片，地上還有一些碎瓷片，和一些殘餘的粥渣，鼻間聞到一陣八珍粥的清香，心裡立即明白，原來劉姨娘服侍侯夫人用粥時，粥潑了，灑在侯夫人手上，所以侯夫人才會大發脾氣的。

劉姨娘服侍侯夫人也不是一天、兩天了，平素都是小心又小心的，又怎麼會突然燙傷侯夫人呢？怕是夫人故意想找個茬子整治劉姨娘一頓吧……素顏便看向白嬤嬤，果然看到白嬤嬤神情篤定地站著，方才那一臉的憂急之色早已不見了。

「母親，兒媳那裡還有瓶上好的燙傷膏，還是前些日子相公在宮裡討來的，兒媳著人去拿來給您用吧。」素顏沒有過問侯夫人發脾氣的原因，關切地對侯夫人道。

侯夫人聽了臉色一僵，微有些不自在。素顏剛進門的第一天，便被自己燙了手，她那藥正是那時得的，素顏說這話，貌似孝順，實則是在打她的臉呢。她的嘴唇扯了扯道：「妳倒是個有心的，比我那嫻丫頭還要孝順幾分呢。」

素顏聽了忙讓紫綢回去取藥。

「兒媳啊，這些時日，妳可都將府裡的事情弄明白了？那些下人可還聽調派？」侯夫人突然轉了話頭對素顏說道。

「還好，都是母親手上用慣的人，有母親坐鎮在兒媳身後，她們哪敢不聽兒媳的吩咐？這些時日，府裡諸事都還算順利呢。」素顏心中一凜，很小心地回道。

「那帳本妳如今可是會看了？」果然，侯夫人緊接著問道。

「帳本啊，會看一點，但有些地方生澀得很，看不明白，兒媳正想求了姨娘幫忙呢，母親不是說姨娘最是能幹嗎？」素顏有些不好意思地說道，眼睛裡略帶著一絲不安。

「有什麼不懂的，就拿來問娘吧，娘會教妳的，劉氏如今可不是能隨便支使的，兒子也到了本席上學，她將來要做狀元娘呢。」侯夫人冷笑一聲道。

「是，母親，兒媳不懂的會問您的，兒媳這兩日也是看母親病體未癒，不便打擾，所以才想請姨娘幫忙。」

侯夫人聽了素顏的話，看劉姨娘的眼光更為陰厲了，眼裡像藏著支鐵箭一樣，隨時都要將劉姨娘射穿，突然揚了聲道：「人呢？都死了嗎？還不將這賤人拖出去，重打三十板子！」

立即進來兩個粗壯的婆子，上前來拖住劉姨娘往外走。素顏眉頭皺了皺，先前就說侯夫人會打劉姨娘三十板子，自己在路上也磨蹭了好一會兒，就是想等那刑罰罰了一半才過來，可自己進來這麼久，侯夫人才下令……很有點要當著自己的面行威的意思，是想殺雞儆猴嗎？

她抬眸看了眼白嬤嬤。白嬤嬤神情淡定沈著，眼睛也正好看了過來，素顏心頭一震，暗暗冷笑，收回目光，很是急切地勸侯夫人道：「母親，姨娘固然有錯，她也是上了年紀的人，又是三少爺和文英、文貞的親娘，您不給她留臉面，也要看在幾個弟弟妹妹的分上，且放過姨娘吧。」

素顏說得聲情並茂，言語真誠，但這話一出來，卻是惹得侯夫人更氣，指著劉姨娘罵道：「死狐媚子！裝得一派清雅高潔，卻是最會使媚術，仗著生了幾個崽子就在本夫人面前耀武揚威，真以為本夫人拿妳沒法子呢，連本夫人妳也敢謀害？打，拖出去往死裡打！」

劉姨娘聽侯夫人罵得難聽，柔弱地抬起頭，眼裡一片悽苦，睜著如水般的淚眼對夫人道：「夫人，婢妾盡心服侍您多年，從不敢有半點忤逆的心思，對您忠心耿耿，您……您真下得了手，要打死婢妾嗎？」

侯夫人微瞇了眼看著劉姨娘，眸光冰冷如霜，大聲吼道：「似妳這等謀害主母的賤人不打死有什麼用？妳們還等什麼？拖出去打！」

兩個粗使婆子被侯夫人吼得一震，拖起劉姨娘就往外走，劉姨娘也不掙扎，任那兩個婆子拖著，快到門口時，她又哀哀地哭道：「夫人，您就看在婢妾每日為您精心熬製補粥的分上，看在婢妾每日為您端茶倒水的分上，也要饒了婢妾這一回啊，十幾年的姊妹，難道就沒一點情誼嗎？」

只是求饒，始終沒有說侯夫人半點不是，聲音聽著悽苦，卻沒有絕望和恐懼的意味在裡面，素顏感覺劉姨娘彷彿胸有成竹，料定侯夫人不會真的打她一般。

她略一思忖，上前向侯夫人跪下來道：「母親，姨娘說得是，她服侍您十幾年，便是一個隨身的丫頭，也能有了感情，您看在這麼多年同時服侍父親的情分上，饒過劉姨娘這一回，要不，輕罰些吧，劉姨娘身子太過柔弱，怕是禁不起幾板子啊。」

白嬤嬤聽了這話，渾濁的眼裡精光一閃，皺了皺眉。終於開口勸侯夫人了。侯夫人卻是聽到那句一起服侍侯爺的話，更挑起了心底的怒火，像是發了狂一樣，抓起床頭櫃上的一個茶杯便向劉姨娘擲去，罵道：「妳還表功啊，讓妳服侍我，委屈妳了吧？妳巴不得我早死了，妳好坐上正位，做侯府的當家主母？我呸，也不看看妳什麼出身，破爛貨一個，還以為自己是九天仙女呢，再裝得清高，也是那種地方出來的，下賤東西！」

那茶杯沒有砸到劉姨娘，水卻濺濕了劉姨娘素白的裙襬。劉姨娘被侯夫人罵得臉色刷白，眼裡露出一絲絕望的恨意，她突然兩手一掙，看似柔弱的雙臂竟然將兩個粗使的婆子彈開，身子站得筆直，兩眼銳利如剛出鞘的利劍，直射向侯夫人，冷冷地對侯夫人道：「我雖淪落，但潔身自好，待侯爺癡情一片，從未有半點不貞不潔之事。妳可以打我、罵我，但不可以侮辱我。當年，我如何會淪落那種地方，妳最清楚，這侯夫人的身分原該是誰的，妳心裡應該明白。這十幾年來，妳都做過什麼事情，不要以為別人都不知道，不要逼我說出不好聽的來。」

侯夫人聽了，眼裡露出一絲驚恐，臉色一白，對劉姨娘道：「妳胡說八道什麼？妳自甘墮落到了那種地方，與我何干？原來，妳真的是在妄想這侯夫人的位置啊，裝了十幾年，狐狸尾巴露出來了嗎？還想跟我翻舊帳了？」

白嬤嬤一見這兩人將平素不能宣之於口的都往外吐，一時急了，這有點出乎她的預料，忙拉了拉侯夫人道：「夫人，您身子不好，不要太動怒了，會加重病情的。」

一時又瞪那兩個婆子，罵道：「還不快請姨娘出去！」

侯夫人真的撫住頭，呼痛了起來，扶著白嬤嬤的手往床上躺去，那兩個婆子有點不知所措，侯夫人可沒說不打劉姨娘了，命令還沒收回呢，而白嬤嬤那意思像是支了劉姨娘出去，意在息事寧人，她們究竟要聽誰的？

素顏見了，便上前勸侯夫人道：「姨娘也是年紀大了，說話有時難免糊塗，那板子她也禁不起。母親，您就免了她的責罰吧，這會子下人也不知道要如何做呢，畢竟您才是這府裡的正主子啊。」

侯夫人的命令早就下出去了，叫她就此改口，那不是在打自己的臉嗎？她原是聽了白嬤嬤的話，裝頭痛，藉機就此算了的，沒想到素顏又故意提了起來，這倒讓她騎虎難下，不打還不行了，便氣哼哼地道：「她們都當我是死的呢，根本不拿我的話當一回事，本夫人說好幾遍了，就沒一個人聽我的，哎喲，我的命可真苦啊……」侯夫人突然放聲大嚎起來。

素顏早看出來，劉姨娘說出那一番話時，侯夫人臉色就變了，雖然叫得厲害，氣勢卻弱了下來，估計侯夫人不會真打劉姨娘了。她想起司徒蘭昨夜中的毒，想起劉姨娘的陰狠，不讓她挨一頓打，實在難消心頭的鬱堵，所以才故意讓侯夫人下不了臺的。

兩個婆子聽侯夫人如此一哭，哪裡還敢再耽擱，又上來拖了劉姨娘就往外走。

劉姨娘兩眼凌厲地看了眼素顏，眸中燃著兩簇怒火。素顏淡淡地回望著劉姨娘，很是無辜，又無奈地說道：「姨娘，妳就給夫人認個錯吧，夫人如今正在氣頭上，一時都勸解不開呢。」

經過方才的對峙，劉姨娘哪裡肯再認錯，她冷冷地掃了一眼侯夫人，任那兩個婆子拖了下去。

白嬷嬷這下真急了，臉上冒出細汗來，她等兩個婆子將劉姨娘往外一拖，自己也轉身要跟了去，素顏一把扯住白嬷嬷道：「嬷嬷，夫人好像有些發燒呢，您快勸了她不要再哭了，大哭傷身啊。」

白嬷嬷聽了這話，還如何好走，忙吩咐晚榮去請太醫，自己坐床頭幫侯夫人按摩頭部，邊按邊勸。

外頭終於響起一聲悶哼。劉姨娘還真是能忍，一板子打下去，竟然沒有慘叫。也是，她那樣仙一般的人兒，又怎麼會用叫聲影響自己的形象呢。素顏心裡無比暢快，非是她心狠，實在是侯夫人和劉姨娘兩個都太過分，自己進門才幾天，就一而再、再而三地陷害自己，不乘機懲治懲治，她們還真當自己是好欺負的。

屋外連連傳來悶哼聲，劉姨娘應該被打了十幾板子了，素顏在一邊不停地叨叨。「母親，別打了吧，再打下去，姨娘可真的受不住了，意思意思就行了，一會子侯爺回來，見姨娘被打了，定然會大發脾氣的。」

侯夫人聽到屋外的聲音，其實心裡也很爽，但也真的怕打出什麼事來，侯爺那裡不好交差，可她今天原就是想藉此在素顏面前立威的，聽素顏如此一說，反倒不好叫停了，一咬牙，怒道：「不過是個婢妾，侯爺還能為了她而對我這個正室夫人如何？打，不打死她不停手，這三十個板子，一下也不能少了！」

白嬤嬤聽了快要氣死了，抬頭瞪了素顏一眼，起了身，蹬蹬往外走去。很快，外面的悶哼聲便聽不見了，素顏也沒又在侯夫人面前說什麼了，打了十幾板子，應該也差不多了，便很殷勤地拿了美人拳，幫侯夫人捶起腰來。

這時，外頭傳來一聲痛哭。「姨娘……您……您怎麼會被打成這樣了？」

素顏一聽，像是成良的聲音，不由微怔。成良每天上午都要去外頭鋪子裡收帳，今兒倒是回來得早……

她垂眸看了侯夫人一眼，果然看到侯夫人眼裡閃出一絲戾色，眉頭也皺了起來。

素顏知道自己不能再裝糊塗下去了，忙對侯夫人道：「母親，成良來了，那孩子見到姨娘被打，心裡怕有些不舒服，兒媳出去勸勸。」

侯夫人聽了罵道：「怕他不舒服做甚？他還敢翻天不成？」

不過，卻沒有阻止素顏，素顏這才從屋裡急急地走了出去，一看白嬤嬤正沈著臉，指揮著人拿擔架抬劉姨娘，成良正扶著劉姨娘，眼中隱含淚水，原本忠厚樸實的臉色滿是憤怒和不屈，額間的青筋都暴了出來，而劉姨娘的一隻手死死地拽著成良，似是怕他太衝動會鬧出事來。

素顏看得微怔。劉姨娘倒是個好母親，自己傷得那麼重，也不肯讓成良與侯夫人起衝突。素顏在心裡嘆了一口氣。若不是這該死的一夫多妻制，又怎麼會有如此多的陰謀詭計，如此多的相互謀害，以致親情淪喪、手足相殘。劉姨娘種種行為，最終的目的，不過是想給兒女掙個好未來罷了，只是方法不得當，侯夫人並非表面上那般的愚笨，她的心機不見得就比劉姨娘差，兩相爭鬥下去，最後受害的，怕還是幾個子女。

想想那片藥田，那種藥物連紹揚也要用到，她心裡就一陣陣的發寒。那樣乾淨溫和的男子，也不由自主地捲進這場妻妾、嫡庶之爭裡來，受盡煎熬。

只是不知道他究竟是得了什麼大病，如果可以，還是勸他少用那種鎮痛藥為好。

「快些抬了姨娘回去診治吧。」素顏看到成良眼裡的痛苦與不屈，她心裡也不太好受，上前拉住成良道：「你大哥那裡有些好的傷藥，一會子我使了人給姨娘送去，你好生服侍姨娘回屋去。」

成良聽了抬頭掃了素顏一眼，眼底閃著一股濃烈的恨意，她不由得怔住。十四歲的孩子竟然有如此強烈的恨意，似是要毀滅這片天地一般，劉姨娘平時都教了他些什麼啊，讓個好好的孩子變得像魔鬼一樣可怕。

劉姨娘痛得快要暈過去了，但那隻拽住成良的手，始終沒有鬆開，這時，兩個粗使婆子過來，將她抬起，成良不得不也跟著站了起來，想掙開劉姨娘的手，但掙了幾下都沒掙脫，就聽劉姨娘道：「回去，下午去西席唸書，不然，不要再叫我娘。」

成良的淚水終於流了出來，哽著聲道：「姨娘放心，先生說，成良的功課很好，明年成良一定要考個秀才給您看。」

劉姨娘的嘴角艱難地露出一絲欣慰的笑來，仍是拽著成良，被婆子抬走了。

空氣中還有濃濃的血腥味，素顏方才只看到了劉姨娘身上血跡斑斑，沒有看到她的傷口，但她知道，不管那幾個婆子打得輕重如何，劉姨娘今天還是受了懲罰了。那個心機深沈、玲瓏剔透的女人，怕是第一次在府裡挨打，但願她能記取些教訓，不要再來招惹自己，不然，這絕對不會是最後一次。

她正要轉身離開，這時，文英不知從何處走了出來，到了她的面前，眼裡含著兩行清淚，素顏心頭一緊。這個爽直率真的女子，有著男子的英氣和爽朗，但願她不會被這侯府的污濁之氣所染，能保持一個率真的本性才好。

「大嫂，我隨妳去拿藥吧，姨娘她身子很弱，每晚都會咳，被打得這麼重，只怕……那病情會更重了。」文英聲音有些發顫，拿了帕子拭著眼淚。

「走吧，我看看妳大哥那裡還有沒有止咳的藥，多拿一些去，姨娘不是懂醫的嗎？怎麼會一直咳？」素顏過來牽了文英的手道。

「那是舊疾了，年輕時就染上了，很難治好的。」文英淚眼婆娑，想說什麼又欲言又止。

素顏方才在侯夫人屋裡也聽到了一些，明白劉姨娘的身世可能也不平凡，經歷必然坎坷，不過，經歷過苦難的人，應該要懂得珍惜眼前的幸福才是，不該妄想不該得到的東西，更不該想將別人的幸福據為己有，將自己的幸福建立在別人的痛苦之上，那能真正的幸福嗎？

素顏沒有繼續問下去，只是安慰了文英幾句。文英自己倒是先說了。「姨娘以前也是出身大家的，只是外祖家裡突逢厄運，全家被抄滅家產，男子發配，女子充入教坊……」

素顏聽得怔住。怪不得，侯夫人會說劉姨娘是那種地方出來的，唉，果然又是一段可憐的故事。她拉了文英的手道：「既然知道姨娘過得辛苦，那你們就好生孝順她，不要讓她為你們操心才是，妹妹將來若是能嫁個好人家，也算是給姨娘爭口氣了。」

文英聽了，眼神更為憂鬱起來，苦笑道：「我比文靜還大，可是，連出門的機會都沒有……又只是個庶女的身分，想找個好人家談何容易，我又不願給人做填房……」

素顏聽得心裡也一陣酸楚，安慰文英道：「壽王府的梅花會過幾天就會開了，到時妹妹一同跟我去就是。妹妹花容月貌，一定會有不少夫人看中妹妹的。」

文英聽了，臉上這才閃過一絲羞澀來，感激地對素顏道：「妹妹多謝嫂嫂，嫂嫂如今可是一品，能跟在嫂嫂身邊，可是妹妹的榮耀呢。」

第八十二章

處理完瑣事之後，回到屋裡，葉成紹已然坐在正堂裡了，素顏正要與他說起劉姨娘挨打一事，想問問劉姨娘的身世，這時，外面紫雲稟道：「司徒姨娘使了琴兒來說，司徒姨娘病了，請世子爺過去。」

來得好快啊。素顏抬了眸看著葉成紹，並沒作聲。

「病了？可請了太醫？」葉成紹有些怔忡，問紫雲道。

「奴婢不知。」紫雲老實地回道。

「我請過陳太醫看了，還開了些藥。」素顏淡淡地回道。「相公，你去看看司徒妹妹吧。」

「娘子，我好累呢，我又不是太醫，她又不喜歡看到我，去了沒得惹她生氣，我就不去了吧。」葉成紹竟然苦著臉對素顏道，一副很為難的樣子。

素顏見了不由得哭笑不得。這位還以為是自己強迫他去呢……她不由得微瞇了眼，審視地看著葉成紹。他該不會是以退為進吧？

這時，琴兒突然自外頭衝進來，一下子便跪到葉成紹面前，哭道：「世子爺，姨娘正在發高燒、說胡話呢，您快些去看看吧，昨夜關了一夜的黑屋，至今粒米未進，又突然發燒，怕是……」

葉成紹聽得臉一沈，眸光變得凌厲起來，沈聲對琴兒道：「真的是在小黑屋裡著了涼嗎？」

琴兒聽得臉一白，垂了首哭道：「爺，小黑屋是什麼地方您不知道嗎？姨娘在娘家時，哪裡受過那等苦處，她身子嬌弱，雖只是一晚，卻是風寒入骨了，不信，您去看看便知。」

「不用看了，她自己喜歡病，便讓她多病幾日好了，爺沒心思陪她玩這種小孩子的把戲。」葉成紹冷哼了一聲，對琴兒說道。

「世子爺，您這是什麼意思？您真的這麼狠心不去看姨娘嗎？她……真的病得很嚴重，口裡還不停地叫著您的名字呢，您怎麼能這麼狠心？」琴兒聽到葉成紹的話，眼裡閃過一絲慌亂，很快便哭了起來，怨責地看著葉成紹。

「她自個兒不愛惜身體，爺去看個屁呀？妳回去跟她說，她喜歡生病，沒人攔著她，她病，我就請太醫去治，治到她好為止，再病再治，但別想我會憐惜她。」葉成紹蹭地一下站起身來，無情地看著琴兒，說完後，一甩袖就往裡屋走，到了門口，又回頭見素顏在椅子上發呆，衝過來一下就把素顏扯進屋裡去了。

他還從沒如此對待過素顏，素顏被動地被他拉進屋裡去，心裡像被春天的太陽曬得暖洋洋的，一種被珍視、被呵護的感情充斥心間，就連葉成紹扯得她手臂生疼，她也感覺那是一種幸福，連日來的擔心、鬱堵全都消散殆盡，眉眼裡全是笑意，清亮的雙眸波光流轉，含笑看著葉成紹。

葉成紹被司徒蘭弄得一肚子火，情急之下，怕琴兒鬧素顏，弄得素顏不好下臺，便一把將她扯進來，等把人拉進來了，才感覺自己好像下手重了些，只怕扯痛了素顏，立即又鬆了手，臉上有些不自在，正要解釋，卻觸到素顏那情意綿綿的眸子，俏皮又滿是笑意，不由怔住，便有些發木，半晌才傻乎乎地說道：「娘子，妳……妳不生氣？」

「我為什麼要生氣？」素顏有點想敲敲眼前這個傻得可愛的男人的腦門，什麼眼神啊，看不出自己正高興著嗎？

「那個，我剛才沒拉痛妳吧，妳……妳在笑什麼？」素顏的眼神讓葉成紹有種浸在糖罐裡的感覺。娘子很開心，雖不知道她為何開心，但她的好心情讓他忘了司徒蘭的事情，也莫名地就跟著高興起來。

「你真的不去看司徒妹妹嗎？照琴兒說了，她可是正在思念著你呢。」素顏故意壞心眼地對他說道。

「才不去，她故意陷害妳的，當我是傻子呢，昨兒個我就使人去小黑屋裡看過了，娘子妳把她安排得很妥當，今天又請了太醫為她診治過，怎麼一會子會突然病得很重？娘子，咱們別管她了，今兒個妳可是在小黑屋裡發現了什麼東西？」葉成紹對素顏道，眼睛閃過一絲厭惡。他對司徒蘭是有愧疚之心，但不代表可以容忍她對素顏不利，司徒蘭做了什麼，別人不清楚，他卻是清楚的，因為昨天素顏曾經提醒過他，怕有人又像洪氏一樣地害司徒蘭，所以，他派了人在暗處守著，司徒蘭做了什麼，他早就知道了。

所以，琴兒來請他時，他才大發脾氣，又覺得對不起素顏，才拉了素顏進來。昨天竟然還是沒有防守得住，讓人鑽了空子，司徒蘭還是被人下了藥，幸虧娘子聰明，很快便請了太醫來，為司徒蘭解了毒，除掉了一樁禍事的苗頭。

「我發現了一種植物，焚在火裡，產生的氣味能使人產生幻覺，如果大量吸服，還會使人狂躁，性情也會大變。」素顏斂了笑。葉成紹是司安堂的少主，府裡有這麼一種可怕的藥物存在，他應該有所察覺才是。

「是成良種在後園裡的那種吧？劉姨娘是個厲害的角色，娘子妳以後要多防著她，我如今還不動她，只是想隔山觀虎鬥罷了，她還不是最大的幕後黑手，我想再觀察一陣子，看看能不能引出那個人來。」葉成紹鄭重地對素顏說道。

他這是第一次與素顏談如此深入的問題，素顏感覺到了他的信任，心裡很高興。她希望他能對她坦誠，夫妻同心，一起努力才能戰勝困難。

但，還有更厲害的角色在後面？劉姨娘不是最厲害的那個嗎？

「洪氏是劉姨娘下的毒吧？相公，你查出些眉目來了？」素顏心裡有些發涼，那些人究竟在圖謀什麼？難道就因為葉成紹的身分不一般，所以就想害他嗎？葉成紹的存在，影響了很多人的利益？

「她只是其中之一罷了，以她的能力，還做不到那樣天衣無縫。那人很厲害，並沒有留下什麼有用的證據，而如今，侯爺又對劉姨娘很是寵信，我們暫時也不能動她。娘子妳只要每天都帶著青竹，不要讓人傷到妳就行了，便是有髒水往妳身上潑，妳能自己解決的，就自己解決，解決不了，就讓青竹帶了妳離開，等我回來，再接妳回家。」葉成紹有些擔憂地看著素顏道，以往不跟她說，是怕嚇著她，更怕她又要打退堂鼓，說什麼要和離的話。

「你放心，我會保護好自己的。你在外頭，怕是比我更加凶險，你也要多加小心。」素顏安慰地看著葉成紹道。

「暫時還沒有人能動得了我，我只是擔心妳，娘子，對不起，我沒有給妳一個安寧清靜的生活環境。」葉成紹握著素顏的手將她攬進懷裡，輕吻著素顏的秀髮。

「那咱們一起努力，盡力創造一個安寧清靜的生活環境出來就是。」素顏伸手環住他的腰。他心裡有痛，她知道，只是暫時還不想碰觸，她想一點一點瞭解他的過去，更想一點一點將他從那個權力爭鬥的漩渦裡拉出來。

葉成紹聽了，垂眸看向素顏，墨玉般的眸子裡泛起一絲潮意，啞著嗓子道：「謝謝妳，娘子。」

素顏伸手一擰他的鼻子，嗔道：「傻子！」

外頭又傳來琴兒的哭聲。「世子爺，奴婢求您了，姨娘她真的病得很嚴重，您再不管，奴婢便回護國侯府去，稟報侯爺了。」

葉成紹聽得眉頭一皺，掀了簾子就走出來，冷聲對琴兒道：「那敢情好，妳快些回去請侯爺夫人來一趟，最好是讓他們把妳家姨娘給接回去，爺沒工夫養這樣的妾室，沒病也弄個冷水把自己澆出病來。」

琴兒聽得臉一白，眼神閃爍著就看向素顏，半晌也沒說出話來。

素顏便笑著對琴兒道：「妳且回去服侍司徒妹妹吧，一會子，爺就請太醫來替司徒妹妹診治。」

琴兒眼裡的怨恨一閃而過，起了身，行禮退走了。

素顏便對陳嬤嬤道：「嬤嬤，一會子您親自帶了太醫去悠然居吧，再派兩個得力些的人，去幫著服侍司徒姨娘。」

司徒蘭還真是個很棘手的人，她到現在也沒想好，究竟要如何安置司徒蘭才好。如今自己也看出來，司徒蘭其實是喜歡葉成紹的，只是喜歡的方式很另類，有點歡喜冤家的味道，只是她怕是自己也不很清楚對葉成紹的感情罷了。

以前素顏沒嫁過來時，司徒蘭沒有危機，幾個妾室裡，葉成紹對她是最寬容的，她妄自尊大，便還像以前那樣以高傲之姿對待葉成紹。素顏嫁進來後，司徒蘭感覺葉成紹對素顏的情意，所以才著了慌，突然不適應了，感覺本屬於她的東西被搶走了，於是，她才會在洪氏出事後，主動站了出來管事。

她想見葉成紹，希望得到葉成紹的心，又拉不下面子，便用另一種方式吸引葉成紹的目光，同時，也在試探素顏對葉成紹的感情，才發現素顏對葉成紹的感情比她想像中要深時，更慌了神，用了最笨的法子，想再插足到素顏與葉成紹中間來，甚至想將葉成紹的心重新拉回去。

陳嬤嬤點了頭，卻有點不屑地說道：「大少奶奶完全可以不必如此看重司徒姨娘，您可是正室，對妾室就不能太心軟，不管她以前是什麼身分，在這府裡頭，您就是大，她就是小，她不承認，只怪她認不清自己的身分，吃虧的是她自己，您若是太軟弱了，她只會覺得您好欺負。」

素顏聽了笑道：「她想與我爭，我偏不與她爭，如此再敗了，她只會更氣，她會死心。她雖任性，卻並不太壞，我倒希望她是個很陰險毒辣之人，那樣我也沒有什麼顧忌了。」說著，眉間就蘊出一絲憂鬱來。

司徒蘭若是再壞一些，她有的是法子將她弄走，可司徒蘭與劉姨娘之流不一樣，她率真彆扭又倔強，卻不陰毒。

葉成紹聽了素顏的話，眼神一黯，過來拉住素顏道：「妳也別太為她揪心了，她不過是在跟我賭氣罷了，等過一、兩年，她年紀大些，想明白了，我還是會讓父親認她為義女，只說她並非真嫁給我為妾，一切都只是我自己在胡鬧而已，把責任都攬我身上來。我反正蝨子多了不怕癢，比這再荒唐的事情我也做過，人家也會信這話的，再讓皇后娘娘給她指門親事，這事也就了了。」

素顏聽了眼睛一亮，這倒不失是個好法子，最重要的是，如此不但讓司徒蘭有了好歸宿，也讓葉成紹不再對她有愧，她可不希望自家相公心裡還有別人，就算不是愛，那也讓她不舒服。有時候，愧疚也是牽掛，牽掛久了，也會產生感情的。

「紹揚身體有病，相公，你知道他得的究竟是什麼病嗎？」素顏想起司徒蘭昨夜中的毒，突然腦中靈光一閃，問葉成紹道。

葉成紹聽得目光一黯，眼裡閃過一絲無奈和悲哀，靜靜地看著素顏，良久才道：「是我連累他了。他可能不是病，而是中毒了，只是那時候我年紀小，不知道這一些，等我大些，知道他是中毒後，想為他解毒，卻沒有辦法了，那毒素在他身體裡積年過久，很難清除。」

素顏聽了便沈默下來。怪不得葉成紹對葉紹揚其實是關心的，聽他話的意思，如果紹揚的毒是他連累的，侯夫人會恨他，就更好理解了。

「這個世子之位，我終究是要還給紹揚的，只是如今還不是時候。」葉成紹眼眸深沈幽暗，眸中有些淡淡的悲涼和無奈。他定定地看著素顏，聲音輕柔如細沙滑落。「娘子，若我真的放棄一切，一無所有，妳……是真的會跟我一起走吧？」

素顏聽得一滯。在皇宮時，他也說過這話，她以為他只是一時之氣，而如今，他又提起……她不由緊盯著他的眼睛，想穿透他的內心，她看到了他眼底濃濃的倦意和沈重，還有著壓抑的憤怒，抬了手，輕撫他濃密的劍眉，莞爾一笑道：「不要皺眉，皺眉就不帥了。」

葉成紹聽得愣然，心中淡淡的愁緒竟然被她嬌俏的神情拂去了，不由好笑。「娘子……妳還沒有回答我呢。」

「不是早說過了嗎？我們是夫妻，你到哪裡，我便到哪裡，你只要守住你這顆心，別給我拈三惹四就成了，我可是個醋罈子，眼裡容不得半點沙子，你若敢給我偷腥，那本姑娘立馬收拾行李走人，休夫！」素顏笑容燦若春花，語氣半真半假，眼神卻很認真，不帶半絲的玩笑意味。

葉成紹聽得眼睛一亮，眸中閃著驚喜，墨玉般的黑瞳裡華光熠熠，扯住素顏的手就往臉上貼，臉頰摩挲著她的手心，粗短的鬍渣刺得素顏手心癢癢的。「娘子，妳……妳是全心接受了我嗎？妳不嫌棄我了嗎？」

素顏的心都被他弄得癢癢的，心裡又軟又酸。桀驁不馴、痞賴放蕩只是他的外表，用來遮掩內心孤獨和傷痛的殼甲，內裡則有顆脆弱而又卑微的心，雖然她現在還不肯定，但也能猜出來一些，他的生身父母並不認他，在侯府裡，又身分尷尬，自小就姥姥不親、父母不愛，明明身分尊貴無比，卻被打落凡塵，而要時時防備別人的陷害暗殺……她很慶幸，他並沒有被權勢和不平等扭曲人格，他仍保持了一顆純潔的本心，個性是何等的尊貴驕傲，不然，也不會故意用自毀名聲的方式來對待他的父母了，但是，他卻肯對自己坦露內心的怯弱和無助，她又怎麼捨得嫌棄他呢？

「傻相公，你不怕我這個醋罈子管你管得太緊了嗎？」素顏調皮地捏著他的鼻間嗔道。

「娘子，妳肯吃我的醋，我心裡就好像喝下了十罐蜜糖，甜滋滋的，我就怕妳根本不在意我嘛，我……我是用了特別的法子才娶到妳，那時候，妳原本是喜歡那個……那個人的，我以為，妳會像司徒蘭一樣討厭我，看不起我……」葉成紹嘟囔著，星眸微垂，不敢與素顏對視，不時又悄悄抬起，偷瞄素顏的眼神，又怕她發現。

這傢伙，終於肯承認自己在這樁婚事上要手段了？明明就是隻狡猾的狐狸嘛，偏生在自己面前還這樣一副不懂世事的大男孩模樣，分明應該很生氣，要打他一頓才對，偏偏氣不起來，心裡還酸酸的，只想要安撫他才好。

「傻子，一同去用飯吧。」除了罵他傻子外，素顏還真不知道要如何表達自己的心情，牽了他的手就往屋外走，清亮的眸子裡滿是笑意和憐惜。

葉成紹笑得傻乎乎的，正好紫晴自外頭進來，便看到大少奶奶牽著爺的手，爺笑得就像被大元寶砸中了腦袋，喜暈了的樣子，那笑容好生刺眼，她眼一凝，嘟了嘴也不行禮，直直地就往後堂而去。

今天也不是紫晴當值，又說身子不好，原是在屋裡歇著的，這會子進來，可能找紫綢有事吧？素顏沒怎麼在意，仍牽了葉成紹往外走。

剛走到院外頭，就碰到二夫人正帶了文靜往前院去。

二夫人遠遠就看到素顏與葉成紹手牽著手，眼眸一沈，臉上就帶了絲怒氣，語氣不陰不陽的。

「知道你們小倆口恩愛著呢，可也別在大太陽底下曬啊，可憐司徒姨娘病體纏綿，看都沒人去看一眼，這護國侯夫人若是知道，指不定得多傷心喔。」

素顏聽了心一沈。如今管閒事的還真多呢，二房吃大房的、用大房的，連姪子屋裡的事也想干涉嗎？又不是自己的正經婆婆，二夫人憑什麼如此多話？

正要開口，就聽葉成紹怪腔怪調地說道：「二嬸啊，前兒姪兒送了一瓶藥給何姨娘，也不知道她身體好些個了沒有？唉呀，真可憐，一把年紀的人了，還被罰跪一天一夜，風寒入骨，也不知道能不能好轉呢。」

何姨娘是二老爺的妾室，也為二老爺生了個兒子，前幾天不知何故，二夫人將何姨娘打了一頓，還罰她跪在屋簷底下跪了一天一夜，人都暈過去了，還是葉成紹可憐堂弟，在宮裡找了些藥來才救醒的，二老爺正為此大發脾氣呢。二夫人聽了這話臉一白，衝口就要罵，身邊的文靜將她一扯，對素顏道：「大嫂，一起去用飯吧，今天可是做了宮保雞丁，是我特意點的呢，那廚子可是在宮裡御膳房裡才學的新法子做的，肯定好吃。」

素顏聽了也笑道：「喔，二妹妹既是喜歡，以後便多做幾次吃了就是，也不是什麼金貴的東西，這點吃食，還能不滿足妹妹嗎？」

文靜聽得眉開眼笑，臉上難得帶了她這年紀該有的天真爛漫，二夫人見素顏並不計較她剛才的話，還跟文靜有說有笑，目光閃一閃後，便也沒再說什麼了，幾個一起到了上房。

第八十三章

素顏仍是先去請侯夫人，走進裡屋，見侯夫人頭上包著一條帕子，眉頭皺得老高，眼下都泛出了一圈黑，看著很是憔悴，便上前輕聲喚道：「母親，您身子可好些了，要不要上桌用飯？」

侯夫人微睜了眼，目光有些迷茫，定睛一看是素顏，嘴角微扯了扯道：「妳扶我起來吧，總一個人待在屋裡，吃飯也沒勁，總吃不下呢，不若跟你們在一起吃，熱鬧些，也能吃得多點。」

素顏不過是按著規矩來請她罷了，原以為她又會推辭，沒想到卻是應了，真要上桌吃，便道：「嗯，母親說得是，吃飯就是要人多吃著才香呢。」說著，就上前去扶侯夫人，一旁的晚榮見了也上前來幫忙。

侯夫人虛弱地起身，身子搖搖欲墜的，素顏忙扶緊她，她便乘機將大半個身子靠在素顏身上，好在素顏個子比她要高一點，還算承受得住。

穿了鞋，下了床，侯夫人歪在素顏身上往外走，突然一個踉蹌，身子向後倒去，腳退後一步，後跟便用力踩在素顏的左腿背後，還死勁蹂了一下。素顏沒想到她會如此，腳上傳來一陣劇痛，差一點一掌將侯夫人推了出去，晚榮忙將侯夫人扶正，侯夫人似是根本不知道踩到素顏的腳了，仍是踩著不肯動，只是微喘了氣道：「這心慌氣短的，好生鬱堵，一會子得多喝些補湯才好。素顏啊，今兒可燉了蔘湯？」

素顏痛得眼淚都快出來了，偏生侯夫人還裝作什麼都不知道，她發作不得，心中好生憤怒。一大早侯夫人和劉姨娘對罵時，可是威風八面，中氣十足得很，幾個時辰不到，便一副就要斷氣的樣子，分明就是故意整治自己……

她心中火氣好大，也不急著推開侯夫人，手腕一動，大聲痛呼道：「娘，我的腳，好痛。」一身子往下一蹲，似要去摸自己的腳，右手很隨意地在侯夫人腰間一拂，侯夫人頓時身子一僵，腰間突然像被扎了一根銀針一樣刺痛無比，她大叫一聲，鬆開了素顏的腳。

晚榮一時嚇到了，怎麼一會子兩個主子都在喊痛啊，忙先扶好侯夫人。一旁的青竹也發現了不對勁，看素顏蹲下摸著自己的左腳，毫不猶豫地將侯夫人一掌推開，兩手一抄，便將素顏抱起。這時，外頭二夫人、三夫人，還有幾個小姐聽見動靜，都走了過來，就見侯夫人扶著腰在哼，而大少奶奶的丫頭正將大少奶奶左腳上的鞋襪脫掉。

只見大少奶奶那腳背上青紫一片，很快便腫起來。青竹用掌心輕撫於上，慢慢幫她搓揉。

二夫人和三夫人哪裡看不出來，兩個眼珠子一轉，又露出看戲的神情來。

二夫人走近侯夫人道：「呀，大嫂，妳的腰怎麼了？」

侯夫人感覺腰上有如針錐，明知可能是素顏動了手腳，卻又沒有證據，只能氣哼哼地咬著牙呻吟，而晚榮卻是一臉的不自在。素顏對晚榮甚好，平素打賞也大方，方才侯夫人故意踩了大少奶奶的腳，她是能察覺的，但夫人明明起來時還沒說腰痛，踩完大少奶奶的腳後又說腰痛了，分明就是在變相地掩飾，她也是看到了後院裡爭鬥的人，哪裡不明白侯夫人的心思，心裡著實為大少奶奶不平。

「夫人不小心踩了大少奶奶的腳，可能閃著腰了。」晚榮忍不住說道。

二夫人聽了眼裡露出一絲嘲諷，臉上卻很是關切道：「那大嫂，妳還是躺床上休息吧，咱們這個年紀，閃著腰了可不好呢，一會兒找個會推拿的來，幫著推拿幾下，順了筋脈，就會好的。」

侯夫人被素顏暗算了一下，一肚子的氣出不得，咬了牙道：「不妨事，這腰僵著也躺不下去，這會子太醫也趕不過來，我先用些飯，養些精神再說。」

文嫻擠進屋裡來，抬眼便看到了素顏被踩得腫成包子樣的腳，眼神一黯，無奈又怨責地看了侯夫人一眼，又歉疚地過來問候素顏，並沒有去扶侯夫人，侯夫人見了更是氣，罵道：「死丫頭，還不扶娘用飯去？」

文嫻賭氣道：「娘腳勁大得很，走到正堂去應該沒什麼問題，我還是扶著大嫂吧，她的腳一時半會兒怕是走不得路了呢。」

侯夫人沒想到一向溫順體貼的文嫻會拿話來頂她，氣得猛一跺腳，扯得腰更痛了，眼淚都快出來了。

文嫻只當她仍是在裝，沒有理她，一時文靜和文英進來，看屋裡的情形緊張，才扶了侯夫人出去。

葉成紹坐在另一桌，原是隔著屏風的，只是他一直關注著素顏，見素顏遲遲沒有出來，心中一緊，也顧不得那許多，就往侯夫人屋裡這邊來，正好碰到侯夫人僵著腰往外走，他眼神一凝，走進屋裡去，一看素顏的腳背腫得老高，頓時火大，一下便進了屋，上前便拽住侯夫人道：「母親，娘子有何不對，您打兒子就是，不要總用那些見不得光的法子來整治她，她也是個弱女子，前些日子被您打的傷還沒好透呢，舊傷未好又添新傷，您怎麼就下得手去呢？」

侯夫人聽得一滯。自己雖然是踩了藍素顏一下，但她那一下，卻是讓自己吃了大苦頭，如今腰上疼痛難忍，可腰裡的傷是隱著的，又不能脫了衣服給大家看，素顏的傷卻是很明顯，看著嚇人，不過皮肉傷罷了，今天還真是吃了啞巴虧，不由沈了臉道：「娘身子虛，沒站得穩，不小心踩著她了，你這孩子這話是什麼意思？你是怪娘故意的嗎？」語氣裡火氣十足，侯夫人自己也覺得憋屈得很呢。

「身子虛踩人的勁力倒是十足得很，她腳背上的皮都被蹂破了，您當我是傻子呢，小時候，您也不小心踩過紹兒一次，紹兒的手骨都差點斷了，您是想用同樣的法子又對我娘子嗎？」葉成紹的聲音冰冷森寒，兩眼如鋒芒一樣刺向侯夫人，渾身散發著肅殺之氣，令人生畏。

侯夫人聽得一滯，臉色就帶了絲赧色，乾笑道：「你這孩子，陳年的往事還提著做什麼？我雖不是你親娘，對你也是有養育之恩的，子不言母過，你如此也太不孝順了些。」

葉成紹逼近侯夫人一步，道：「我稱您聲母親，是看在父親的面上。我對以往的事情並不計較了，但是，您若一再對我娘子不好，我會想起很多小時候的事情，您如果還想好生在這府裡當個侯夫人，那就請收斂一些，不然，別怪我不客氣，這府裡頭，可有的是人想當侯夫人呢。」說著，再不看侯夫人一眼，轉身向裡屋走。

侯夫人聽得臉色一陣白。葉成紹還是第一次當著一家子人的面，明明白白地威脅她，如果這話是侯爺說的，她倒是不太著急，因為侯爺對她心存愧意，也覺得對不起紹揚，不會真拿她如何，所以她才敢打劉姨娘。

但葉成紹的威脅，她卻不得不怕，宮裡的那個大姑奶奶可不是個善茬子，葉成紹小的時候，侯夫人沒少折磨他，但不知道為何，葉成紹從來沒有向皇后告狀過，如今他若真的……皇后什麼事情做不出來？

腰間疼痛難忍，心裡的恨卻更是旺盛。藍素顏那死丫頭，手段真厲害，下手又陰又狠，傷了自己，自己還有苦說不出，還弄得一干人都同情她……侯夫人的一口銀牙快要咬碎了，唇邊也咬出一絲血跡。

她先前實在是太氣了，在白嬤嬤的提醒之下，知道自己還被藍素顏當了槍使，心裡的氣沒處發，才想著要暗整她一下，沒想到最終受害的還是自己。

葉成紹走進屋裡，一把抱起素顏就往屋外走，青竹就在後頭追著喊：「爺，大少奶奶沒穿襪子呢，您怎麼能——」

素顏這時也想起，這個時代的女子是不能隨便露腳的，忙扯了扯葉成紹的衣襟，葉成紹卻大聲嚷道：「怕什麼，我是妳相公，我不說什麼，誰敢亂嚼半句舌頭，我就拔了他的，這樣就好，也讓大家瞧瞧，妳被虐待成什麼樣子。」

說著，還故意將素顏的那隻傷腳露了出來，向外走著。

三房人、幾大家子，便全都看到了素顏腳上的傷。素顏是進去請侯夫人用飯的，她是一片孝心，進去的時候好好的，出來就被傷成這樣，屋裡一片沈靜，沒有人當著侯夫人的面說什麼，但眼裡卻都是不滿，看侯夫人的眼神也有些發冷。婆婆做到侯夫人這分上，也太心狠毒辣了些。

就連成楓都嘟著嘴道：「大嫂太可憐了。」

三夫人聽了忙拿手捂他的嘴，不讓他說話。

侯夫人一見滿屋子的人都用譴責的眼光看自己，又氣又痛，啞巴吃黃連，有苦說不出來。

紫綢提了飯盒來，素顏和葉成紹就在自個兒屋裡用飯。

兩人都忘了先前的不愉快，一起吃飯，葉成紹看素顏很喜歡吃雞汁茄子，便不住地往她碗裡挾，看她吃得香，自己停住，靜靜地看著素顏吃。被這堪比百瓦的大燈泡照著，素顏哪裡吃得下，對他翻了個白眼，挾起一大塊醋溜魚放在他碗裡道：「吃吧你，怎麼總像個傻子？」

葉成紹咧嘴一笑，看也不看便將那塊魚全塞嘴裡了，剛嚼兩下便吐了出來。「放了醋，好酸啊。」他從不吃醋的，素顏哪裡知道，兩人進府後，在一起吃午飯還是第一回呢，不由怔住，忍不住就掩嘴笑了起來，嗔道：「你平素不是很喜歡吃醋的嗎？怎麼這點子酸也受不住？」

「我自小就不喜歡吃醋啊，太酸了，真酸。」葉成紹舀了碗雞湯猛灌，邊喝邊道。

「不吃醋就好，過幾日我要去壽王府赴宴，好久沒有拜見中山侯夫人了，也得見見她才是。」

葉成紹一聽，臉立即垮了下來，嘟了嘴道：「見侯夫人做什麼？妳拒了她家的婚事，她指不定就多氣妳了，妳可不要自討苦吃。」

「那可不一定，上回我回娘家時，還聽明昊哥哥說，侯夫人很是想念我呢，她是我娘的手帕交，我自是要去拜見她才對。」素顏慢慢吃著飯，很隨意地說道。

「娘子……我牙酸，好酸！」葉成紹大叫道。他被素顏的一聲明昊哥哥弄得醋意大發，黑亮的眼底噴著怒火，衝口就罵道：「那廝賊心不死，上回就攔著妳……總之，我真想一掌拍死他才好。沒見過這樣的，像個狗皮膏藥，沒皮沒臉的……還京城名公子，我呸……」

素顏聽了，清亮的眸子靜靜注視著他，眼睛微瞇，葉成紹心一緊，這才感覺到自己好像說錯了話，訕笑著討好道：「娘子，咱們不說那廝了好不？他真不是什麼好人，就會裝模作樣，其實就是個偽君子。」

「你上回其實是知道我在那茶屋裡的，對嗎？」素顏突然開口問道。

葉成紹心中一凜，眸光閃了下，立即連連搖頭，又覺得不對，眨著大眼道：「什麼茶屋？我不知道啊。娘子，妳說什麼？」

素顏聽了放下筷子就要起身，腳上一痛，又咚地坐了下來，臉上夾著寒霜。

「娘子啊，妳……妳別生氣，我說、我說，那傢伙攔了妳去別苑裡頭，我事先是不知的，不過青竹給我送了信呢，我知道妳不會跟他如何，後來又知道他……的安排，所以就……」葉成紹乾巴巴地解釋著，一緊張，頭上全都是汗。

「所以將計就計了嗎？那你跟劉婉如究竟是什麼關係？」素顏氣得快要爆炸了。這廝難道是在試探她，不信任她嗎？

「我跟劉婉如可沒什麼，她只是想嫁給二皇子做側妃罷了，我不過是利用了她一下子。娘子，我不是不信任妳啊，上官的身分也很不一般的，妳也看見了，他有些手段……我正是信妳，才沒有阻止他見妳。俗話說，不怕賊偷，就怕賊惦記，我知道娘子不會給他任何希望的，妳親口說出來的絕情話，卻是比我打他一頓要讓他痛上萬倍，哼，他以為全世界的女子都對他傾心，沒想到在娘子這裡碰了大釘子，哈哈哈……哎喲，娘子，我不敢了，再也不敢了。」

葉成紹還沒笑兩聲，耳朵就被素顏給揪住，捂著耳朵呼痛，可憐兮兮地睃素顏，看她眼底的怒氣消散了不少，才略鬆了一口氣。他家娘子太聰明些，一點蛛絲都不能透，一透就被她給捉個正著啊。

這時，紫雲在外稟報。「世子爺、大少奶奶，護國侯夫人來了，侯夫人請您去上房見客呢。」

葉成紹聽得眉頭一皺道：「護國侯夫人怎麼會來？司徒蘭進門也有兩年了，夫人從來都沒有來過……是誰漏了風聲出去了？」

素顏也覺得有點頭痛，對葉成紹道：「只怕是為司徒妹妹討說法來了，相公，你怎麼辦？」

「她來了正好，讓她把司徒蘭接回去。嗯，司徒蘭不是病了嗎？那讓她再病重一些好了，她以前可是護國侯夫人的心頭肉啊，要是讓她知道，我把她女兒給折磨得不成人形了，定然會大怒，更不會把女兒留在寧伯侯府了。娘子，一會兒我送妳去皇后娘娘那裡療傷，妳的腳傷太嚴重了，得讓皇后娘娘身邊的花嬤嬤天天按摩才能好。嗯，養個十天半月再回來吧，到時，司徒蘭應該離開府裡了。」說著，腳步就更快了，到了正屋，急匆匆就讓紫綢幫素顏換衣服。

素顏聽了就好笑道：「你不覺得太晚了嗎？人家已經到家裡來了，點名要見我，這會子跑了，人家還會覺得好心虛。好好的，我沒害司徒蘭，我為什麼要躲起來？」

「呃，那好，一會子我陪妳去。」葉成紹將素顏放在床上，自己卻轉身走了。

青竹見了，就在素顏耳邊嘀咕了幾句，素顏聽得一臉黑線。自己這是嫁了個什麼丈夫啊……

第八十四章

悠然居北院，一個二進的院子裡，小樓輕聳於廣蘭梅林之間，幾株梅花正傲然綻放，幽幽花香沁人心脾。

葉成紹行步如風，身姿俊挺，琴兒站在穿堂處，巴巴地看院門，突然眼睛一亮，轉身便往屋裡跑去。

「小姐，世子爺來了、世子爺來了！」

司徒蘭正無精打彩地斜靠在床頭，平素清冷孤傲的大眼裡此時看起來幽怨而憂鬱，濃濃的失望和憤怒充斥在她的心間。

葉成紹，他竟然看都不來看自己一眼，就算是自己故意加重病情的又如何？自己總是他的一個妾，他卻無情如斯……好狠的心啊，一垂眸，看到床頭邊小几上的碗，一股怨怒直湧心頭，抬手便將那仍冒著熱氣的藥碗給拂落在地上。

我就不吃藥，你不是說，有病就醫，醫好為止嗎？我不吃藥，看你要如何醫好我？等我娘來了，看你如何跟她交代！

一聲哐噹作響，一碗藥全都灑了，碗碎了個四分五裂，琴兒的聲音正好傳了進來，她聽得一震，一股莫名的欣喜將憤怒驅散，司徒蘭幽暗的眼神乍然綻放出美麗的光華來，整個人都顯得光彩熠熠，猛地坐起來道：「他真的來了？」

「嗯，真的來了，小姐！」琴兒也為司徒蘭高興。先前世子爺說的那通話太過傷她的心了，她沒敢全都對小姐說，怕小姐受不了。小姐的心思，她自己怕是都不明白，可是琴兒是看出來的，小姐分明是喜歡世子爺的，不然也不會為了跟大少奶奶賭氣，自傷身體了。

「來了又如何？我不見。」司徒蘭一想到讓琴兒請了兩次，隔了這麼久葉成紹才來，又生氣了起來，賭氣躺回床上，拿了被子蒙住頭。

葉成紹正好長身玉立地站在門口，聽到她如此一說，大步走了進來，吊兒郎當地往屋裡一站，道：「我來，是特意知會妳一聲的，我覺得院裡的小妾太多了，打算著賣掉幾個。以妳的出身和家世，再加妳的樣貌……嗯，雖不及我娘子，但也還過得去，應該能賣個好價錢。喔，北戎有個大皇商可是出了兩萬兩銀子啊，司徒妹妹，沒想到妳還真值錢。」

司徒蘭聽得猛然掀開被子從床上坐起，不可置信地瞪著葉成紹，眼裡有如燒了一把烈火，像是要將葉成紹燒死似的，但很快又冷笑道：「你少在這裡嚇我了，我雖名義上是你的妾，但我是堂堂的侯府嫡女，從沒賣身，你憑什麼要賣了我，又怎麼敢賣了我？」

「信不信由妳啊，妳快些吃藥，好生將養著，病懨懨的，人家會折價的。」葉成紹一臉痞笑，隨手拿了一瓶藥來在手裡把玩著。「這藥可是上好的傷寒藥啊，聽說妳在冷水裡泡了一刻鐘，好讓自己病重一些。唉，早知道妳有這嗜好，我拿粒藥丸給妳吃，立馬就能讓人看起來病入膏肓，何苦受那罪啊？」

司徒蘭聽了氣得快要爆炸，滿心以為葉成紹還是心疼自己來探病的，沒想到，沒說一句體貼的話不說，不是說要賣掉她，就是想讓她病得更重一些，這男人還真是狼心狗肺，他就那樣討厭自己，巴不得自己病死才好嗎？

「葉成紹，你個混蛋——」司徒蘭氣極了，搬起床上的枕頭就往葉成紹身上砸。

「妳也太後知後覺了點吧，我一直就是個混蛋啊，可是，我就是不明白，妳怎麼就偏偏喜歡我這個混蛋呢？當初喜歡司徒大小姐的京城名少可不少，妳好好的大少奶奶不做，還非要給我這個混蛋做小老婆，唉呀，妳是不是太賤呢？」葉成紹邪笑著輕佻地對司徒蘭說道。

「你……」司徒蘭氣得直喘。她在冷水裡泡了一刻鐘，正發著高燒，頭暈腦脹，滿懷希望地期待著葉成紹來看她，沒想到人來了，卻是句句話像拿著刀子一樣戳她的心，將她所有的自尊和驕傲都踩到了地上。前兩天，他見到自己時，還有些愧意，而今天卻變成這個樣子，一定是藍素顏，不知道她在這個混蛋面前灌了多少迷魂藥，讓他如此行事無忌……

一股氣血直湧上胸間，司徒蘭感覺自己喉頭一甜，張口噴出一大口血來。

葉成紹見了眼睛一黯，忙走上前去，兩指一點，封了她兩處脈道，將手中的藥瓶打開，倒了兩粒便往司徒蘭口裡塞。

司徒蘭又怨又恨，哪裡肯吃他的藥，緊咬著牙關不開口，一旁的琴兒早已急得大哭起來。「小姐，吃了藥吧，從發燒起，您就一點藥也不吃，這會子……還吐血了，再不吃藥，身子會更重的，奴婢求您了……」

葉成紹兩指一掐，將司徒蘭的嘴巴撬開，兩粒藥丸塞進她的喉間，也不灌水，只在她背後一拍，那藥便吞了進去。

司徒蘭氣得用手去摳喉嚨，想要將藥嘔出來。葉成紹氣憤地罵道：「就妳這德行，正常些的男子哪個敢要妳做老婆，也太能鬧事了些，妳別以為我給妳的是治病的藥，我給妳服的是毒藥，能加重妳身上的病！妳不是想病得更重些，好讓妳娘家人看了，好懲罰我嗎？那我就如了妳的願。」

司徒蘭沒能吐得出來，半邊身子又被葉成紹封住，不能動，氣得哭了起來。「你……你把我害成如今這個地步……你這個畜生，我要回娘家，我要告訴我娘，你這畜生想害死我！」

「放心吧，妳死是死不了的。我說了，我還要將妳賣給北戎商人呢。」葉成紹看司徒蘭終究沒能將藥吐出來，倒是鬆了一口氣。

這時，一聲冷喝從屋外傳來。「好、好、好，世子好膽色、好氣魄，竟然連護國侯府的嫡長女也敢賣掉，本夫人倒是要去宮裡問問皇后娘娘，私賣侯爵之女該當何罪？」

司徒蘭聽得一滯，猛地大哭起來。「娘、娘，女兒好生命苦啊……」

葉成紹一回頭，便看到侯夫人和護國侯司徒夫人一起走了進來，後面還跟著四老夫人，他的嘴邊便勾起一抹邪魅的笑，心中暗喜，也不上前來給幾位夫人行禮，揚著下巴斜睨著護國侯夫人，道：「夫人既是送了她給我為妾，她便是我的人，要賣還是要打，自然是由我處置，便是說到天上去，也管不了小爺處置自己的小妾。」

護國侯夫人氣得臉色雪白，渾身都在發抖。若非這混蛋當初用那非常的手段，毀了蘭兒的名節，侯府又怎麼可能將蘭兒送與他為妾？當初自己是死都不肯答應的，可是侯爺也不知道是怎麼了，非要送了蘭兒來，如今蘭兒被這混帳東西折磨得命都去了一半，還說要賣掉她的話，他真當護國侯府的人是死的嗎？

「蘭兒，跟娘回去，娘便是養妳一輩子，也不在這裡受這畜生的氣！」護國侯夫人心疼地走到床邊，一探司徒蘭的手，觸手很燙，額間大汗如黃豆一般地往外冒，身子像要虛脫了一般，頓時心痛欲裂，猛然大哭一聲道：「我苦命的蘭兒啊……」竟是差一點暈了過去。

葉成紹這才看著有點急了，四老夫人看著也覺得心酸。成紹這小子玩得太過了些吧，怎麼把人家的老娘都氣成這樣了？「死小子，你真是越發過分了，還不給司徒夫人陪禮？」四老夫人對葉成紹喝道。

寧伯侯夫人道：「夫人，妳……妳也消消火，成紹這孩子就是嘴巴壞點，說得嚇人，哪裡就真的會賣人了……」

這話說出來乾巴巴的，蒼白無力，司徒夫人看著司徒蘭燒得發紅的臉，衝口就罵道：「太沒家教了，也就你們這種人家，才會養出這樣的混帳畜生來！蘭兒，跟娘回去，這次天塌下來，娘為妳頂著，娘幫妳送和離書來，以後，永遠脫離這個畜生！」

葉成紹被四老夫人喝罵，原本是要給司徒夫人賠禮的，如今卻是一跳三尺高，指著司徒夫人的鼻子罵道：「妳再一口一個畜生，我現在就把妳家姑娘拖出去賣了！侯夫人又怎麼樣？小爺就是天王老子來了也不怕，要嘛妳就快點把妳家的這個賠錢貨拖回去，要嘛就讓我賣了，還能換點本錢去賭坊。」

四老夫人無奈地看著葉成紹，搖了搖頭道：「紹兒，怎麼說司徒夫人也是長輩，你也太無禮了些。」

侯夫人又勸司徒夫人道：「妳別跟小孩子一般見識，蘭兒現在正病著，妳這會子把她接回去，怕是會病得更重，還是在府裡好生將養將養吧。」

「大膽，你再罵我的蘭兒一句試試！」護國侯夫人真是氣極了，站起來便一巴掌向葉成紹的臉上甩去。葉成紹並沒有躲，白皙的臉上立即出現了五個手指印，今天他便是打著要將司徒蘭激走的主意，正好利用護國侯夫人愛女心切的心思，好徹底將司徒蘭送走。

「妳敢打我！妳個老虔婆，爺的臉除了皇后娘娘，沒有誰敢打，來人啊，將這一對母女趕出去、趕出去！」

葉成紹捂著臉，暴跳如雷，在屋裡哇哇大叫著。

人家都在趕人了，司徒夫人哪裡還待得下去？她手一揮，讓自己帶來的兩個婆子上前來，抱起司徒蘭就往外走。侯夫人看事情鬧大了，嘴角露出一絲譏笑，嘴裡卻勸道：「唉呀，司徒夫人，紹兒怕是魔症了，妳消消氣啊，不要和他一般見識。」

「滾開！你們寧伯侯府沒一個是好東西，我蘭兒守了兩年，從沒聽說她生過病，怎麼那混帳一娶了正室，蘭兒不是生病，就是被關黑屋，這混蛋還叫囂著要賣人……哼，這事不會就這麼了的，堂堂侯府嫡長女，竟被一個五品下官的女兒欺凌至如斯地步，這口氣，本夫人怎麼也得出了！」護國侯夫人如今哪裡還聽得進半句勸，早被葉成紹氣瘋了，司徒蘭的額頭一直在冒汗，這讓她心急如焚，得快點將她接回去，找太醫醫治才行。

司徒蘭心思百轉。她一點也不想回娘家，她只是妾，哪裡真能和離，娘也是氣糊塗了才那麼說，要是現在走了，不是正合了葉成紹和藍氏的意了嗎？她就是不走，就是要病給寧伯侯府的長輩們看，讓他們來收拾葉成紹和藍氏。

「娘，這個混蛋是在作戲呢……他巴不得我走了，他好跟藍氏雙宿雙飛，女兒就是不走，就是要惹他的眼，就是要留在這裡，氣死藍氏……」

「不走正好，明兒就賣了妳，綺雲閣正缺一名出身高貴的教坊女呢，妳去了肯定會大紅大紫……」葉成紹一聽這話，生怕會功敗垂成，又毒舌了一句。

護國侯夫人哪裡受過此等污辱，當著自己的面呢，竟然要將自己的女兒賣到那麼骯髒的地方去……她心中那股怒火差點把自己都灼燒了，眼一瞪，對自家兩個婆子道：「快抬大小姐回去。」

兩個婆子也被葉成紹的言語氣著了，大小姐在侯府時過得何等尊貴，這葉家姑爺也太不是個人了些，那話可不就像個流氓說的一樣嗎？

司徒家的人不顧司徒蘭的哭鬧，將司徒蘭抱走了。琴兒和另一個侍女棋兒也顧不得收拾東西，跟著司徒夫人一起走了。

侯夫人扶著腰跟在司徒夫人後頭走，邊走邊勸著什麼。

葉成紹在屋裡有片刻的怔忡，四老夫人並沒有跟著司徒夫人離開，走過來拍了拍他的背道：「要是覺得自己做得太過分了，那就想別的法子彌補吧。你心裡喜歡的那個不是她，不給她希望是對的，將來，她總會明白你這麼做的苦心的。」

葉成紹聽了哂然一笑，摟住四老夫人，嘴裡咕噥道：「您真是越老越精了，什麼都讓您看出來了。不過，我不在乎司徒蘭是不是會明白我的苦心，只是覺得方才那樣著實對司徒夫人太過分了，小的時候，司徒夫人還是很疼我的，覺得有些對不住她。」

「那是沒法子的事情。有的時候，你想保護一個人，就必須得傷害其他的人，孩子，你本性良善，只是你的身分不容許你太心軟啊。」四老夫人撫摸著葉成紹的頭，嘆息了一聲說道。

「嗯，我明白了，四叔祖母。」葉成紹抬起頭來，眼中又泛出熠熠的光彩來，拖起四老夫人就往外走。「四叔祖母，娘子說，給您做了雙大棉鞋，樣式怪怪的，不過穿著應該很舒服，原是說要送去給您的，可是她的腳又傷了，沒去得成。」

四老夫人聽了又嘆了口氣，微笑道：「倒是個有心的孩子，我也聽說她傷了腳了，她去不了我那兒，改天我老婆子就去看看她吧。」

素顏正在屋裡聽春紅說起世子爺在悠然居與司徒夫人對罵的事，心裡雖然很甜蜜，卻更是擔憂。葉成紹如此，怕是會徹底得罪護國侯爺，這對他可是非常不利的，他的身分太過敏感，不管他有沒有權力慾望，別人也會當他為假想敵，尤其是皇上和皇后對他寵愛又愧疚，太子人選又一直不明朗的情況下，他便更加危險……如果再加了一個護國侯……

「大少奶奶，您不知道，司徒姨娘被世子爺氣得都吐血了呢，司徒夫人也是氣得臉色刷白，爺可真強悍，這會兒司徒姨娘回去了，肯定是不會再來的了。」春紅眼睛亮晶晶的，小臉紅撲撲的，很是興奮的樣子。

「這樣好是好，只是，大少奶奶，這禍水怕是最終會移到您頭上來。聽說司徒姨娘過門有兩年了，從沒有病過，爺也從沒如此待過她，只怕這一切都會怪上您呢。」紫綢在一旁聽著就擔心，皺著眉頭說道。

「怪就怪吧，爺既然一切都為了我著想，我又豈能怕別人恨，我想要過好日子，就一定會遭人恨。」素顏悠悠地看著窗外。早開的梅花片片飄落，正值生命最嬌豔的時候，想繼續留著枝頭，但春風無情，強迫著將它們帶離枝頭，人生在世，有太多的不如意，司徒蘭喜歡葉成紹，卻是落花有意、流水無情，想留，留不住。

而自己，隻身來到這個陌生的世界，戰戰兢兢、小心翼翼，不過也是想要一份堅貞的愛情，一個安定而又平靜的生活罷了，但這個世界對女人太過殘酷，女人想要得到唯一的情感，想找份一生一世一雙人的感情，又何其艱難？如今，好不容易遇上這麼一個還算過得去的男人，難得的是，他明白自己的這份堅持，肯和自己一起努力，她又怎麼會在乎眼前的困難呢，只有夫妻同心、共同面對，才能得到最後的幸福。

葉成紹回來了，又拿了藥膏子來給素顏塗。素顏抬眼靜靜地注視著他，眼波粼粼，他先還沈靜地用手按摩著素顏的傷處，漸漸地，臉上就開始泛紅起來，身子就有點不自覺地往素顏身上靠，聲音就有點發飄。「娘子，妳要不要午睡一會兒，我陪妳啊……」

「司徒妹妹這會子怕是傷透了心呢，相公，你心裡其實也不太好過吧？」素顏輕撫他的眉眼，柔柔地說道。

葉成紹聽了立即抬起頭來，急急地說道：「沒有、沒有，她回去了更好，以後，我會想法子給她挽回名聲的。」

「相公，我沒有懷疑你，我知道你跟她是有些感情的，只是你可明白，你對她究竟是什麼感情？」素顏語氣很認真，也很平靜，並沒有半點生氣的樣子。她是想認真與葉成紹溝通，別看他平素痞賴無形，吊兒郎當，其實在男女感情上很單純也很青澀，她不想他將來後悔。

「她其實也不那麼討厭，我小時候就喜歡捉弄她，她總一副高高在上的樣子，目空一切，好像誰都不如她，我便最喜歡看她出醜……後來，她又總惹我，我才氣不過，就……就惡作劇地拿了她的小衣……其實那也不是她的，不過是找了她家的繡坊的人，拿了一件樣式差不多的，在外頭胡說八道，壞了她名聲……」葉成紹越說越小聲，最後眉頭皺起老高來，歪著頭想了好一會兒才道：「要說我對她究竟是什麼感覺，我還真說不出來，以前是討厭，後來又覺得自己做得過火了，畢竟是自小一起長大的，覺得害了她一輩子，很是心不安……」

「那就是有點喜歡了，對不對？」素顏靜靜地看著他問道。

「不是，在她面前，我從沒有那種心跳加速的感覺，只有面對娘子妳時……我……我才會特別興奮。方才，看到她生病、吐血，我沒有一點心痛的感覺，但是只要聽說有人欺負了娘子，娘子妳受了傷，我感覺就像要殺了那個傷妳的人一樣。娘子，我明白自己心的，妳要信我。」葉成紹握緊素顏的手，捧在心口道。「我從沒有喜歡過她，她只是我年少胡鬧過的一個受害者，就像我打破了皇后娘娘最心愛的手鐲時，我也一樣會生出愧意。」

素顏聽了驚詫得瞪大了眼。沒想到，葉成紹對司徒蘭的感覺就像皇后娘娘的那個手鐲子，他的愧意當然不是對手鐲，而是對皇后娘娘。同樣，他覺得對不起司徒蘭，也會心生愧意，但這絕對不是愛情，不然以他的性子，喜歡了就是喜歡了，喜歡的東西，他又怎麼會輕易的丟掉？

素顏的心結徹底打開了，心裡也很是舒暢起來。怪不得葉成紹一直就說，要幫司徒蘭挽回名聲，這就好像是想要賠皇后娘娘一個新鐲子一樣，只是手鐲好找，女子的名聲卻不太好賠啊，這傢伙也太胡鬧了些……

「你想好了沒，如何彌補司徒蘭？」素顏無奈地搖了搖頭，認真地問道。

「得去找皇后娘娘。我反正名聲是壞透了，不在乎再壞一點，我把責任全攬了就是。喔，娘子，我們去求太后吧，太后對妳印象不錯呢。」葉成紹見素顏心情大好，他緊張的心也鬆活了些。他天不怕地不怕，就怕娘子不信他，還好，娘子終於不介意了。

「太后不是更疼你嗎？」素顏嗔道。

「她是疼我的吧，不過，更加防我，面上看著是對我很好，其實……」葉成紹的眼眸變得黯淡下來，眼底閃過一絲哀痛。

素顏看著就心酸，忙笑道：「她有她的立場，咱們不怪她，不管別人對你如何，你還有我呢，我會疼你。」

葉成紹眼裡的黯淡立時一掃而光，墨玉般的黑瞳裡像點亮了一片星海，璀璨奪目，他一把將素顏拉進懷裡。「妳說的喔，妳說妳疼我，那就要一直疼下去，疼我一輩子，只疼我一個，不許疼別人。」

素顏有點無奈地撫著他的背。這一刻的葉成紹，真的像個流浪很久後才找到親人的孩子，在她面前撒嬌，她心裡的母性頓時氾濫，很想就這樣一直呵護他，守著他……

第八十五章

兩人正說著話，就聽春紅在外頭說道：「世子爺、大少奶奶，侯爺回了，請您二位到上房裡去呢。」

侯爺回來了。劉姨娘被打，司徒蘭被氣走，侯爺怕也是一個頭有兩個大，正在震怒之中吧？

葉成紹起了身對素顏道：「娘子，妳不用去，我一個人去就行了，妳腳痛著呢。」

素顏知道他是怕侯爺怪罪自己，想一個人把責任全擔了，心裡暖暖的，卻是很堅定地站了起來，道：「不，我跟你一起去。侯爺這會子心裡正火著，我再不去，怕是更惱火了。而且，不去人家還以為我心虛呢，我又沒做虧心事，為什麼不去？」

素顏堅持不讓葉成紹抱，而是扶著他，一走一拐地到了正堂。正堂裡，侯夫人扶著腰歪在椅子上。劉姨娘沒來，她被打了十幾板子，受傷不輕。

葉成紹一見便冷了臉，眼中戾氣大盛，一進去，先扶了素顏坐下，給侯爺行了禮。

這時，外頭傳來婆子們的聲音。「三少爺，您不能進去，侯爺在和夫人商量事呢。」

「讓我進去見父親！姨娘被打得不成樣子了，竟然沒人請醫生來醫治，我要見父親！」

就聽得成良在外頭高聲大嚷著。

侯爺還不知道劉姨娘被打了嗎？素顏聽得奇怪，偷偷地看侯爺的臉色，只見侯爺臉色面沈如水，看不出一點變化，只是眼神更加凌厲了些，眼皮一抬，突然如電光一樣射向素顏，素顏坦然地對侯爺淡淡一笑，並沒有畏懼地收回目光。

侯爺看了她一眼後，便看向門外，揚聲道：「讓成良進來。」

成良一衝進來，便撲跪在地上，大聲哭道：「父親，請您救救姨娘吧，姨娘被打得皮開肉綻，正發著高燒呢！」

「那你還哭什麼，快去請大夫來給她醫治就是。」侯爺聽得眉頭微跳了跳說道。

「可是，母親不肯下帖子，兒子沒本事請來太醫。」成良哭著回答。

「哪家府裡頭請太醫給姨娘看病的？成良啊，我說你也十四歲了，怎麼這點子規矩也不懂呢？」侯夫人聽了便冷笑道。

「拿我的帖子去請城南的老大夫吧，他也是太醫院致仕的。」侯爺不耐煩地揮了揮手道，根本就沒問起劉姨娘為何挨打，也沒說要去看劉姨娘。

素顏心裡便有些發寒。這個時代的男人，就是再寵一個小妾，那個女人也不過是他用來調劑生活的一個物品而已，不會對小妾用太多感情的。在侯爺的骨子裡頭，侯夫人便是比劉姨娘差再遠，侯夫人還是正室，還是更值得尊重，他不會為了個小妾而重罰正室夫人的。

成良聽了有些愕然。他是特意來向侯爺報信的，想讓侯爺去看劉姨娘，但侯爺似乎沒有想像中地關心劉姨娘，而且，也聽了侯夫人的話，不去給劉姨娘請太醫……成良的手緊握著，手背青筋突起，眼裡含著屈辱和憤怒，但他沒有再說什麼，行禮後退下了。

侯夫人見了，唇邊便露出一絲得意的笑來，對侯爺道：「侯爺您回來了就好，這兩日，府裡是雞飛狗跳、好不安生，方才護國侯夫人氣得把司徒蘭給接回去了，還說要送和離書來。」

「和離書？」侯爺聽了好不詫異，目光如電般看向葉成紹。「紹兒，你是故意的吧，護國侯爺可是對為父發了好大一通火，你究竟想做什麼啊？以前胡鬧，把人家嫡長女弄回府來當小妾，這會子還揚言要賣掉人家，你……你真是氣死為父了，都快二十歲的人了，不能總這麼著胡鬧下去吧！」

葉成紹聽了有些愧疚地微垂了眼眸，目光閃爍，欲言又止，當著侯夫人的面，他不想多說什麼。

侯爺見了便嘆了口氣，語氣嚴厲地說道：「這事你自己想法子擺平吧！為父實在是弄不懂你們這些年輕人的心思，不過，這次理虧可是在咱們家，你再不可任性胡來，侯爺若是要打你、罵你，你就好生受著，不許回嘴。」

葉成紹老實地站了起來，恭敬地應了。

侯夫人聽了，很是不屑地撇了撇嘴道：「侯爺，司徒蘭那孩子進門都兩年了，一直跟紹兒處得還不錯，怎麼一會子兩個人就鬧得這麼僵了呢？」

侯爺聽了眉頭一皺，回頭瞪了侯夫人一眼，卻是對素顏道：「兒媳啊，妳還年輕，有些事情得斟酌些，想好了再做才行。府裡頭人多，人心複雜，一個不小心，就會做錯事。有時並非妳的本心，但人家就可能怪到妳頭上去，做媳婦的，就要懂得審時度勢，儘量不讓人家抓到妳的錯處才行。」

素顏聽得愣然，沒想到侯夫人一番挑唆，侯爺不但不責罵她，卻是當著侯夫人的面教導了她一番，而且，話裡話外地就指出侯夫人是在挑事，是將司徒蘭的事情全怪到她頭上來。她心中不由好生感激，怪不得葉成紹那個桀驁不馴的人，也會對侯爺服服貼貼，侯爺睿智精明又明事理，自然能服人心。

不過，話語裡也有責備的意思在，是怪她做事不太妥當吧。素顏也很恭敬地起身應了。

侯夫人聽得氣急。這麼大的事情，也只是輕描淡寫地說素顏和葉成紹幾句……她越想越窩火，明明不是自己的兒子，卻要什麼好的都給了他，還時時要受他的氣，心中憤懣不平，眼淚就出來了，哭道：「紹兒也太不把我放在眼裡了，侯爺，這十幾年，我待他可沒用過二心，可是他呢，幾時真當我是母親呢？」

侯爺蹭地一下就站了起來，怒道：「我不說穿，就是給妳顏面，妳當我不知道嗎？禁了妳的足，妳還是在府裡搞三搞四，鬧得雞犬不寧，妳不為自己想，也要為紹揚想吧？我真不知道妳這腦袋是什麼東西做的，氣死我了！」說著，甩袖就走。

侯夫人被罵得臉色一陣紅一陣白，哭得更傷心了，一提到紹揚，她便心如刀絞，衝口說道：「你還提紹揚，我就從沒看到過像你這樣狠心的父親，你幾時真正關心過自己的親生兒子？他的那個病——」

侯爺突然轉身，怒視著侯夫人道：「妳再胡說八道一句試試！紹揚為何會病，又為何病成如今這個樣子，妳有很大的責任，妳這個蠢女人！」

說著，眼睛痛苦地閉了閉，轉身大步走了。葉成紹忙跟在他身後，可侯爺還沒出門，就聽有人來報，說是護國侯府來人了。

侯爺無奈又退了回來，讓人傳護國侯府的人進來。

一個穿戴體面的婆子大大方方地走進來，臉上帶著倨傲之氣，一進來後，便向屋裡各人都看了一眼，當看到素顏時，鼻間幾不可聞地輕哼了一聲。

她給侯爺和侯夫人行了一禮，說道：「稟寧伯侯爺，小的是來給侯爺傳話的。小的家夫人說，大小姐暫時就不回寧伯侯府了，要在娘家住一陣子，將養身子。」

這意思是，司徒蘭還要回來？

葉成紹聽得好生震驚，眉頭一皺，正要說話，侯爺一眼瞪了過去，他只好閉了嘴，沒開口。

「那就等她病養好了，本侯再派人接她回來吧。」侯爺對那婆子說道。

「自然是要接的。姑爺說了那許多混帳話，我家小姐也不計較了，也不再說要和離的話，兩家仍是姻親，只是夫人說了，要讓小姐回來也可以，得世子夫人親自上門給我家小姐賠禮道歉才行。」那婆子斜睨著素顏道。

「放妳司徒家的臭屁！她自己尋死覓活地往冷水裡泡，泡出病來了，娘子還給她請醫問藥，她中的毒也是娘子幫她查出來的，不說感激我娘子，竟然還要給賠禮道歉？她算什麼東西，愛來不來，再回來，我也是要賣了她換銀子，沒見過這麼討厭的人。」葉成紹指著那婆子的鼻子就罵道。

這可就是在打護國侯府的臉。那婆子氣得眼都橫了，也不理葉成紹，只對侯爺道：「侯爺，我家侯爺看在兩家多年的情分上息事寧人，可世子爺這樣，也太過分了點吧！」

侯爺也覺得葉成紹太過分了些，瞪了葉成紹一眼道：「紹兒，以和為貴啊，護國侯……可沒少護著你，你要知道好歹。」

素顏立即聽出了侯爺話中的意思來，侯爺也是不想讓葉成紹太過得罪了護國侯吧，護國侯在大周也是權勢很大的，如果護國侯一直站在葉成紹這一邊，葉成紹就又多一個很大的助力，侯爺他也是想讓葉成紹往那個位置上爬的吧？

「不就是讓兒媳婦去賠個禮嗎？兒媳，妳就去給護國侯夫人賠個禮，再順帶跟司徒蘭說幾句軟話就是，可不能為了這點子事，就把個世代交好的親家給得罪了。」侯夫人在一旁乘機說道。

素顏聽了覺得好笑，她靜靜地看著侯爺，想看侯爺的反應，想知道侯爺對這件事的態度。司徒蘭的出身再高又如何，她只是個妾，哪有正室給小妾賠禮的道理？再說了，自己又做錯了什麼？憑什麼要自己去賠禮？

侯爺眼神凝重地直視著素顏，神情威嚴凜然，刀削般堅毅的臉龐略含冰霜，顯得冷冽而無情，但他沒有說話，既沒有反對侯夫人，也沒有贊成，只是冷靜地看著素顏，似是也在看素顏要如何應對。

侯爺的這種態度無疑鼓勵了侯夫人，她笑著對素顏道：「兒媳，我也知道妳委屈，不過，妳可是葉家的宗婦，一切可得替葉家大局著想。葉家與護國侯府乃是世交，如果在妳手上斷了這份情誼，那妳可是葉家的大罪人了。」

素顏聽了緩緩轉過頭看著侯夫人，淡笑著回道：「母親此話說得素顏好生惶恐，不太明白您的意思，您為何要說護國侯府與寧伯侯府關係若破裂便是兒媳的罪過？這頂大帽子太重了，兒媳擔不起呢。」

侯夫人沈了臉道：「妳怎麼揣著明白裝糊塗呢？方才司徒家的這位嬤嬤也說明了，司徒姨娘受盡侮辱，被司徒夫人接回府去了，得妳去賠禮，她才肯回來，不然便要與紹兒和離。司徒家與葉家關係就會陷入緊張境地，這原就是我葉家的錯，葉家人去賠禮也是理所應當的。」

「她受了葉家人的欺侮？她受誰的欺負了？兒媳不知道，母親請指教。」素顏湛亮的眼眸平靜而淡定，定定地看著侯夫人問道。

「妳……妳是故意的嗎？紹兒要把人家好好的嫡長女賣到教坊去，這還不算是欺負她嗎？」侯夫人被素顏淡定從容的樣子給氣著了，語氣裡火氣十足。

「喔，原來是相公欺負她了啊，要說相公應該欺負她很多年了啊，今天又不是第一次，不然她一個侯門嫡長女，怎麼肯放下身段、丟掉顏面，委身給相公做妾呢？我原想著司徒妹妹是很喜歡相公欺負她的呢，不然，她也不會一直被欺負著。在葉家待了兩年，如此忍辱負重，自然是對相公情真意摯嘍，既然這是她與相公相處的方式，葉家又何必去道歉？護國侯府應該也是舉府該知才是，不然，侯爺和侯夫人也不會捨得真將嫡長女送與相公做妾吧？這歉千萬道不得，不然，不是破壞了相公在司徒妹妹心裡的形象嗎？」素顏聽了嘴角勾起一抹笑意，微挑了眉說道。

她話音剛落，就聽葉成紹噗哧一聲笑了出來，眉眼間全是得意的笑，邊笑邊不忘瞪那婆子一眼。「聽到沒，妳家大姑娘自己骨子賤，喜歡爺欺負她，爺這麼著對她也不是一、兩天了，她自己願意受，你們管得著嗎？要是捨不得送她來挨我欺負，那就別回來了，爺還不樂意見她呢。」

那婆子聽得啞口無言。這位寧伯侯世子夫人好生牙尖嘴利，說的話真讓人沒法反駁，而且，還讓她有點無地自容，先前的倨傲被素顏打擊得半點不存，連她也不明白，當年葉成紹如此欺負司徒蘭，司徒家不但不發火，還將護國侯府的臉面全部丟棄，真將司徒蘭送進寧伯侯府當妾，連個平妻之位也沒掙著，當時可是全京城的第一大醜聞加笑話。最讓她不明白的是，自小孤傲自負的大小姐，竟然也真的就肯來了寧伯侯府，若換了別的心性高的大家閨秀，怕是三尺白綾，自盡也不會如此作踐自己，如今這些老事被這世子夫人掀出來，真箇是羞煞人啊。

一時間，這婆子的臉上一陣紅一陣白的，但她也是老於世故，在深宅大院裡修成了精的人，半晌後，回過神道：「世子夫人好生牙尖嘴利，我家侯爺和夫人是看在與寧伯侯府世代交好的分上，一讓再讓，當年世子爺為了得到我家大小姐，做盡下作之事，侯爺和夫人為了兩家情誼並不計較，還盡力如了世子爺的願，把大小姐嫁過門來，原想著，世子爺和寧伯侯爺、夫人會好生疼愛小姐，沒承想，卻是一再欺凌。過去兩年聽著還好，只是受些冷落，可自世子夫人來後，我家小姐不是被關小黑屋，就是被侮辱踐踏尊嚴，要不是我家夫人親耳聽到，只怕小姐真的會被世子爺賣了……你們寧伯侯府欺人太甚了些，真當護國侯府是泥捏的嗎？」

侯爺聽了這話，臉色有點沈鬱，凌厲的眼眸又加了幾道寒芒，直射向素顏。素顏冷冷地看了回去。她並沒有欺負過司徒蘭，關小黑屋什麼的是她咎由自取，而且，自己還幫她發現有人對她下毒，示警於她，她不感謝也就罷了，卻一再把矛頭對向自己，是她在欺負自己才對。

如果侯爺也要讓她去給司徒蘭道歉，那她藍素顏也不是好惹的，該力爭的會力爭，若在侯爺這兒爭不了，大不了鬧到宮裡去，看誰有理。

「嬤嬤說來說去，好像忘記了一條最重要的，妳家大小姐可是世子爺的妾，我可是世子爺的正妻，天下沒有正妻給小妾賠罪的道理。何況，我自認從沒有欺負過妳家小姐，更沒有對不起妳家小姐過，倒是妳家小姐仗著出身名門，便一再地指著我的鼻子指名道姓地罵我、罵我家相公，如此不守婦道，沒有尊卑上下，實在無理至極。我若真去給她賠禮，全京城的正室夫人都會指著我的鼻子罵，會說我不懂規矩，有違倫常道德。本夫人也是出自書香世家，別人不知禮，不守禮，本夫人可不與她同流合污。」素顏冷厲地看著那婆子說道，又轉而對侯夫人道：「昨日劉姨娘不過是不小心打翻了一碗粥，燙著了您，兒媳百般勸慰，您還是重打了劉姨娘一頓，您不覺得您也是在欺負劉姨娘嗎？這會子父親也在，不若母親先做個典範，給劉姨娘賠個禮，讓兒媳瞧瞧，且看母親的心胸能寬容到何種地步去？」

侯夫人聽得一滯，沒想到素顏立即以彼之道還施彼身，拿自己的話來頂自己，她一時被頂得說不出話來，心裡一口氣就堵在了嗓子眼裡，上不得、下不得，又出不來，差點就要閉過氣去，半晌才指著素顏道：「妳……妳……妳……」

「我如何？母親，您也不願意嗎？您也覺得這有辱您的正室身分嗎？您也覺得這不合規矩嗎？您也覺得這樣做會讓您這個正室夫人尊嚴掃地嗎？俗話說，己所不欲，勿施於人，堂堂寧伯侯府，如果連這點子最起碼的尊卑上下也分不清楚，那也怪不得會被滿京城的大儒世家、名門望族嘲笑了。」

素顏著實從心底看不起侯夫人，說起來，葉家也算得上是百年大族，雖是以武起家，但大家族裡百年底蘊，怎麼也得立下不少嚴規才是，可侯夫人真是既糊塗又渾噩，只會耍些小手段，連個姨娘也治不住，誰善就欺誰，真是有辱她這個二品侯夫人正室的身分。

這一番話說得毫不客氣，連侯爺的面子也沒留，侯爺聽得臉黑如鍋底，他怕是還沒有被個小輩當面如此指責諷刺過，但素顏又是句句在理，還真駁斥不得，但那雙精光如電的眼底卻是帶了一絲笑意，只是臉上半點不顯，仍是沈如水、黑如鐵，渾身散發著一股威嚴的氣勢。

侯夫人被素顏說得啞口無言。平素，素顏還會在她面前表現出表面的恭敬，方才這態度裡可是帶了一絲譏諷和鄙夷，句句椎心，根本就沒有拿她當長輩看，一時又氣又羞，抬眸看著侯爺道：「侯爺……你聽聽，這是一個做兒媳說的話嗎？妳書香門第出身又如何了？妳爺爺也不過是個學士，妳爹更只是個五品郎中，嫌侯府禮儀規矩不如妳家，妳就不要嫁進來啊！」

素顏聽了後一聲冷笑，看了葉成紹一眼道：「母親說得好。第一，當初並非是我這個五品小官之女強求著嫁入侯府的；第二，進門第二天，我也自請下堂回家，自請和離，可是母親您親自上門接了我回來的，母親您不會已經忘了當日之事吧？」

素顏這可真是比拿了巴掌搧侯夫人的臉，還要讓侯夫人難受。侯夫人那天在藍家可是沒少受氣，還被侯爺打了好大一個巴掌，雨雪之夜不得不親自登門道歉才接了素顏回來……藍素顏，她這是在警告自己嗎？

第八十六章

侯夫人的心裡好一陣發冷，強忍了心頭的那口鬱氣，瞪著眼睛一句話再也說不出來。

素顏說完便扶著葉成紹道：「相公，我腳痛，娘看著也不胖，可是一腳踩下去，還真的是差點踩碎了我的腳骨呢。」她連最後的臉面也不想給侯夫人留了。人家總是一再地欺負她，再退讓，只當她好欺負，侯夫人這種人就是同情不得，活該被人當落水狗打。

侯爺這才注意到素顏的腳受了傷，一聽又是侯夫人的傑作，狠狠地瞪了侯夫人一眼道：「妳倒是威風，打完姨娘打兒媳，這個當家主母，妳根本就沒本事當好，妳就老實點坐著當婆婆吧，府裡的事情再不許妳插手了。」

侯夫人聽了頓時淚如泉湧。侯爺這是徹底奪了她的掌家權了，她辛辛苦苦在侯府十幾年，為侯爺養兒育女，還抵不過這個才進門幾天的兒媳婦，那還不是他的親兒媳啊，他究竟有沒有心，紹揚不是他親生的嗎？他就不想想，如今把掌家權都給了藍氏，將來紹揚娶了妻子，那個兒媳怎麼辦？紹揚被成紹壓了那麼多年，難道自己的親兒媳也要被藍氏壓著嗎？太不公平了！

當著護國侯府下人的面，侯爺算是半點面子也沒給侯夫人留，而司徒家的那個婆子此時也明白了寧伯侯的意思，她也是知道寧伯侯家的情況的，大房正經的主母就是侯夫人和世子夫人，二夫人、三夫人都是隔了房的。侯夫人被奪了掌家權，那接手的自然就是世子夫人了，寧伯侯雖沒有說明是否要世子夫人給自家小姐道歉，但態度也很明朗了，如此維護世子夫人，自然是不會同意她去賠禮的了。

果然，就聽侯爺道：「請妳回去轉告護國侯夫人，我家兒媳乃世子夫人，皇上親封的一品誥命，斷沒有去給一個沒品沒級的妾室賠禮的道理。紹兒做錯了事，讓紹兒自己承擔，如果，司徒姑娘非要與紹兒斷絕夫妻情分，那我寧伯侯府應該補償的，一定會補償，讓世子夫人道歉的話，就不要再提了。」

那婆子聽得心頭一凜。寧伯侯世子夫人竟是皇上親封的一品誥命，舉朝上下，一品的誥命可是屈指可數，她家侯夫人也不過是二品啊，大小姐還真是任性，真要逼了皇上御封的一品誥命去給她賠禮，皇家責怪下來，她可是受不起。

那婆子聽了，只好垂了頭應是，態度恭謹了很多，臨去時，改了口道：「先前不知世子夫人乃是一品誥命，言語不當之處，還請原諒小的。不過，侯爺，我家大小姐著實是被世子爺趕回去的，她受了不少委屈，世子夫人不敢請，那世子爺還是得親自去接她回來才行。小倆口吵架，總要有一方肯放低態度才好，您說是吧？」

「不用接了，司徒妹妹可是自行回家的，依大周律例，妾室不經主母允許自行回家的，乃是不合禮法。相公的妾室可不止司徒妹妹一個，今兒若是接了司徒妹妹，那其他的幾個不都會有樣學樣，都不守規矩了嗎？那侯府妾室還不得爬到爺頭上做窩去？夫命大於天，若司徒妹妹受不得相公的氣，那就另行再嫁好了，寧伯侯府不會干涉。」

素顏不等侯爺回答便截口道。她神情冷冽無情，雖是半靠著葉成紹站著，卻有股懾人的威勢。

侯爺沒想到素顏會如此大膽和嚴厲，竟自行作主，讓司徒蘭自嫁，那與休棄司徒蘭沒什麼區別，這個……只怕護國侯又要找自己的麻煩了。不過，府裡一直亂得很，倒還真要這樣一個果斷的主母來整治整治了。

護國侯府那婆子聽了差點氣得吐血，但她畢竟只是一個僕人，就算代表護國侯府來送信，也不敢太過頂撞素顏。她強忍怒氣，禮也不行，轉身便走。

侯夫人有些發怔地看著素顏。如此強勢的素顏她還是頭一回見到，這個兒媳越來越脫離她的預料，不是她所能掌控得了的，她終於不敢再多說什麼，只拿眼瞪著素顏。

素顏看了侯爺一眼，對侯爺和侯夫人行了一禮，扶著葉成紹道：「相公，我們回去吧。」

葉成紹聽了點點頭，也給侯爺行了一禮，侯爺卻對素顏道：「妳既敢作出此等決定，後面要面臨的困難，妳就應該預想得到，也應該知道要如何解決。」

素顏堅定地點了點頭。「多謝父親成全，兒媳明白。」

她哪裡不知道，自己自作主張休掉司徒蘭的後果有多嚴重，但她不得不做。既然下定了決心要與葉成紹相親相愛地過下去，那些個花花草草，她就必須得一個一個親自動手剷除。

就算因此，她會得個悍婦、妒婦的名聲又如何？她只是在捍衛自己的生活罷了。不過，她會儘量用平和些、不沾血腥的手段，將那些小妾們擺平。

她不好鬥，但在迫不得已的情況下，她不介意與人鬥，也更不害怕與人鬥。

回到苑蘭院，葉成紹又給她按摩腳傷。其實經過幾次按摩，她的腳也好了很多，葉成紹拿來的藥也很有效，消腫得很快。

「娘子，這事妳不用怕，是我做出來的，我就會想辦法解決。明兒我就親自去找護國侯，我知道他想要什麼。」葉成紹輕撫著素顏臉側的一綹髮絲，語帶歉意地說道。

「嗯，我的腳好些了，我就進宮去找皇后娘娘，如果娘娘能幫我們，應該事情也能好辦得多。」素顏點了頭道。

第二天，葉成紹果然去了護國侯府，而素顏的腳傷也好多了，處理完府裡的一些瑣事後，就帶著青竹進了宮。牌子遞進去不過兩刻鐘的樣子，皇后娘娘就派了張嬤嬤來接她，張嬤嬤見過素顏一次，也算是相熟了，這會子見到素顏的腳有些行動不太利索，眼裡就露出一絲厲色，很隨意地問道：「世子夫人的腳……有些不便嗎？」

素顏聽得微怔。她已經很小心、很努力地儘量使自己行走如常了，怎麼張嬤嬤還是看出來了？她不自在地一笑，腳步放慢了道：「無事的，只是不小心扭了，養了兩天，好得差不多了，我……沒有影響儀態吧？」說到後頭，大眼裡閃過一絲俏皮，有些擔憂地問道。

張嬤嬤不禁莞爾，知道她是不想談及侯府裡爭鬥之事，很溫和地笑道：「世子夫人風華照人，儀容很端莊。」

素顏聽了，眼睛笑成了彎月，高興地與張嬤嬤閒聊了幾句，張嬤嬤卻是告訴素顏一個令人震驚的消息。「娘娘早就知道您要來，護國侯夫人昨日已經進了宮，那事已經鬧到慈寧宮去了，娘娘正有事要問夫人呢。」

素顏聽了心中一緊。司徒蘭果然不肯就此離開，不過她也不怕，只要抓住了理，就是護國侯權勢通天又如何，只要葉成紹的心是站在自己這一邊的就行。

坤寧宮裡，皇后娘娘正懶懶地歪靠在軟榻上，一雙豔麗嫵媚的眸子半睜半閉，眉頭微微蹙著，紅唇輕啟。「那丫頭應該來了吧？」

一旁的花嬤嬤躬身回道：「快了，只是聽說她的腳有些不便利，所以走得慢了些。」

皇后娘娘聽了豔眸睜大了些，眼裡泛起一絲慵懶來。「喔，看來是又吃了侯夫人的虧了。她不會連侯夫人都擺不平吧？本宮那大嫂可不是個太聰明的人。」

「或許世子夫人心存善意，又有著孝心，不好與長輩頂撞吧。」花嬤嬤面色平靜地說道。

「她倒是個良善的，不過太過良善，在那種地方，時間長了怕是連骨頭渣都難剩下呢。」皇后娘娘的聲音輕柔似水，眼波轉動間風情萬種，語氣裡不含半絲情緒。

花嬤嬤聽得臉色一怔，躬身道：「娘娘說得是。」

說話間，有宮人來報，說是世子夫人來了。

皇后微揚了手道：「讓她進來。」

素顏在張嬤嬤的帶領下，走進坤寧宮，低著頭恭敬地給皇后行了個大禮。

皇后坐起身來，抬手道：「平身吧，讓本宮看看，妳回家這兩日可有長水靈一些。」說著還真的起身，蓮步輕移，曼妙玲瓏的身子帶著一股魅惑，但那雙靈動又略顯率真的大眼卻使她顯出幾分飄逸。這是一種嫵媚與出塵的微妙氣質，但偏生在皇后身上卻顯得那樣的融洽，如此豔絕天下的尤物，就連向來美貌自信的素顏也自嘆不如。

皇后含笑繞著素顏轉了個圈，眼睛上下打量了素顏一番道：「還好，雖沒有變得更水靈，但氣色還不錯，沒有讓本宮失望。」

在皇后面前，素顏還真感覺有些壓抑。皇后太過精明深沈，她不敢胡亂揣測皇后的意圖，也不敢隨便說話。

「謝娘娘關心。」

「說吧，特意進宮來找本宮，所為何事？」皇后回到軟榻上坐著，很隨意地問道。

「臣婦想要休了司徒氏。」素顏儘量使自己鎮定一些，不受皇后氣勢的影響，她深吸了口氣，堅定地說道。

「妳敢休她？果然好膽色。」皇后聽了一點也不奇怪，臉色還漾開一絲笑容來。「本宮原還怕妳太過良善，優柔寡斷，容易受人欺負，沒料到妳的第一刀就朝鐵板上砍，還真讓本宮意外呢。」

素顏聽了抬起頭，勇敢地直視著皇后道：「其實臣婦的意思，也不是要休了她，畢竟當初相公對她做得有些不妥當，毀了她的名聲，如今再休她，對她也太過殘忍了些。臣婦的意思是想還她一個好名聲，恢復她的自由身，從此與相公斷絕關係，男婚女嫁，各不相干。」

皇后聽了眼神凝了凝，皺著眉頭，有些失望地看著素顏道：「方才本宮還誇妳殺伐決斷呢，妳立即就露了本性。太過良善了，於妳可沒好處。」

素顏一聽，立刻跪了下來，很誠懇地對皇后道：「娘娘，人性本善，臣婦自小便信奉這一點，臣婦也深知自己生活的周遭有很多對臣婦不利的人，但臣婦想要活得自在一些，就必須用些非常的手段，但不到迫不得已，臣婦不想看到血腥，想儘量做到與人為善。」

「妳要趕她出寧伯侯府，不管妳用什麼樣的法子，她心裡還是會恨妳，妳何必不用些厲害的手段，讓她再也沒有翻身的機會，更無力再與妳為敵呢？」皇后冷冷地對素顏說道。紹兒的身邊不能是個太軟弱太善良的女子，將來她是要成為紹兒堅強的後援和支持，太軟弱，只會給紹兒拖後腿。

「娘娘，她會不會恨我，臣婦不在乎，臣婦只要對得住自己的本心就成。相公對她並無感情，她便是再在侯府待下去，也只是浪費青春、蹉跎歲月，那樣對她，反而更殘忍。如果，娘娘能替相公彌補些過錯，給她一個相對好的歸宿，她幸福了，臣婦與相公才會過得更心安。臣婦不希望相公在以後的日子裡，因為她而感覺心愧，因為她而影響了臣婦與相公的感情。」

素顏定定地看著皇后。皇后在宮裡血雨腥風地爭鬥了很多年，或許早就心硬如鋼鐵了，自己這一番話怕是難以打動皇后，可是，不管如何，她都要試上一試。徹底地解決司徒蘭，不是只將她送走就可以了，而是要讓葉成紹從此以後不會再對她有半絲的歉意，將她從葉成紹的心裡消除，那才是真正解決了司徒蘭。

「幼稚！」皇后一甩長袖，惱怒地喝道。

果然皇后沒有為自己這一番話所打動。素顏向前跪移了幾步，眼裡泛起一絲水霧來，小聲道：「臣婦知道娘娘心疼相公，希望相公好，臣婦不知道娘娘對相公的期望究竟是什麼，但臣婦希望娘娘能真心為相公著想，相公他……其實過得很累，很悲哀。臣婦不希望相公在外面辛苦一天後，回來還要面對妻妾之間的爭鬥，承受來自家庭的紛憂，臣婦想給相公一個溫暖寧靜的家，請娘娘成全。」說著，她低頭便拜，頭重重地磕在了光滑華麗卻又冰冷堅硬的大理石地板上。

「快拉住她，磕壞了，一會兒紹兒又跟我急！」皇后有些氣急敗壞，慌張地說道。

張嬤嬤一直就站在素顏身邊，見此忙拉住素顏，不讓她再磕頭。素顏也沒下死力磕，不過做下樣子，但她皮膚細膩光滑，輕碰一下就紫了。皇后等她抬起頭來，一看那紫印子，就哼了一聲道：「是妳自己磕的啊，本宮可沒強迫妳。」儼然是孩子氣，像是要賴推卸責任一般。

素顏聽了不覺好笑，忙道：「嗯，是臣婦自己磕的，娘娘並未威逼。」

皇后此時心中翻江倒海。素顏的那番話深深地觸動了她的心靈，一股愧疚和無奈湧上了心頭。她從素顏的話語裡聽出了真誠，聽出了素顏對葉成紹的真情。的確，紹兒過得很累也很苦，這些年來，圍在他身邊的全是陰謀與爭鬥，有幾人是真心為他著想？

皇上疼他，自己也疼他，可他們的疼愛，只是用物質和權力彌補，很少在感情上去呵護他，所以，紹兒才會覺得辛苦、孤獨，甚至想要一走了之吧？

這個藍素顏，她似乎很瞭解紹兒，知道紹兒的痛，也好像猜到了紹兒的身世，也許，紹兒與她在一起，真能得到些許的安寧和幸福吧……算了，就如她所說，讓紹兒在外頭辛苦一天後，回到家裡，有片刻的寧靜和溫暖吧！

「妳起來吧，讓本宮想一想，用什麼法子才能彌補司徒家的那個丫頭。」皇后沈吟了半晌後，才說道。

「當年，相公不過是惡作劇罷了，司徒姑娘雖然進入侯府兩年，但仍是完璧之身。」素顏小心地提醒道。

皇后聽得一滯，想到這個她就有點惱火，衝口就對素顏道：「妳可別告訴我，妳也還是完璧之身，不然，本宮今晚就要你們在本宮宮裡圓房！」

素顏聽得滿臉通紅，不知道要如何回覆才好。一旁的張嬷嬷就笑了，對皇后道：「娘娘放心，奴婢看得出來，世子夫人與世子爺夫妻和諧著呢，她已經是正正經經的世子夫人了。」

皇后聽得大喜過望，美麗無雙的大眼又一次膠著在素顏的身上，半晌才嘖嘖道：「嗯，腰窄臀寬，是個好生養的。」

素顏真被皇后的無厘頭鬧得只想找個地洞鑽進去才好。她們現在是在商量司徒蘭的去處問題好不好，話題能不能不要圍著自己是不是處女打轉啊？還好生養，又不是母豬……

「娘娘……」素顏有點無語了，語氣裡帶了絲嬌嗔。

「好、好，不說這個了，還害羞了呢。不過，本宮總算放心了，紹兒那孩子快氣死我了，後園子裡那麼多女人，他竟是一個也沒碰，害得本宮還以為他不行呢，這下好了……呃，素顏啊，妳可得多多努力才行，早些給本宮生個孫子抱抱。」皇后笑得花枝亂顫，又圍著素顏打了個轉。

素顏垂下頭，徹底無語了。

「完璧的確是要好辦一些。嗯，就這麼著吧，一會子本宮下詔，封司徒蘭為寧安縣主，就說她與紹兒的那段姻緣純屬兒戲，乃是紹兒胡鬧所致，派宮裡的嬤嬤親自為她驗明正身，點上守宮砂，並昭告天下，為她正名。」皇后終於收了笑，對素顏說道。

素顏聽得大喜。若是由宮裡的嬤嬤為司徒蘭驗身，又點上守宮砂，那司徒蘭的名聲也算是徹底挽回來了。要知道，葉成紹可是京裡出了名的花花大少，荒淫無道的名聲早就傳遍京城了，以前素顏在閨閣時，還聽聞他有龍陽之好呢。與一個如此荒淫的人在一起兩年時間，司徒蘭還能保持玉潔之身，不是更能說明她的高潔與聰慧嗎？只怕由此一來，司徒蘭的名聲比起出嫁前更要好一些呢。

總算解決了心頭大患，素顏的心情也變得輕鬆起來，笑著謝過皇后娘娘，就想辭行去拜見太后娘娘。皇后卻是不肯放她，揮了手，讓她坐到自己身邊。「難得進宮來看本宮，怎麼只坐一會子就要走呢，來，陪本宮聊聊天。」

素顏無奈。這個看似率真的女子渾身都透著股神秘色彩，又太過深沈機警，與皇后在一起，素顏感覺有些壓抑，不敢隨意放鬆片刻。

但她還是笑著走到皇后身邊，在皇后腳榻邊坐下了。皇后似乎不經意地說道：「如此處置了司徒氏，倒是讓妳除了心頭憂患，可卻是給紹兒帶來了麻煩呢，妳可知道？」

「娘娘是說護國侯嗎？如此對司徒氏，不是比以前更好嗎？護國侯也應該更有臉面才是，難道他還會遷怒相公？」素顏有點想不通。

皇后聽了，眼神又變得凌厲起來。「有什麼比聯姻更能穩固力量的呢？若是司徒氏還在寧伯侯府，護國侯怎麼都要顧及一二，紹兒只要一天是他的女婿，他就會一天站在紹兒身後，扶持紹兒。」

素顏不敢在皇后面前說什麼不想葉成紹走上那條路的話，她便是再笨也明白皇后的心思是什麼，這個時候忤逆皇后，只會讓皇后立即反悔，而且也會給自己帶來殺身之禍。宮裡頭，母以子貴，有兒子的皇后，才能將位置坐得穩。她聽說，二皇子是皇后養大的，但並不是皇后親生，卻是名正言順的皇上嫡子，如今與貴妃所生的大皇子都是皇位的最熱門人選，但是，誰也不願意真將那個位置給一個不是親生的人坐，她怕到時候皇上駕崩了，自己這個太后位置不穩，如果是自己的兒子上位，那就不用有這種擔心了。

所以，現在要皇后娘娘打消這個念頭，幾乎是不可能的。

她只是不明白，如果葉成紹真是皇后所生，為什麼她又不認他，還把他放在寧伯侯府？如此就算想讓葉成紹參與爭奪皇位，也名不正、言不順啊？

第八十七章

見她半天沒有回話，皇后秀眉一皺道：「妳沒想過，要如何幫助紹兒嗎？」皇后有點後悔自己剛才的一時心軟。當初把司徒蘭嫁入侯府，皇后是極力支持的，更是幕後推力之一，為的就是幫葉成紹拉攏護國侯，而護國侯也正是暗中知道了葉成紹的身分，才心甘情願寧可丟面子，也要送自己的嫡長女給葉成紹為妾。

「相公如果真心想要成就大事，有些事情就應該他自己解決。臣婦來時，相公去了護國侯府。而且臣婦認為，聯姻並不能成為唯一聯合力量的方法，決定政治的，從來就是利益二字，政治向來只有利益之爭，而無感情可言，如果相公有絕對的優勢和能力問鼎某個位置的話，相信護國侯爺會懂得審時度勢的。」被問到鼻子尖上，素顏不得不回答，但她絕不會再同意將司徒蘭弄到府裡來。

皇后聽得眼睛一亮。她沒想到，素顏小小年紀見識倒是非凡，還知道政治只有利益可言，也算得上有些遠見和卓識，皇后的心又活泛了起來，遂道：「歷來，世代皇子上位，都會有強大的外戚相援，唉，可惜紹兒不是皇子，若紹兒是皇子，妳家的家世還真是提不上檯面啊。」

素顏聽著皇后這欲蓋彌彰、故意試探的話，不由微蹙了蹙眉。她的家世，就連洪氏也曾經譏諷過，大周以武建國，很是看重武力，所以貴妃的娘家，陳閣老、靖國侯都是武將出身，而寧伯侯、護國侯也是武官，文官在朝裡相對較弱，所以，才看不起自己這個學士的孫女。

「娘娘此言差矣。文主內，武抗外，朝廷重武，但更應該重文，要統治好一個朝代，最重要的就是思想的統治，是民心，而民心何來？民心是從統治者的施政措施中來，而這些措施的施行、宣傳乃至教育，都是由文官來完成的。一位皇帝如果想要流傳青史，斷斷少不得文人的記傳、宣揚。以往為何有成王敗寇之說，完全是成功者讓文人寫成的，那些失敗者難道就真的是十惡不赦的壞人嗎？成功者就都是聖人了嗎？不見得吧。」素顏冷靜地說道。

「臣婦的祖父雖然只是個學士，但在文官和清流這一派裡還是有些影響力的，娘娘可不能小看了清流的力量，那是輿論的導向，文官有時能將黑的說成白的，白的能說成黑的，還有本事讓武官想反駁都無從下口，他們更能影響民心。」

皇后娘娘那雙漂亮的眸子睜得越發大了，不可置信地看著素顏，紅唇微張成了一個「喔」字，半晌沒有說話。

「哈哈哈，好，朕今天算是聽到了一段精闢的治國之論。」殿外突然傳來幾聲爽朗而又渾厚的笑聲，皇上龍行虎步地走了進來。

素顏忙跪下給皇上行禮，皇上大手一揮道：「平身！」

在這個氣勢威嚴，渾身散發著王者霸氣的男子面前，素顏再沒有方才侃侃而談的從容與淡定，她老實地垂著頭，連呼吸都放平穩了，儘量減少自己的存在感。

「皇上怎麼突然來了，也不讓人給臣妾打聲招呼，好讓臣妾出去相迎啊。」皇后嬌笑著上前給皇上行禮。

「先打了招呼，朕還能聽到方才這段精闢的言論？」皇上臉上的笑意不減，又看了素顏一眼道：「是叫素顏吧，妳不必拘束。」

「皇上來得正好，這孩子膽子可真大，竟然要休了那司徒家的姑娘，臣妾正在問她原因呢。」皇后娘娘看了素顏一眼，笑著對皇上道。

素顏聽了心裡一咯噔。怎麼皇后這話聽著像是要反悔，是要把決定權交給皇上嗎？那先前應了自己的不算數了？

「喔，著實大膽，護國侯可是很疼那個嫡長女的，她都已經屈居妳之下了，妳竟然還容不下她？」

皇上的眼神果然變得凌厲起來。素顏不敢抬頭與他對視，若是仔細看，定然可以看到皇上眼底的一抹戲謔和笑意。

「臣婦確實容不下她。」素顏很淡定地說道。

皇上聽得一愣。這藍氏還真不是一般的膽大，竟然敢在自己面前直承不能容人，紹兒可不能只有她這一個女人，如此無容人之量，實在不合適。

不過倒是坦誠得很，並沒有虛假偽應自己，這女子，上回看著還沒發覺她與眾不同，如今看來，著實有點意思。

「妳可是犯了七出，紹兒能夠以此休了妳喔。」皇上不露聲色地說道。

「臣婦為了維護相公的尊嚴，維護侯府的規矩，非要休了她不可。第一，她對臣婦這正室不敬，多次辱罵於臣婦，臣婦倒是能忍，但她多次辱罵相公，臣婦可不能忍。第二，她一生氣就衝回娘家，還提出要臣婦這個正室給她賠禮道歉，這不合道德規範。第三，是相公自己要賣了她，臣婦也是為了救她，才說要休她的。休她回家，總比賣入教坊要好吧？」素顏硬著頭皮對皇上道。皇上既是在這個時候到來，定然是得到了一些消息的，她必須得據理力爭。皇后的態度很明確，那是站在葉成紹這一邊的，但皇上卻不一定，素來聖心最難測，她還是先占住個理字再說。

「真的休了？那妳不是給紹兒添了個大麻煩嗎？護國侯可不是好惹的啊。」皇上又似笑非笑地說道。

於是，素顏將皇后娘娘先前對司徒蘭處置的話說了一遍，然後靜等皇上的意思。

皇上擺手，讓素顏起來，皇后笑對皇上道：「這孩子倒是個嘴利的，也有些見識，方才臣妾與她一番辯駁，竟是沒說得過她呢。她說什麼文治武功的，臣妾也不是太懂，還真不知道她小小年紀，哪裡學來的那些個為政之道，藍大人果然家學淵博，教養出的子孫才學很不一般啊。」

皇上聽了看了素顏一眼道：「藍大人學識確實非凡，卻過於老成，方才那一番話，藍大人怕是不敢對朕說的。」

素顏聽得心中一凜。皇上是在怪她說了成王敗寇那些話吧，統治者就是再為自己歌功頌德、文過飾非，也不願意被人宣諸於口的，自己當時也是太狂了些，竟然什麼話都敢在皇宮內說，若非葉成紹身分特殊，自己這條小命怕是要去了一半了。

皇后看素顏一副戰戰兢兢的小心模樣，眼神這才溫和了些，對皇上道：「他們這些年輕人，總是意氣風發，性子衝動一些，又是在後宮與臣妾言談，娘兒倆之間自是隨意放肆了。藍大人站在朝堂之上，面對天威，說話定然是字斟句酌的。」

皇上聽了便看了皇后一眼，眼裡有了笑意，柔聲道：「看來，柔兒是喜歡這個姪媳婦嘍。」

「臣妾沒什麼喜歡不喜歡，只要紹兒喜歡就好了。紹兒難得娶了她後就肯收心，也不再花天酒地胡鬧了，他要肯做正經事，臣妾就是最開心的，也不枉皇上您疼他一回。」皇后聽了眼神變得悠長了些，眼底有絲化不開的心痛，淡笑著對皇上道。

這種含笑的沈痛似是有些刺痛了皇上的眼，皇上眼中精芒盡斂，拍了拍皇后的肩道：「紹兒不是那等碌碌昏庸之輩。開春之後，春防又要勞神了，兩淮今年遭受大災，朕打算派紹兒去兩淮督促水務，只是不知道紹兒能否擔得起這個重任……」

皇后聽得美麗的大眼裡像點亮了一片星空，燦然明亮了起來，整個人也顯得更加明媚豔麗，她起身盈盈下拜。「謝皇上恩典。」

素顏心中一動。葉成紹以前總是做著幕後的事情，官職一直是見不得光的，而如今，皇上讓他主理兩淮水利，便是肯讓他站到明面上來，讓他幹出一些政績給世人看。葉成紹憋屈了很多年，被人罵成是陰溝裡的老鼠，怕也一直心懷鬱憤吧，如今皇上總算肯給他一份光明正大的事情去做，肯定會全力以赴做好，他太需要用一個機會展現自己了……如此一想，她也為葉成紹高興起來，心裡卻又湧起一股淡淡的隱憂。皇后想葉成紹往某個位置奮鬥，難道皇上也希望如此嗎？

葉成紹是皇后的兒子，皇后有如此想法無可厚非，但無論是大皇子還是二皇子，都是皇上的兒子，而葉成紹的身分不被皇室認可，定然有很重要的原因，不然，以皇上的強勢、皇后的精明，又怎麼可能讓自己的嫡長子流落到侯爵家，連親王身分也難封誥？

或許，皇上只是讓葉成紹成為另外兩個皇子的試煉石？再或者，也有可能是真的想讓葉成紹上位……但後者可能性著實不大。

素顏也明白，葉成紹並不想真的要那個位置，他和自己有某種相同之處，對權力的慾望不是很強烈，但願，他不要被動地站到風口浪尖上去，成為別人的靶子才好。

「藍氏，朕讓紹兒去兩淮治水，妳有何想法？」素顏正在沈思，皇上突然開口問道。

素顏聽得一震。皇上怎麼會問自己這種問題，他可是天下老子第一大呀，讓他做什麼，她能有什麼想法，難道還敢說不同意，不讓他去，讓他就成為一個紈袴子弟算了的話？素顏不由在心裡翻白眼。帝王心還真是難測啊！

「相公能為皇上排憂解難，能為國出力，臣婦也倍感榮光。」素顏無奈地說道。

皇上聽了眼裡就有了笑意，說道：「朕是想聽聽妳對兩淮治水的看法，妳既然知道文與武對朝廷的不同作用，那再看看妳在水利上，又有何新的見解？」

素顏一聽愕然。皇上這是在考校自己，還是……她不由又看向皇后。後宮的女人都不得參政，她一個小小的世子夫人，怎麼敢一而再、再而三地談論國事啊？

結果，皇后卻是幾不可見地對她點了點頭，眼裡帶著鼓勵之色。素顏真覺得一個頭有兩個大了，心中矛盾至極，是應該表現自己小婦人沒見識，還是表現得更有才華一些呢，她真的不知道皇上的用意究竟是什麼啊……

「知道什麼，就說什麼吧，皇上這是在賞識妳呢。」皇后見素顏久不說話，也猜到了她一點心思，在一旁說道。

「回皇上，臣婦長年在閨閣中，於水利方面所知並不多，只是臣婦喜歡看雜書，又得知兩淮經年遭災，常有旱澇之事發生，此乃與淮河特有的地理環境有關。歷史上，黃河長期奪淮，使淮河入海無路，入江不暢，加上特定的氣候和條件，淮河流域歷史上洪、澇、旱、風暴潮災害頻繁，舉國皆知。流域內大洪、大澇、大旱經常出現，一年之內經常出現旱澇交替或南澇北旱現象。在淮河中下游和淮北地區經常出現因洪致澇、洪澇併發現象，危害最大的是大洪水和洪澇組合所造成的災害，在淮河下游地區，還極易遭遇江淮並漲、淮沂並發、洪水風暴潮並襲的嚴重局面。淮河治水，不只要防澇，還要防旱，而源頭，便是要疏通淮河入海的通道，給淮河改道，這才是治淮的本源。」素顏說到這裡，出了好一身汗。幸虧前世的地理學得還算紮實，瞭解一點淮河的地理知識，不過她也知道，這個世界很多河流山川與前世同名，但地理環境多有不同，這是個架空的世界，好在她也看過雜書，知道淮河流域倒是與前世的一樣，沒多大變化。

「朕何嘗不知，治淮的源頭在於疏通入海口，但那是何等浩大的工程，豈是一年、兩年能夠成功的？那可是要耗費巨大的人力物力，怕是窮朕這一生，也難竟功。」皇上聽了神情變得沈重和無奈起來，嘆口氣道。

那倒也是。便是在前世，有先進的科學和機械設備，想要完成這樣一個大工程，也是件很難的事情，何況在現在這個生產力低下，工事全靠人肩扛手提的社會裡，更是不可能完成的大事。素顏不由有些懊惱，也開始認真思索起來。

沈默半晌，她又道：「既然不能從源頭上疏導，那便只能從中折取了。可以在沿岸興建水庫，增加蓄洪區，疏通兩岸地勢低窪之地的排水通道，增加排澇能力，以免造成內澇。其次是要加強河壩建設，鞏固河堤，遷走河堤周圍居民，禁止在河堤周圍挖土建房種地，以免削弱堤基，使河水傾洩，再在兩岸多栽種樹木草皮，鞏固河堤，防止水土流失。」

皇上定定地看著素顏半晌沒有說話。大周朝水利實是落後，雖然民間也有蓄水庫一說，但很少被朝廷重視，建水庫既可以在洪水季節減少河堤的壓力，又能緩解旱期的乾旱，確實是一舉兩得之事。改河道太難，但建幾個大型的水庫，還是可以著手去做的，而且素顏提出的遷走兩岸鄰近河堤的百姓，多種樹木等等，皇上聽著就覺得新鮮，但細想之下，又覺得很是有理，這幾項措施如若真實施下去，那是功在當代、利在千秋的事情，歷代皇帝很少能真正治理好淮河的，如果能在自己手上有所改善，那自己也能名垂青史了。

皇上越想越激動，看素顏的眼神越發不同了。

好半晌，才對皇后道：「看來朕選紹兒為兩淮治河欽差大臣是選對了，藍氏啊，淮河每年六月便會漲水，情勢不等人，妳可要多給紹兒出謀劃策才是。」

呃，這算是什麼意思？是允許自己參與水利建設？難道葉成紹治水，自己也要同行不成？那自己也算得上是個官嗎……

皇后聽得一震，看素顏的眼神就越發不同了。要知道，大周最是忌諱女人參政，皇上這番話雖未明說，意思卻是明顯，就是要素顏跟葉成紹一同去治理淮河了。

素顏聽了心中也是百感交集。誰願意庸碌一生，總關在深宅大院裡頭與一群大小女人鬥個不停啊，如果真能脫了深宅，一展自己所長，為百姓做番事情，有沒有名無所謂，至少過得充實而有意義啊，也不枉自己穿越這一遭。

她的情緒有些激動，向皇上鄭重地行禮道：「臣婦謹遵皇上聖諭，定當盡全力襄助相公，為皇上辦差。」

皇上聽了又看了素顏一眼，微點了點頭，抬腳離去。

皇后等皇上一走，便一把扯住素顏的手，又一次上下打量起素顏來。「本宮算是服了妳了，那一番治水的見解，妳是從何知道的？本宮自認也是博覽群書，妳說的這些，本宮怎麼就從沒聽過呢？」

素顏聽得頭大，只好笑笑道：「回娘娘的話，臣婦也不是很記得了，只記得小時候看過一些雜書，這……方才的見解，有些是臣婦自己領悟的，並非書裡所見。」

「看書果然是能明事理的，書香門第出身，果然要比武將家出來的女子更為靈慧一些。那司徒蘭，本宮原還抱有很大的希望，如今想來，休了就休了吧，護國侯處，本宮自有辦法。孩子啊，妳這一回可要盡全力幫助紹兒，紹兒一旦在此次治水中嶄露頭角，他那紈袴昏庸的名聲便可全都洗清，妳……將來也會前途無量的。」皇后握緊素顏的手，第一次很真誠地對素顏說道。

素顏聽了心情更為複雜了，自己想要將葉成紹拉離那權力爭奪的漩渦，可如今卻像是在將他向前推，這樣做，究竟是對還是錯呢？她一時有些迷茫了起來。

可是兩淮百姓何止千萬，真要治理好了水利，對百姓是莫大的好處，也罷了，那個位置何等難登，不是一件、兩件辦好了就能一蹴而就的，先不想那麼多吧，走一步看一步，只要葉成紹沒有那個心思，那她就不用擔心。

皇后又賜了素顏很多金銀首飾，素顏帶了一大堆子的東西回了寧伯侯府。本來打算去看望太后的，皇后卻是不准，讓她下回再來探望太后。素顏雖然不解，但也知道皇后應該沒有壞心，便聽從了皇后的話。

第八十八章

晚飯時，葉成紹也沒回來。素顏等了一下，沒等到他回來，便自行睡了，半夜時，睡得迷迷糊糊的，她感覺脖子處癢癢的，好像有東西在爬，用手拂去，手卻被握在一個寬厚溫暖的掌心裡，她立即醒來，眼睛睜得大大地看著前方。

只見葉成紹眼神灼灼正凝視著自己，眼底流動著的並非情慾，而是感動和欣喜，她不由怔住，問道：「相公，怎麼了？」

「我真是撿了個大寶了，娘子，妳會是我的福星嗎？」葉成紹凝視著素顏，聲音就像自遙遠的天際飄來一樣。

素顏心中微酸，手一伸，勾住他的脖子，輕輕咬了下他的耳垂道：「傻子，什麼福星不福星？我們是夫妻呢，你好了，我才能好啊！」

葉成紹聽得心裡暖暖的，頭埋在素顏的脖頸，半晌沒有說話。素顏感覺脖子有點濕濕的，她不由怔住，心更是柔成了一灘水。葉成紹在哭，她知道，他的身世一直見不得光，明明是貴不可言，卻被人鄙視，被人說成陰溝裡的老鼠，做個侯府世子，還要被侯夫人恨，被說成搶了兄弟地位的人。

這些年，為了自保，又將自己的名聲弄得臭不可言，被世人唾罵和瞧不起，皇上雖是重用，卻讓他做的是黑暗中的事情，那些蒐集情報、暗殺官員之事，全是見不得光的，權勢雖有，卻不正大光明。終於，皇上肯重用他，肯將他放到檯面上來，卻給了他一個最難辦的差事。兩淮的水患真能那麼容易治，又怎麼會這麼久沒人治好呢？但這是他的機會，是他堂堂正正證明自己的機會，如果這一次沒有做好，那便坐實了他浪蕩無用的名聲，他有多想做好這件事，是可想而知了。

如今他肯定是知道了自己對治淮的理論，又得知皇上肯讓自己襄助的話，所以才會如此激動，更加強了成功的信心吧。

「娘子，我好想妳。」葉成紹的大手伸進素顏的衣襟裡，輕輕撫動起來。

帶著薄繭的指腹，輕輕摩挲著素顏胸前的粉紅蓓蕾，刺激著敏感的肌膚，一股酥麻傳遍素顏的四肢百骸，她身子微顫，忍不住和衣抓住那隻手，嗔道：「你滿身的酒味，我……我聞著不舒服。」話音未落，她便打了一個噴嚏。

葉成紹今兒確實喝了不少酒，酩酊地回來，就看到自己的小娘子睡得嬌憨，耳邊響起皇上對他說的話。「你胡鬧好些年，這一次倒是眼光獨特，娶了個好老婆回去了。朕打算讓你治淮，她對治水有番獨特的見地，你以後可以依仗她些。這一次，你若成功，將是大周的大功臣，百姓都會為你立功碑的……」

後面還有很多話，他雖聽了，但總盤旋在心裡的就是皇上的那一句：娶了個好老婆……是啊，他娶了個好老婆，也很想給這個老婆一個她想要的家，可是，如今的這個家卻讓她過得太辛苦、太累，他有愧於她。

以前只是喜歡她的個性，被她的氣質所吸引，如今才知道，原來她是一個寶藏，她的小腦袋裡有著很多男人都沒有的見識和思想。

上官明昊，你失去的豈止是一個賢妻……想到這裡，他都快要笑出聲來。

看著床上嬌美的人兒，心中思緒百轉，只想將眼前的人兒就此嵌入身體裡去才好。酒精和激情一起刺激著他，讓他身體的溫度逐漸升高，觸手之下，如凝脂般細滑，他一摸之下，哪裡捨得放開，但娘子卻很不合時宜地打了個噴嚏，他有些懊惱，卻也覺得有些歉疚，將頭埋進素顏的雙峰前。「那我去洗澡，娘子……妳不能獨睡……我想娘子了。」

素顏無奈地將他的大腦袋從自己胸前搬開，道：「快去洗吧，以後喝了酒，不許到我床上來，到書房睡去。」

「好，我去洗。」葉成紹無奈地起了身，剛一坐起，又忍不住低頭在素顏的臉上啄了一下，又要掀素顏的衣襟，素顏兩眼一瞪，伸手就要揪他的耳朵，他身子一躍，敏捷地跳下了床，穿了鞋就往耳房跑。

芍藥早醒了，聽到屋裡的動靜，便隔著簾子問：「爺，奴婢進來服侍您吧？」

葉成紹張了口剛要說好，立即又想起新婚之夜的事情來，娘子可不喜歡別人碰他呢，一時心裡甜絲絲的，很是得意地想，原來，娘子那個時候就喜歡上自己了嘛，自己怎麼那麼傻呢，愣是沒明白……

正胡思亂想，就聽見素顏對芍藥道：「進來服侍爺沐浴吧。」

葉成紹一頓，差點摔倒。他本就喝得半醉，被素顏這一聲打擊得酒勁直往上衝，大聲嚷道：「不要，我不要芍藥服侍！娘子，妳幫我洗，我只讓娘子看我的身體。」

素顏在床上聽見，只差沒被自己的唾沫嗆到，這廝可以喊得這麼大聲，怕把這整院子的人吵不醒？

紫綢聽到動靜也醒了，看芍藥站在門邊有些不知所措，便小聲道：「咱們先去把熱水備好，偷偷送進去就成了，別的由他們自個兒鬧去。」

芍藥臉一紅，小聲道：「能行嗎？爺好像喝多了，怕是要熬點醒酒湯什麼的，還有，一會子怕是會口乾。爺平素喝多了酒，都是要喝好多茶的……」

紫綢聽了眉頭微蹙了蹙，看了芍藥一眼道：「那我去廚房備醒酒湯，妳送茶進去，只是要看好時機，不要影響了主子們才是。」

芍藥低頭應了，兩人便一同去了廚房，好在灶上備的有熱水，紫綢便和芍藥合力抬了熱水送去耳房，紫綢在廚房裡熬醒酒湯，芍藥拿著一壺溫茶去了正屋。

素顏被葉成紹喊得很無語，又想起他喝多了酒，這會子沒人服侍，怕是會倒在浴桶裡睡著，便披了衣服起身，跟在他身後往耳房裡走，就聽得前面的人在嗚咽。「娘子，妳怎麼能讓芍藥來服侍我沐浴呢，妳又不喜歡我了嗎？我可是要脫光光的啊，妳不是不喜歡別人碰我的嗎？妳……又不在乎我了嗎？娘子……嗚嗚……」

素顏聽著他的酒話，不由又好氣又好笑，還有點小小的甜蜜感。看來，新婚之夜自己那場火發得值得，至少他明白了她的心意，明白她在意什麼，以後便不會再犯。只是，她那時哪裡就喜歡他了，那不過是夫妻之間該有的操守好不好？他的理解能力還真是強呢！正跟在他後頭走，就見他一不小心絆倒了一個小杌子，身子往前頭一傾，眼看就要摔倒，忙上前去扶住他，罵道：「不會少喝些嗎？你看你這醉成什麼樣子了？」

葉成紹乘機伸了手臂攬住素顏，身子半倚在素顏身上，咧了嘴就笑。「娘子，妳還是捨不得我的喔？嘻嘻，我不會摔的啊，本世子爺武功蓋世，怎麼可能被一只小凳子給打倒啊，不可能的事……」

素顏聽了就忍不住在他腰際擰了一把。這廝借酒耍瘋呢，方才在床上時，明明看到他兩眼清明得很呢……

「哎喲，娘子，好痛啊……不過，人家都說打是情呢……啊，痛，我不說了、不說了，娘子鬆鬆手吧，那塊皮快掉了。」某人痛得哇哇亂叫，素顏怕他吵醒陳嬤嬤，只好鬆了手，笑著哄他。

「別鬧了，好生去沐浴，我服侍大爺你就是了。」

「嗯，不鬧、不鬧，我要洗得香香的，娘子一會兒就不嫌棄我了。」葉成紹黑曜石般的眸子在搖曳的燭光下熠熠生輝，低頭微垂著眼眸睇著素顏，心頭怦怦直跳。他就是想在她面前胡鬧，想聽她罵，被她打幾下，看她半嬌半嗔的模樣，看她微寵又怒的表情，這樣才感覺鮮活。娘子在府裡過得太壓抑、太辛苦了，他想讓她能多笑一笑，放鬆些心情也是好的。

耳房裡，碩大的木桶裡灌滿了熱水，素顏挽了袖，探手進去。水溫微燙，不過，這個溫度泡澡最好。她抬了手，給葉成紹脫衣。葉成紹其實只著了件中衣，外衣早就脫掉了，這會子身子還有些搖晃，好不容易定住身形，神情有些迷糊地看著正在給他解著衣帶的素顏。

他兩手一伸，就要將素顏攬進懷裡，素顏身子巧妙一閃，瞋他一眼道：「有酒氣，臭死了。」

說著，扯掉他的腰帶，掛在身上的中褲便無聲地垂落，兩條修長而健美的長腿便暴露在素顏的面前。

葉成紹很少如此赤身裸體地被人欣賞觀看，羞窘感漫上心頭，他的臉紅如晚霞，連耳朵也紅得透亮，眼神躲閃著四處張望，就是不敢看素顏的眼睛。娘子還真是……特別，哪有女子如此大膽觀看男子身體的……那眼神還、還那樣直接……那樣熱烈，像是要活剝了他似的，可是，身體卻是一點也不排斥娘子的觀看，某處早已在寒風中昂揚挺立，將他心底的慾望展露無遺，這讓他更加不自在，卻生生忍著，又有一絲小小的得意。娘子，她很喜歡自己的身體啊……就好像自己也很喜歡看她的身子一樣的，這是她喜歡的方式之一嗎……

他嘴角不自覺就微微上翹，勾起一抹自得又愉悅的笑容，還略帶了絲羞澀。再看素顏的目光移到自己的某處時，他身子一激，原始的慾望升騰起來，手一伸，就要將眼前大膽而略帶挑釁的女子扯進懷裡。素顏卻狡黠一笑，在他那光潔的屁股上拍了一記，在他懷裡一縮，推著他往浴桶裡去。「快洗啦，會著涼的。」

葉成紹懊惱又無奈地跨進桶裡，胯下的雄偉在水霧中顫動了幾下，素顏想起他那天晚上的瘋狂，終於露了幾分怯意。可不能再挑逗他了，不然，這耳房裡怕是會發大水了。

她將他身子往桶裡一按，幫他將頭髮高高綰起，隨手拿起一旁準備好的巾子，幫他擦身。葉成紹這會子哪還有心思洗澡，溫香軟玉就在身邊，而自己身體某處正叫囂著，想要就地將某人正法。

但她現在卻是一派端莊淡定，一副賢妻的模樣，連眼神都是那樣的柔軟，還帶有一絲淡淡的寵溺，這樣的氣氛太過美好，讓他捨不得破壞，只能強忍著那叫囂的慾望。

娘子的手好柔軟，碰在身上好舒服，可是某個地方真的很想……很想要……但娘子難得溫柔似水，這種感覺很享受，也很甜蜜，可是……

葉成紹的眼眸變得可憐起來。這簡直就是一種溫柔的折磨，他再也難以忍住，自浴桶裡站起來，渾身濕答答地就兩手一抄，打橫將素顏抱起。娘子就是故意的，故意挑逗他的慾望，玩了火又不肯消火，還故意用那樣溫柔又寵溺的眼神看他，讓他慾火攻心時，又捨不得動她分毫。不行，太過分了，他要反抗，要讓她知道，他是她的男人，在某一方面，他是絕對的主宰——

素顏嚇了一跳，大呼道：「還沒洗完呢，你……一身是水，把我衣服都弄濕了啦！」

「娘子，我們一起濕不是更好嗎？」葉成紹抱著素顏，大步流星就往裡屋走，兩臂如鐵箍一樣，摟得素顏動彈不得，眼裡透著野獸般危險的氣息，幾步就到了床邊，將素顏往床上一扔，兩下便扯掉了素顏身上的中衣，濕漉漉的身子站在床邊，整個人像一頭就要發動攻擊的獵豹，危險地看著床上同樣不著寸縷的素顏。

素顏被他盯得心裡發毛，就去扯被子往身上裹，葉成紹長腿一跨，強健的身子帶著水氣覆了下來，兩手撐在素顏身子的兩側，讓她不能亂動分毫。

「妳看夠了我，這會子換我來看看娘子了。」葉成紹眼底帶了一抹笑意，灼熱的眸光在素顏身上游移，像在欣賞一道美味的點心。

素顏渾身裸露，身子在冬日的夜晚裡微微顫慄，細緻如羊脂白玉般的肌膚上泛起一層粉紅色，卻更是誘人。葉成紹用目光將她洗禮了一遍，眼神更加熾熱如火，她到底是初經人事的女孩子，哪裡受得了被人如此觀賞，她既羞又怯地將臉埋在葉成紹的胸前，求饒似地喚了聲。「相公……」

小狐狸，終於知道怕了。葉成紹嘴角勾起一抹戲笑，再也不想忍了，俯身就吻了下去，一下便捉住了那正在躲閃的紅唇，長舌長驅直入，霸道地衝入她的領地，捕捉到那不聽話的丁香，用力一吮，同時身子將她擁進懷裡，裹了個嚴實，用自己的身體溫暖著她。

素顏吃痛，鼻間發出一聲嬌吟，葉成紹卻沒有放鬆半點，吮住了那一片美好便盡情享受，大手同時撫上了她胸前的雪白山峰，發出滿足的嘆息，等到素顏的胸腔快被他榨乾時，他終於放開她的唇，俯身向下，將臉埋入素顏的雙峰中，舌頭折磨著她鮮紅的蓓蕾，放肆濕潤的吻輾轉流連於她飽滿的雪峰，接著又延燒至她的下腹，撫摸著她光滑細緻的大腿，撫摸著她最隱匿的地方。素顏聽到自己發出令人羞愧的呻吟，他的手指像有魔力一般，能撩撥出她最深處的慾望，她渾身發麻，繃緊了每根神經，感覺自己在他強悍的身體下變得異常潮濕……

素顏徹底沈淪了，無助地攀著葉成紹光滑的脊背，受不住這樣的折磨，甚至想開口乞求他。他堅挺的下體抵住她兩腿間最柔軟隱匿的地方，熱情而放肆地摩挲著，素顏忍不住呻吟，背向上弓起好更貼近他。他貼近她的耳朵喘息著，沙啞地低喊著。「娘子、娘子，我要妳……」接著雙手托起素顏的臀，向上一衝，有力而堅定地進入她的體內。

像是一場生死搏擊，葉成紹趁著酒性在素顏身上馳騁了近半個時辰，終於在一聲怒吼中，在素顏快要融化在他的激情裡時，釋放了自己，並將素顏一起帶入了慾望的高空。

素顏大口大口喘著氣，兩眼迷離而無助，像是一隻迷失了方向的貓，偎在葉成紹的懷裡，頭腦一片空白。葉成紹愛憐地撫摸著她的臉龐，大手輕撫著她的背，生怕碰疼了她。素顏好一會子才緩過勁來，葉成紹像隻饜足的貓，溫柔地看著她，一副神清氣爽的樣子，讓她好不惱火。這廝在床上就是個惡魔，她有種被矇騙的感覺，想著方才的沈淪，迷離時不住的求饒，羞人的嬌吟，她忍不住在他的耳朵上狠狠咬了一下。

葉成紹這會子不呼痛了，寵溺地看著她，任她出氣，大手輕拍著她的背，輕哄道：「乖，我給妳揉腰。」說著，手掌便撫到了她的軟腰處，內力輕吐，素顏的腰間頓時感覺一陣暖洋洋的，很舒服，疲腫的感覺果然消散了好多，倦意立即湧了上來，哪裡還記得生氣，在葉成紹的懷裡拱了拱，找了個最舒服的位置，沈沈睡去。

外面，紫綢已經做好醒酒湯，可是，屋內的動靜讓她聽得面紅耳赤。這種情況下，爺哪裡還用喝醒酒湯，她抿嘴偷笑著，默默地將湯又端到了廚房裡。

芍藥也在門簾處聽了好一會兒，聽得心跳加速、滿臉通紅，端著茶壺的手有些發僵，手心冒出好多細汗，腳也像灌了鉛一樣，黏在地上，不知該走還是該留。她又靜聽了好一會子，感覺屋裡沒有了動靜，心跳才平緩一些。

這時，她才發現紫綢沒在門邊了，心中一怔，推了門，悄悄地向裡屋走去。一盞昏黃的羊角燈將裡屋照得朦朧，屋裡充斥著曖昧的氣息，床上紗帳輕籠，看不清床上人的模樣。鬼使神差地，她走近了些，透過紗簾，她看到了一條光潔而有力的臂膀裸露在被子外，她的心立即像打鼓一樣咚咚地響了起來，心慌垂了眸，不敢再看，將茶壺輕輕放在床頭櫃上，悄悄地正要退走，就聽得帳裡葉成紹咕噥一聲，似是夢語。「娘子……」

芍藥身子一僵，忙快速向外面退去。

她滿頭是汗，抬眼就觸到紫綢閃冷的眸子，她心頭一震，垂了頭，慌亂地說道：「爺和少奶奶都睡下了，紫綢姊姊也早些歇著吧，我……去睡了。」說著，也不等紫綢說話，逃也似地往外走。

紫綢板著臉看著芍藥的身子消失在正屋外，冷哼一聲，也離開了。

第八十九章

第二日一大早，素顏感覺胸部又正被某人的大手抓在手裡，不由大惱，抬了手就向始作俑者的胳肢窩撓去。葉成紹果然怕癢，立即將作惡的大手縮了回來，嬉皮笑臉地蹭到素顏的頸窩前，快速偷了個香，然後小意地睃了眼素顏，柔聲道：「娘子，身子……沒有不舒服吧？」

這話不問還好，一問素顏又想起了昨夜自己出的醜，竟然被這廝弄得連連求饒，太傷她的自尊了，對著葉成紹翻了個白眼。

葉成紹笑得賊兮兮的，埋進素顏的懷裡，咕噥道：「娘子……我好快樂，我終於感覺到，妳是我的了！」

素顏聽得心一軟，抱著他有點心酸。他其實是個敏感而脆弱的人，曾經被拋棄的經歷一定將他的心傷得很重，他看似放蕩不羈，其實心防很重，不是那麼容易就能接受一個人，放蕩痞賴的外表只是他的保護色，內心其實很脆弱、很孤獨，可他一旦認定了一個人，便是全身心地付出，正是有了這種感知，她變得小心了起來，心底某處告訴自己，一定要好好呵護他，好好疼他，不能再讓他受傷害了。

「起來吧，今天不是還有事要做嗎？再過一個多月，你可能就要去兩淮了，府裡頭還有好多事情沒有解決呢。」素顏柔聲哄著葉成紹，手輕撫著他的頭髮。

「嗯，起來，昨兒個護國侯終於答應了，聽說皇上今天就會下詔了，我總算是放下一宗心事了。娘子，這裡面可都是妳的功勞喔。」葉成紹笑著自素顏懷裡抬起頭，一翻身，坐了起來。

「嗯，我也放下了一宗心事。相公，你心裡可有捨不得？」素顏笑著說道。

「又來了，娘子，妳要信我呀，咱們以後，再也不說這個人了，就當她是個過客好了，不要讓不相關的人影響了咱們。」葉成紹有點無奈的說道。

素顏笑吟吟聽著，並沒有說話。

外頭紫綢和芍藥聽到了屋裡的動靜，紫綢輕聲問道：「大少奶奶，可是要起了？」

素顏揚了聲讓她們進來，紫綢看芍藥先自己一步走了進去，面色平靜淡定，眼裡便閃過一絲厲色，如往常一樣去服侍素顏梳洗。

葉成紹也如常一樣坐在繡凳上，芍藥拿了梳子來給葉成紹梳頭，手柔軟而輕巧的撫著他的額頭，拿梳子的手，不經意就碰觸著葉成紹的耳朵。葉成紹眉頭稍皺了皺，沒有作聲。芍藥給他梳好頭後，又拿了件外袍來幫他穿上，小巧的手在扣葉成紹的風扣時，輕輕畫過葉成紹的脖子，還在那裡故意來回摩挲了一下，如水般的眸子不經意地抬起，眸中漾起一層淡淡的漣漪。

葉成紹的臉徹底沈了下來，手一拂，將芍藥的手打落，冷聲道：「妳出去。」

素顏正在洗臉，聽見他突然發飆，有些莫名，轉眸見芍藥一臉的通紅，她的心有點發冷。原以為芍藥是個穩重的，應該懂得分寸，沒料到她也是有小心思的。她靜靜站著，葉成紹既然要處置，她就不用插手，畢竟芍藥是葉成紹身邊服侍多年的老人，有他出手，也省得別人說自己容不得妾室不說，連丫鬟都容不得。

芍藥被葉成紹罵得一震。世子爺還從沒對她發過這麼大的火，她嚇得立即跪了下來，哭道：「爺，奴婢可是做錯了什麼？」

「做沒做錯妳自己心裡清楚，以後爺身邊的事情不用妳來做。」葉成紹的聲音冰冷如霜，不帶半絲情感。

芍藥不可置信地抬眼看著葉成紹。這個她自幼就服侍的人，這個她看著他長大的主子，如果是大少奶奶要趕她出去，她還能說些什麼，可是這個有著十幾年主僕情分的主子要趕她走，他……竟然對她沒有半點憐惜之情嗎？

「世子爺……你……」芍藥哀怨而又不甘地喚了一聲。

「出去，爺身邊再不用妳服侍了。」葉成紹的聲音冷如鋼鐵，不容反抗。

芍藥自地上爬起來，捂著臉便向外衝了出去。素顏雖然有些明白，但還是不知道葉成紹為什麼要發這麼大的火，她剛才沒注意到芍藥有過分的舉動。

葉成紹也不解釋，紫綢很機靈地打了水來，他便自己去洗臉，邊洗邊對素顏道：「娘子，以後，妳幫我梳頭，服侍我穿衣。」

素顏聽了，難得乖巧地應了，真的起身幫他擰帕子，柔聲道：「她要是沒犯大錯，我把她調到院子裡管小丫頭去，還是讓她領著一等的月例好了。」

「娘子決定就好了，只要不讓我看見她就行。」葉成紹也沒解釋，只是淡淡說完就出去了。

紫綢等葉成紹走後，俯在素顏身邊笑道：「爺還真果決，大少奶奶，您可真是有福氣，現在像爺這樣的男人可不多了呢。」

素顏聽了白了她一眼道：「是不多，悠然居還有個妾室呢，誰知道幾時又要鬧到我們上來，想想就鬧心。」

「那倒是，不過，只要爺的心在您身上，您又是正室，還怕她翻了天不成？」紫綢笑道。「我呀，能感覺得出，爺不是那亂來的，有人送上門，他也不會亂動一下，他心裡怕是只有大少奶奶您呢。」

「鬼丫頭，就妳知道。」素顏聽得心裡甜蜜。她也感覺葉成紹不會做對不起她的事情，而且這信心是越來越堅定，尤其在葉成紹將司徒蘭氣走之後。

這天，素顏剛走進侯夫人院裡，就聽得侯夫人大哭一聲。「我的兒啊……」接著，就是砰的一聲悶響，晚榮和白嬤嬤在大叫。「夫人、夫人，您怎麼了？」

素顏聽了，抬腳就往侯夫人屋裡去，一見之下大驚，侯夫人胸前一塊大大的血漬，身子仰倒在地上，臉色發黑，應該是急火攻心，休克了。

她忙走上前去，一下掐住侯夫人的人中，吩咐晚榮道：「去備些熱蔘茶來。」

好半晌，侯夫人才悠悠醒轉，雙眼無助而空洞地看著前方。素顏心頭疑惑，紹揚得的是什麼病？侯夫人怎麼會如此憂急，難道是不治之症？

晚榮端了蔘茶來，素顏親手接了，送到侯夫人唇邊。「母親，喝點蔘茶，緩緩吧。」

侯夫人似乎才看清楚身邊的人是她，眼神立即變得淩厲而怨毒，手一推，就要打落素顏手裡的茶碗。素顏早有預料，移開手，躲了過去，嘆口氣勸道：「您不是擔心二弟嗎？那就得趕緊讓自己的身子好起來，您才有力氣去看他，喝點蔘茶吧，能提神。」

侯夫人聽得眼淚奪眶而出，又大哭出聲。「紹揚，我的兒啊……」

素顏等她哭過一回後，又把茶碗送到她唇邊，侯夫人這次沒有拒絕，一口氣將蔘茶全喝了，素顏和晚榮兩個一起將她從地上扶了起來，侯夫人抬腳就要往外走，素顏忙招呼晚榮道：「快幫夫人換衣服，一會子紹揚要是看到夫人這個樣子，怕是更難受了。」

侯夫人聽了，乖乖地換了衣服，素顏親自扶著她往紹揚所住的院子裡走去。

侯夫人心裡擔心葉紹揚，也沒再理會素顏。

到了葉紹揚的屋裡，只見往日俊雅溫和的紹揚正蜷縮成一團躺在床上，身子在不停地抽搐著，額頭冒出豆大的汗來，修長的劍眉擰成一團，臉色烏青，薄唇緊咬著，唇邊溢出一絲血跡。看得出來他很痛苦，但這個溫和的男子，一聲也不吭，只是緊緊地抓著床單，將一床上好的雲繡織錦床單撕成了一條一條，纏在手上。

侯夫人急急拿了一粒藥丸便往紹揚嘴裡送，素顏心頭一凜，眼疾手快地將那藥丸搶了過去，侯夫人大急，罵道：「妳作死啊！快給我，那是給紹揚救命的！」

素顏迅速地將那藥丸刮了一些粉末下來，才遞給侯夫人，侯夫人眼中目光一閃，倒是沒說什麼，將藥丸送進了紹揚嘴裡。過了好一會子，紹揚才沒有再抽搐了，身子也放鬆了些，侯夫人忙命人去給他打水擦身，素顏見了便道：「等等，他身上的汗還沒出完，不要動他。」

說著，一把抓過紹揚的手，仔細地探起脈來，侯夫人見了，便一聲冷笑道：「太醫院的太醫全都看過了，束手無策，用不著妳假惺惺地裝模作樣。紹揚這個樣子，你們不是更開心嗎？」

素顏聽得惱火，但侯夫人看著紹揚的眼神是那樣的無助和哀傷，那是一個母親的痛，母親對兒子的心從來都不摻半分假的，她的很多糊塗行為，歸根結柢都是為了自己的孩子……素顏想起了遠隔時空的父母，自己失蹤後，老年喪子的他們，只怕也是痛不欲生吧。

她不再理睬侯夫人，只是認真地探著紹揚的脈搏，只覺得他的脈搏很怪異，跳動得很不通暢，像是在什麼地方被阻礙了似的。越探，她的神情越發凝重起來，再看紹揚的臉，他眼角有一圈深深的青黑印，唇也是烏青的，幾乎可以肯定他是中毒了，但又不僅僅是中毒。從脈象上看，他肝脾都有問題，應該是積毒太久所致，損傷了肝脾，怪不得以前見到紹揚時，總覺得他氣色不大對勁，但願他的肝臟沒有損傷太嚴重就好。

服過藥的紹揚像是虛脫了一樣，靜靜地躺在床上，任素顏幫他診著脈。侯夫人見素顏一本正經地半天都沒有說話，而且，臉色越發凝重，倒也沒再打擾她，只是無聲地哭泣著，心疼地看著紹揚。

「娘，沒事了，我沒事了，您給的藥很管用，不痛了。」紹揚很虛弱地柔聲安慰侯夫人道。

「揚兒，苦了你了，你放心，娘一定會想法子治好你的病。」侯夫人的淚如泉湧，拿著帕子輕輕地幫紹揚擦著汗，哽咽著說道。

「嫂嫂，謝謝妳，讓妳費心了。」紹揚微轉了頭，虛弱地笑了笑，對素顏說道。

素顏收回診脈的手，轉眸看著床上這個俊逸而又堅強的大男孩，笑道：「你很堅強，肝區的疼痛在五臟裡是最痛的。」

紹揚淡淡地一挑眉，臉色略有一絲俏皮地道：「不是堅強，是習慣了。任何一種痛，有了十幾年的經驗後，也會麻木一些的。嫂嫂醫術不錯，一下就看出來，我是肝痛。」

素顏的鼻子有些發酸。剛剛大病大痛過的人，還有心思安慰別人，說俏皮話，沒有抱怨、沒有失望，這樣的人，更讓人心痛心憐。

竟是痛了十幾年了，難道他中了十幾年的毒嗎？那究竟是一種什麼樣的毒，竟然十幾年都沒有解，又沒有要了紹揚的命，侯夫人給紹揚吃的藥又是什麼？怎麼他一吃下去，就好轉得那麼快？難道，是摻了小園子裡的那種植物？

「我只是懂些粗淺的醫理。二弟，你以後可不能吃辛辣之物，火氣重的、有發性的全都不能吃，每天喝一碗豆漿吧，能清熱解毒，對身體有好處的。」素顏沒有用憐憫的眼光看紹揚，她很欣賞紹揚的堅強和淡然，以平常的語氣對他說道。

像紹揚這種病人，怕是很早就知道自己的身體狀況了，他最不想的，便是別人的同情和憐憫。

「呀，那不是要失去很多人生樂趣？嫂嫂妳是不知道，我最喜歡吃辣椒了，無辣不歡啊，口味又重……」紹揚聽得笑了起來，雖然仍很虛弱，但那笑容乾淨溫和，像個鄰家大男孩一般，給人一股清新明淨的感覺。

「揚兒，你……你嫂嫂說的，興許有用，你就聽她的，忌忌口啊。豆漿，可是豆腐腦？」侯夫人看著紹揚那強顏歡笑的樣子，心頭更是酸痛，但見他與素顏有說有笑，兩人關係融洽得很，倒是沒有再排斥素顏。她如今就像是個落水之人，只要有一根能浮起的東西，就要抓在手裡，當作救命稻草用著。

「不是豆腐腦，不過豆腐腦也不錯，同樣能清火的。」素顏這才想起，這裡並沒有豆漿，人們一般將豆子磨了，就直接打成豆腐了，沒有喝漿的習慣。

「豆腐腦有股味，我不喜歡喝啊，娘，我不要喝。」紹揚像個孩子似地小聲嚷嚷，侯夫人有點無奈，扯著被子想勸他，素顏笑道：「就喝豆漿吧，嫂嫂每天讓人給你送一碗來。還有啊，嫂嫂給你開個食譜，你每天照著吃飯，應該能減輕些病情的。」

侯夫人聽得怔住，眼睛定定地看著素顏。素顏知道她並不相信自己，便笑道：「一會子單子開好了，母親拿到自己的小廚房裡給二弟做吧。做豆漿的法子我也教給晚榮，很容易的。」單子給了侯夫人，侯夫人必然會去找太醫查驗，如此她便知道，自己是好心還是惡意。

侯夫人聽了目光閃動了一下，眼裡仍帶著戒備。素顏便與紹揚又說了幾句話，正要起身走，便看到紹揚的眉頭又皺了起來，放在被子外頭的手又攥得緊緊的，似乎在強忍著痛苦。

侯夫人見了便緊張地說道：「是又痛了嗎？快來人，拿藥茶來，給二少爺鎮痛！」

素顏不由得停住腳，疑惑地看著紹揚，只見紹揚原本清亮的眸子裡閃出一絲狂躁，眼睛死死地看著門簾子。一時，小梅快速地端了一碗熱騰騰的茶來，屋裡瀰漫著淡淡的香氣，這種味道，使紹揚像餓極了的野獸看到一塊可口的食物一般，狠狠地盯著小梅手裡的碗。他的神情近乎猙獰，不待小梅走來，他便猛然坐起，向小梅撲了過去。素顏腦子一動，立即想起什麼，一伸手，便將小梅手裡的碗打掉了。

紹揚一見，近乎瘋狂地向地上伸出手，絕望地看著地上的殘湯，喉嚨裡發出一聲低吼，抬頭，惡狠狠地看著素顏，像是素顏搶了他最心愛的寶貝一樣。

素顏心中一凜。這樣的紹揚與先前溫和淡雅的樣子判若兩人，這茶裡肯定是摻了那種東西，那種與前世的罌粟很相似，卻又不盡相同的東西。

「妳怎麼把揚兒的鎮痛藥給打翻了？妳……妳是什麼意思？方才我還以為妳好心為揚兒著想呢，現在看來，妳就是個心狠手辣的毒婦，妳知道不知道，那藥有多珍貴，每年花了好大的精力才培養幾株出來，妳……妳竟然還打翻了一碗……」侯夫人有點不相信眼前的事實，等反應過來，衝過來就要打素顏。那是她好不容易才得到的鎮痛藥，劉姨娘那賤人如今在跟她賭氣，故意不讓成良去看管藥材了，園子裡的那幾株好像都要死了，紹揚的病根本沒有起色，若再沒有鎮痛藥，紹揚會……

青竹及時地擋在素顏面前，侯夫人沒能碰到素顏的半片衣角。床上的紹揚又開始抽搐起來，素顏忍不住問道：「剛才不是吃過藥了，好了嗎？怎麼又發作了？」

「大少奶奶，二少爺這不是發作，每次他發病後，吃過藥了，會好上一段時間，但又會開始痛，有時要痛上好幾個時辰才能好轉，那種痛太難受了，一般的鎮痛藥根本就不管用，只有這種藥吃了才行。」小梅心疼地看著地上的藥茶殘漬，小聲解釋道。

不可能，如果侯夫人先前給紹揚吃的是解藥的話，紹揚的毒素應該是暫時鎮住的，他如今分明是另一種毒癮發作了……對，就像鴉片一樣，有毒癮，所以，堅強的紹揚才會控制不住自己，才會露出如野獸般的凶狠眼神來。

「妳給我出去！滾，不要妳在這裡假惺惺地裝好人！」侯夫人憤怒地對素顏罵道。

「娘，不要……怪大嫂。」紹揚在極力強忍著，他痛苦地將身子又縮成了一團，死死抓著床單，唇間艱難地逸出一句話來。

素顏心一酸，哽著聲道：「這藥茶有毒，二弟再喝下去，只會中毒更深，而且，二弟現在是染上毒癮了，他身上並不是病痛，而是藥茶癮發作了。」

侯夫人聽得大驚，不可置信地看著素顏道：「妳胡說，這藥連太醫都說過是有鎮痛功效的，怎麼會有毒？」

「是藥三分毒，所有的鎮痛藥都有毒，而且常服就會上癮。不信，您可以問陳太醫。」素顏堅定地對侯夫人說道。

這時，紹揚終於發出一聲痛苦的嘶吼，他的雙手開始抓撓自己的頭髮，頭往牆上撞了去。這是毒癮發作得最厲害的時候，紹揚那樣堅強的人，也受不住了。侯夫人不由大慟，對小梅道：「快，快去！再弄一碗藥茶來，我不管它是不是毒藥，只要能讓我的揚兒沒這麼痛苦就好，我不能眼睜睜地看著他受苦啊！」

侯夫人幾乎是聲嘶力竭地在哭了，素顏也不忍心看紹揚那痛苦的模樣，忙對青竹道：「點他睡穴，過了這一陣，他就會好一些的。」

青竹毫不猶豫地一指點了過去，紹揚身子一僵，人便倒在了床上，素顏忙讓陳嬤嬤過去，服侍他睡好，蓋上被子。

侯夫人停了哭，有些怔忡地呆站著，半晌後，有些遲疑地問素顏。「他睡一覺起來，就不會再痛了嗎？」

「今天這一關算是過了，但他這種毒癮，應該已很深了，如今不及時停藥，及時治療，以後發作會更頻繁，會更厲害，就算他的其他病好了，這種病最終也會……也會致人於死地的。」素顏肯定地告訴侯夫人。

侯夫人聽得大震，整個身子都搖搖晃晃起來，差一點就要倒下去，幸虧晚榮扶住了她。好半晌，她突然轉身就往外衝，素顏讓青竹攔住了她。「母親，您要做什麼？」

「我要殺了劉氏那賤人！」侯夫人狀若瘋狂地說道。

「母親，您又衝動了，您可有證據證明是劉姨娘要害紹揚？這藥，可是劉姨娘非逼著給紹揚吃的？」素顏無奈地搖了搖頭，對侯夫人道。

侯夫人聽得怔住，不解地看著素顏道：「這藥是她找來的，當初只說是有鎮痛作用，但她從來也沒說過這藥能上癮，能致人於死地。這賤人，她心機深沈狠毒，她早就布好了局，要害死我的揚兒！」

「這藥的事情，父親可是知曉？」素顏忍不住問道。侯爺不是個糊塗人，紹揚病得如此重，他不可能不知道，劉姨娘的這種手腕，難道侯爺一點都沒察覺？如果這一切都是劉姨娘的主意，那她一個姨娘在府裡本事也太大了些，而侯爺也太過縱容她了些，就算劉姨娘美貌如花，比侯夫人溫柔可人，但兒子可是他親生的啊，他難道捨得紹揚如此受苦嗎？

「侯爺？」侯夫人聽了身子又搖晃了一下，後退兩步才站穩，嘴角帶了一絲譏諷的苦笑。「他自然是知道的，可是，知道又如何，他也……」講到此處，侯夫人頓了頓，突然怨恨地看向素顏。素顏被她看得發毛，心裡很是不豫。紹揚的毒可是早就中了的，侯夫人恨自己做什麼？

侯夫人盯著素顏看了好一陣，才收回了眼神，無奈地說道：「妳說得對，當時，給紹揚喝這種藥時，那賤人是經得侯爺允許的。」

「母親，您也累了，回屋去吧。以後，您自己也小心著些，有些東西，如果天天吃，不吃又心裡鬧得慌時，就要想辦法戒了，不要再吃。就像紹揚喝的這種藥茶也是一樣，他若不喝這茶就受不了，那就再也不要給他喝了，不然，你們都會受制於人的。」素顏冷靜地看著侯夫人，語重心長地說道。

第九十章

聽了素顏的話，侯夫人眼神幽深地看著素顏，半晌，眸中淚光閃爍，眼底愧意一閃而過，點了頭道：「嗯，我明白了。」

素顏在心裡微嘆。侯夫人可憐又可嫌，但不管如何，一個疼愛子女的母親，肯為兒女奉獻的母親，再壞也壞不到哪裡去，她只希望侯夫人不要總陷在權力之爭的泥沼裡，能夠看開一些，眼界放得更遠一些，至少，不要總糾結在自己和葉成紹身上就好，若是能化解侯夫人與葉成紹之間的仇怨，自己在侯府的日子，就能好上很多。

劉姨娘……好像是該想法子查探查探她了，那個氣質如仙子一般出塵的女人，內心到底有多醜陋，有多惡毒呢？或者，她的身後，還有一雙更可怕的手在操縱著？

侯夫人不願意離開紹揚，非要陪著紹揚，在一旁看著他。素顏有些心動，現在還不能解開紹揚身上的穴道，因為，他的毒癮還沒有過去，醒來只會讓他痛苦和難受，於是素顏便讓青竹留在紹揚屋裡，等過半時辰後，再幫紹揚解穴。

素顏出門時，侯夫人難得地叫住了她，遲疑了一會兒才道：「素顏，長孫氏……是皇后送來的，妳……」說到此處頓住，並沒有往下說，素顏卻知道她是一片好意。

長孫氏的來歷，她知曉一些，現在她也不想放再多的心思到其他妾室身上去，這種事情主要還是看葉成紹，如果他是專情的，那她不用防；如果他是花心的，自己便是將他拴到褲腰帶上也沒用。

他們雖然才成親不久，但也算是經歷了好些事，如今兩個感情更進一步了，相互信任的感情才能長久。雖然，心裡仍會有些不安、不夠自信，但是，既然選擇了他，就相信他吧，在他犯錯之前，她不想讓猜忌和戒備破壞了他與她之間正越來越深的感情。

「多謝母親，我知道了。」不管如何，侯夫人肯這麼著提醒她，也算是一個交好的信號，不管侯夫人是否真心，素顏都很開心，她恭敬地又給侯夫人福了一福才離開。

才走到院門口，就聽紫綢道：「大少奶奶，爺回來了，正在屋裡等您呢，看著好像很高興的樣子。」

素顏聽得心裡一喜，不過才分開一個時辰而已，聽說他回來了，心裡就有些雀躍，唇邊很自然地就帶了笑意，一溜煙就進了裡屋，卻看到葉成紹劍眉微蹙，正負手立在窗前，她笑著走近他，輕輕抬手撫在他那好看的劍眉上，柔聲問道：「怎麼了，相公，遲到挨皇上罵了？」

葉成紹見素顏兩眼亮晶晶的，眉眼間都是笑意，心情也好了起來，捧起她的臉，抵著她的額頭，親暱地笑道：「皇上愛罵不罵，我早就是老油條，被他罵慣了的，才不會為他的幾句話影響心情呢，不過，娘子，妳今兒遇到了很開心的事嗎？」

一想到紹揚的事，素顏的心又揪了起來。她的好心情主要來自侯夫人對她態度的改變，可是，紹揚的病和毒癮都是很棘手的事情，讓她一時心情又低落起來。

「沒有，只是今兒去看母親……我看到二弟發病了，好恐怖，真可憐，他究竟得的是什麼病，相公你知道嗎？」

葉成紹很是詫異地看著素顏，問道：「妳去看二弟了？他那個病，說起來也古怪，聽說是胎裡就帶了病的，後來又聽說不是。母親總把他護得緊，防我像防賊似的，不肯讓我看他，也不肯讓我跟他走得近，我雖是知道他那病很怪，但卻不知道究竟是什麼病。曾經我也暗查過，不過，被父親阻止了，我便沒有再管了。」

「你的意思是，父親不讓你查二弟的病因？為什麼？」素顏聽得好生詫異。侯爺究竟是懷著什麼心思，他為什麼不讓葉成紹管葉紹揚的病？裡面有什麼隱情不成？

「娘子，這件事情妳不要管了，也不是妳能管得了的。」葉成紹並沒有正面回答素顏的問題，而是憂慮地對素顏道。

「可是，我覺得他可能不是病，而是中毒了，而且，他如今中的還不止是一種毒，另外一種毒也很霸道，有可能會要了二弟的命。相公，你真的一點也不知曉嗎？」素顏皺著眉頭問道，她不希望葉成紹是個對自己兄弟都心狠的人。

「兩種毒？哼，是劉姨娘搞的鬼吧，後園子裡的那幾株藥草應該剷除了。」葉成紹的眼眸變得幽深起來，冷笑一聲說道。

「相公，你能去查查這藥裡都有些什麼成分嗎？這是母親給紹揚吃的解藥，如果能查出裡面的成分來，或許，就可以知道他究竟中了何毒，從而能製出真正的解藥來也不一定呢。」素顏拿出帕子，裡面包了一些黑色的粉末，是她從侯夫人給葉紹揚所吃的藥丸上刮下來的。

「娘子……妳的好心，可能會給妳帶來麻煩，我不想妳出事。」葉成紹拉著素顏的手，擔心地說道。

「相公你會護住我的，不是嗎？有你在，我不怕。」素顏慧黠地眨了眨眼，踮了腳在葉成紹的臉上輕啄一下，笑著說道。

看她巧笑嫣然的嬌俏模樣，葉成紹無奈地伸手刮了刮她的鼻尖，笑道：「嗯，守護妳，就是守護我自己，只要娘子開心，就算惹再大的麻煩，我也會替妳解除。」

素顏心裡像流進了一汪清泉，清緩舒暢。被人呵護和寵愛的感覺還真是好，她伸手輕撫葉成紹的眉眼，任他那長長的眼睫毛在手心裡輕刷著，癢癢的、軟軟的，一如她現在的心情。

她知道，他對她的縱容到了何種地步。

葉成紹對侯夫人肯定是有心結的，在府裡的這些日子，她也知道了一些葉成紹小時候的事情，在他成長的過程中，侯夫人沒少折磨和虐待他，一個被父母遺棄的孩子，被迫占了別人孩子的地位，心靈在遭受親生父母遺棄的同時，還要遭受來自另一個母親的怨恨，那是一個多麼艱難又痛苦的童年，他會對侯夫人和紹揚冷漠是理所當然，那曾經是傷害過他的，恨不能將他置於死地的人，如今卻因為她而放下仇怨去幫侯夫人，如果不是對她寵上了天，他怎麼能做得到？

「相公，你真好。」素顏柔聲對葉成紹道。她如此做，除了想幫助紹揚，也正是想幫他。心中有怨，對葉成紹來說只會是痛苦的折磨，她不想讓他一輩子都揹著怨恨的包袱，她希望他過得輕鬆、幸福。

「真的很好嗎？」葉成紹將素顏摟進懷裡，下巴擱在她的肩上，偏了頭親吻著她透亮晶瑩的耳垂，小聲道：「我以為，我昨兒晚上比現在更好呢，妳昨兒晚上可是沒誇我，看來，我還需更加努力才行。」

素顏聽得大窘。這廝就是個惡魔，昨晚把她折磨得死去活來，渾身像散了架似的，這會子還說要努力，再努力下去，她的小命都要飛到天外去了。她不由嘟了嘴，小嘴一張，在葉成紹的脖子上咬了一口。

「哇，娘子是小狗，好痛啊！」葉成紹哇哇怪叫著，伸了手就去搔素顏的軟腰。素顏最怕癢了，他不過十指亂彈幾下，她就笑得渾身軟了筋骨，小聲求饒起來。「相公、相公，別……我怕癢。」

葉成紹這才鬆了手，將她攬進懷裡，這個活潑嬌俏的素顏讓他心境輕鬆開朗，垂眸看到她紅潤泛光的豐唇，身子一緊，一俯身，便吻了上去……

當素顏呼吸都有些困難的時候，葉成紹才依依不捨地放開了她。若不是知道她昨晚太過疲倦，他真想又將她抱到床上去好生愛憐一番。

素顏也是嬌喘吁吁，眼神迷離，好半晌，她才緩過勁來，問道：「相公，今兒在朝裡，可是發生了什麼事？」

葉成紹的眉輕輕蹙了起來，眼睛向窗外看去。「皇上讓我儘快將兩淮賑災銀貪墨一案結了，有很大一批官員將會落馬，這其間，有很多關係錯綜複雜，一個不好，會得罪很多人，更會陷入權力爭鬥的漩渦……我真的很不想做……」

皇上是在磨練他，還是將他當作其他幾位皇子的磨刀石？素顏聽得心頭震動。皇上交給葉成紹的兩件事都是很難辦的，兩淮貪墨一案，皇上明令不得徇私，要一查到底，便要讓他斬斷與朝中很多大臣的交情，做一個孤臣嗎？

這件事辦好之後，葉成紹除了得罪了大臣們，幾乎沒有半點好處。他掌管司安堂，身分半明半暗著，朝裡一部分大臣知道他是那司安堂的少主子，但老百姓不知道，貪官被他拉下了馬，百姓只會誇皇上聖明，會對皇上歌功頌德，沒人會知道葉成紹在其中做了多少事。

但朝臣卻是會從此忌恨他，那些被打落下馬的人，他們的親人朋友會恨葉成紹，而與此案無關的朝臣們，也會忌憚他。歷朝歷代，大臣們最怕的就是他這種幕後的鷹犬，最恨的也是這種在暗處窺視監察他們的人，他會成為朝中人人忌憚又討厭的對象。

而現在，皇上又要派他去兩淮治河。兩淮水患多年，從來就沒有人真正治好過，葉成紹原本就名聲不好，如今再將朝臣們得罪得差不多了，真要做實事，怕是相幫的人沒有幾個，從中作梗，給小鞋穿，故意為難的卻不知道有多少了。治理兩淮，工程浩大，如果沒有上下一心的一個團隊，沒有各方的支持，任誰也難辦好。

想通這一些，素顏的心又為葉成紹痛了起來。她知道，葉成紹其實是很想做成一件大事，好證明自己的，他的身分一直是見不得光的，不尷不尬地生活著的日子，他定然是受夠了，可那個可能是他親生父親的人，卻一再為難他，看似重用他，實則……還不知道是何目的。

「相公，人家說，上有政策，下有對策，你憑著良心去做事，以證據說話，如果那人真的罪大惡極，真的殘害過百姓，那你就不要手軟；如果只是有些牽扯，並非首惡，那得饒人處且饒人。記得，放過他們的同時，你一定要讓他們知道，是誰對他們網開一面，該做好人時，一定要讓人知道，那個好人是你；該做惡人時，也要讓人知道，他是罪有應得，咱們也不為了沽名釣譽，只為了能減少些麻煩罷了。」

素顏平靜地對葉成紹道。司安堂的事情，她所知不多，但也能猜到一些，皇上想做聖君，又不想擔惡名，有些見不得光的事就由司安堂做，手掌司安堂的主子便成為眾矢之的。

葉成紹黯淡的眼眸變得明亮起來。雖然，素顏說的這些，他早就有了打算，也有了對策，但素顏的支持和理解是他最大的動力和安慰，他原就是個渾人，對很多事都滿不在乎，下手也狠，從不怕人報復，更不在乎名聲，可如今他有了她，他就不得不有所顧慮，顧慮她的安危，顧慮她的娘家，顧慮他和她將來的幸福。

所以，才會有了煩惱，才想要改變過去的行事作風，做事想要留一線退路了。

「娘子，王家人，妳想不想留？他們家與大皇子牽涉甚密，如今二皇子希望我能乘機打壓大皇子，將大皇子也牽扯進去。」葉成紹很慶幸自己娶了素顏，她不同於一般的閨閣千金，見識特別，思想活躍，連皇上都對她誇讚不已，他很願意與她談論公事。

「王家可是主犯？」素顏很認真地問道。王大老爺可是戶部侍郎，兩淮賑災，好幾百萬兩銀子被貪了三分之二，他牽涉在裡面那是一定的，但是一個侍郎也不可能有那麼大的膽子敢下那麼大的手筆，一定有更大的主子在他上頭指使。

「他自然不是最大的主犯，但如今，各種證據都指向他，而且戶部尚書是個老狐狸，去年兩淮災情一現，他四處籌集，調撥齊了銀兩後，就稱病休養了，後來的許多事情就是由王大人來主事的。但是，王大人又怎麼可能撇開頂頭上司獨貪呢？」葉成紹嘴角含了譏誚地說道：「戶部尚書可是與二皇子走得最密的人，真要查起來，二皇子也脫不得干係，只是如今我想放他一馬，不再深挖，他卻想借我的手打壓大皇子，真當我是槍使了。」

這裡面的關係可還真複雜，素顏也聽明白了一些，笑了起來。「大皇子不是有陳閣老護著嗎？這事可牽扯了陳家進去？」

「朝中的哪件事情，能少得了陳家？只是陳家在朝中勢力過大，根基深厚，便是皇上也不敢輕易動陳家，大皇子現在根本就動不得，但是，皇上的意思似乎也想要壓一壓大皇子和陳家的氣勢，所以二皇子才想借機做大一些，就算推不倒大皇子，也想讓他傷些元氣。」葉成紹無奈的笑著說道。

「既然不能一舉打壓大皇子，你就不要摻進他們兄弟之間的事情了，他們怎麼鬥都好，相公，不如將那些找來的證據交一部分給二皇子，再送還一部分給陳家，表明你的態度？」素顏對皇權爭奪很是厭惡，但葉成紹身分特殊，皇上又似乎故意要將他攪進鬥爭裡去，他身不由己，不得不鬥，那便裝傻充愣好了。在這種爭鬥中，太聰明會死得快啊。

「不行，陳貴妃上回被我狠狠整治過後，陳家與我的矛盾無法再調和，我雖不想參與爭鬥，也不願意去討好陳家。」葉成紹堅決地回道。

素顏覺得也對。陳家與葉成紹的矛盾，比之侯夫人來更深，當年葉成紹被迫送到侯府來，可能陳家也是罪魁之一，那是生死仇敵，是不可能化解得了的。

而且，畢竟二皇子是皇后養大的，葉成紹的心還是向著二皇子的。

「那相公你小心些就是了。總之，咱沒有榮華富貴都行，只要你平安就好。」素顏聽了，拍了拍葉成紹的手說道。

「嗯，放心吧，我還想陪著娘子海角天涯地四處逛逛呢。」葉成紹笑著說道。

這一日，素顏坐著看書，久坐後覺著口乾，開口喚紫晴，想讓她倒點水來喝，卻見紫晴神魂不定的，兩眼游移，不知道在想些什麼，叫第二聲才聽到，素顏不由沈了臉，說道：

「妳這丫頭，成日都在想什麼呢？」

紫晴聽得一震，恍然回神道：「大少奶奶您說什麼？喔，要茶嗎？奴婢這就去。」說著，也不顧素顏板著臉，急急就往後堂而去。素顏心中疑惑，這丫頭，不是思春了吧？看她這樣子好像不太安心似的，不如就真的把她嫁了算了，也省得做事丟三落四的。

紫晴沏了茶過來，素顏就想起三夫人提過的一門親事。「我看也不錯，雖是填房，但畢竟過去後就是正經的奶奶，從此脫了奴籍，對妳也是天大的好處。」

紫晴聽得臉就白了，眼圈一紅，就要給素顏下跪。「大少奶奶您是嫌奴婢太笨，不想要奴婢服侍您了嗎？您到這府裡來可沒多久，您看您，都遭的什麼罪啊，不是侯夫人打罵您，就是二夫人、三夫人幾個擠兌您，還有小妾在後園子裡巴巴地等著跟您分寵。奴婢雖說沒什麼本事，可至少有一顆忠心，您把奴婢這會子嫁了，一時半會兒的，到哪裡找更合適的人幫您？」

素顏被她說得心酸。紫晴說的句句是實，她身邊的確沒幾個真能用得上的人，紫綢和青竹是天天跟著的，但她們兩個還是要休息的，如果紫晴再一走了，就連個頂替的人也沒了……她心底也是捨不得紫晴的，這丫頭手巧，只是脾氣暴了些，嘴利，但忠心確實是有的。

「妳快起來，怎麼說兩句就要哭了呢，不嫁就不嫁吧，我也是為妳好，我不想耽誤妳。」

「奴婢想清楚了，奴婢暫時還不想嫁。」

紫晴垂著頭，看不到她臉上的表情，語氣卻是很堅定。素顏也不好再逼她，只能由她去了。

第九十一章

侯夫人自紹揚屋裡回來後，就急得在屋裡團團轉。白嬤嬤早就回屋去了，身邊就只有晚榮，晚榮見侯夫人這個樣子，看著也心酸，便勸道：「夫人，您別太著急，奴婢看大少奶奶是個有主意的，不如，您去跟大少奶奶商量商量，指不定，她能找出救二少爺的法子來呢。」

侯夫人聽得眼睛亮了一亮，隨即又搖搖頭道：「她不過是希望我不與她爭掌家權罷了，紹揚有事，她應該是最開心的才對。如今表面看著很關心紹揚，誰知道心底裡又是怎麼想，她先頭的本事可是厲害著呢。」

晚榮聽了很不以為然，小聲道：「奴婢看大少奶奶是真心關心二少爺的，不然，也不會說出那些提醒您的話來。而且，以前您怕是根本就不知道，二少爺喝的那鎮痛茶是有問題的，這也是大少奶奶看出來的，夫人，您還是……」

「不要再說了，她始終都是成紹的妻子，她的心只會向著成紹。我也覺得她對紹揚沒有惡心，但是……」但有些事情，是不能讓藍氏知道的啊！想起紹揚的病情，侯夫人心裡就在滴血，眼裡湧出濃濃的恨意。若不是那個野種，紹揚又如何會受如此大的苦楚，他的老婆又如何能讓自己信得過？

晚榮聽了便不敢再勸侯夫人，侯夫人看了她一眼道：「妳去給我熬點八珍粥來，我先歇一會子。」

晚榮聽了眉頭皺了皺，還是乖乖走了。侯夫人等她一走，便悄悄走向後堂，穿過後堂的門，到了那個櫃子前，靜靜站在那裡看著那酸梨木做的櫃子，默默無語。

「還想要解藥嗎？妳太沒用了，連個十幾歲的丫頭片子也對付不了，不但沒將她趕出府去，還讓她掌了全府的權，再這樣下去，哼，妳知道後果的！」櫃後果然又響起一個尖銳的聲音，那聲音不男不女，像是有人捏著嗓子發出來的，陰森森如地獄魔音一般。

侯夫人聽得大急，眼淚都出來了，哭道：「你不能這樣，你既然如此清楚侯府的事情，那你也應該知道，我打也打了，罵也罵了，暗中也下了不少黑手，可是那藍氏太過聰慧狡猾，我真的沒法子鬥過她啊！如今她既有侯爺的支持，又是一品誥命，我拿什麼跟她鬥啊？」

那人聽了之後，鄙夷地冷哼一聲道：「妳還真是個蠢貨，如今她在府裡已經站住了腳，再讓妳趕她出府也是不可能的了，不過，如果再讓她生出兒子來，妳就等著給妳兒子收屍吧！」

侯夫人聽了大聲哭了起來，哀哀求著那人。「求求你了，放過紹揚吧，他是無辜的……」

櫃後的人無情地冷哼一聲，只聽得嗖的一聲，像是走了，但很快，侯夫人又聽到一陣金屬碰撞的聲音，她不由詫異，很想到櫃後去看看，卻又不敢。

這時，櫃子突然開始搖晃起來，侯夫人嚇得忙躲開，生怕那櫃子倒下來，砸傷自己。

這時，就聽見一聲清脆的喝斥。「還想往哪裡走？」

侯夫人聽得震驚，那聲音……有點耳熟。

就在這時，搖晃著的櫃子終於轟然倒塌，砸向地面，揚起一層薄薄的塵埃。侯夫人趕緊避到門後，驚恐地看著傳來打鬥聲的地方，果然，看到兩條正在激戰的身影，其中一個身姿冷峻絕然卻又飄逸如仙，正是藍素顏身邊的那名貼身侍女青竹，而另一個身材稍胖，身穿一身黑色夜行衣，頭上套著一個黑色頭套，連頭髮都包裹進去，只看得到鼻子和眼睛。那雙眼睛渾濁昏黃，但眼神中透出凌厲陰狠的目光，令人望之透骨生寒。

侯夫人心中無比惶恐。黑衣人可是貴妃娘娘派來的，如今被青竹打傷，貴妃會不會遷怒自己？那揚兒的解藥不是……

她越想越哀傷，越想越惶恐，踉踉蹌蹌地回到自己的屋裡，猛撲到床上，悲悽地痛哭起來。

晚榮端著熱粥進屋，卻沒找到侯夫人，很是詫異，以為侯夫人在她熬粥時出了門，便到院裡找。這時，聽到屋裡有侯夫人的哭聲，不由好生怪異。明明她在各個屋裡都找了個圈，也問了其他人，都說沒看到夫人出來，也沒看到夫人進去，夫人怎麼突然不見，又突然回到了屋裡？

正疑惑不解時，青竹護著素顏而來。晚榮忙上前給素顏請安，素顏臉色凝重，只是對晚榮點了點頭，便進了穿堂，直接往正屋裡而去。晚榮心急，不知道侯夫人是不是方便見大少奶奶，忙要上前攔住。青竹手一格，便將她擋住，冷聲道：「快帶大少奶奶去見侯夫人。」

晚榮被青竹的氣勢震住，不敢再多說，掀了簾子請素顏進去。侯夫人哭了好一陣子，只哭得天昏地暗，整個人像被抽乾了似的，昏昏沈沈地躺在床上。

「母親，您可有受傷？」素顏走到侯夫人床前，神情凝重地看著床上的侯夫人。床上的侯夫人聽到素顏的問話，一動也沒動，像根本就沒聽見一樣。

「大少奶奶，侯夫人並未受傷，不過，怕是嚇到了。」青竹譏誚地看著床上的侯夫人道。

侯夫人聽到青竹的聲音，身子一震，緩緩轉過身來，眼神凌厲地看向青竹。

「母親，那人可有傷著了您？」素顏又關切地問道。

「出去！全都給我出去！滾啊，不用妳來假惺惺！」侯夫人突然像瘋狂了一般，對著素顏和青竹幾個嘶聲吼叫起來。

素顏聽得秀眉緊皺，看了青竹一眼，青竹秀美冷峻的眸子裡快要噴出火，狠狠地瞪著侯夫人。

晚榮看著便有些難過。大少奶奶的一個奴婢也敢如此蔑視侯夫人，也太過分了些，抬腳上前，就想要護住侯夫人，結果，青竹伸手一下拎住了她的衣領子，將晚榮拎了出去。

陳嬤嬤看這情形，便對素顏道：「大少奶奶，奴婢去守在門外，您與侯夫人好生談談。」

屋裡就只剩下了侯夫人、素顏和青竹。侯夫人似乎也有些畏青竹的火，只是怨毒地看著素顏，罵道：「出去，我不想見妳。」

青竹冷笑一聲道：「侯夫人，事情已經被奴婢抓了個正著，那個人，奴婢雖然沒有抓到，不過可以肯定，她就是這個府裡的人，您難道想一輩子被她脅迫嗎？難道您就不恨她害了二少爺嗎？」

「都是妳們！是那個野種，是他害得我的揚兒被人下毒，痛苦折磨十幾年之久，如今妳們連揚兒他最後一點救命藥也給弄沒了，妳們究竟想怎樣？難道非要害死揚兒才夠嗎?!」侯夫人狀若瘋狂，根本不講理。

素顏冷靜地看著侯夫人。她真的有些無奈，不知道侯夫人的腦子裡都在想些什麼，怎麼敵我不分，好壞也看不出來呢？

「真正想害死二弟的人是您。那個人，拿給您的根本就不是解藥，而是毒，是另一種毒。如果真是解藥，為何二弟的病情會越來越重，發病時間越發頻繁？這不過是那人控制您的手段而已，難道您甘願被他所制？」素顏對侯夫人怒喝道。

侯夫人如被當頭棒喝，整個人像是被凍住，愕然地看著素顏，兩眼幽深空洞，像是癡了一般。素顏見了又道：「那是誰的人？是他一直脅迫您，要您加害兒媳和相公的嗎？您應該說出來，我們一起聯手對付他，齊心協力幫二弟找到治病的藥方才是啊！」

侯夫人紅腫而空洞的眼裡又溢滿淚水，又掩面哭泣了起來。素顏有些無力地看著侯夫人，靜靜站在一旁，等侯夫人哭個痛快了，再與她說話。

侯夫人又哭了好一陣，才終於止住哭聲，抬起頭，卻是問青竹。「妳……方才說，那個人是府裡的？」

「是的，她身形好快，一出那間屋子，奴婢就追了出去，但她的身形一下子就消失在松竹院裡。她似乎對這個院子裡的屋子都很熟悉，奴婢緊追之下，便找不到她的氣息了，所以奴婢斷定，她仍在這院子裡，而且奴婢看得出，她是個女子，並不年輕。」青竹很肯定地說道。

侯夫人聽得渾身一顫，眼裡露出怨恨之色，雙手緊攥著被子，咬牙切齒道：「原來，我身邊養了一頭狼，一頭凶惡的狼！她定然天天冷笑著看著我痛，看著我苦……」

「母親，您知道她是誰嗎？青竹說她已經打傷了那個人，兒媳現在就召集人手，將您院裡的人全都盤查一遍？」素顏真有點可憐侯夫人了，不過，她也不像先前那樣為侯夫人心軟了，自己幾次三番不計前嫌想要幫助侯夫人，可侯夫人不領情也罷，竟然將所有的怨恨都遷怒自己，這就有些太不近人情了。

「現在去查，根本就查不到了，她既是對這個院裡非常熟悉，那定然會想到隱藏的辦法。」侯夫人也逐漸冷靜下來，皺著眉頭回道。

「怎麼不能查，現在就將您院裡的人全部召集出來，看哪個人頭上有傷，那不就知曉了？」青竹冷冷地說道，眼神輕蔑而懷疑地看著侯夫人。

「對，母親，現在就將您院裡的所有人全都召集起來，青竹一定能夠認出她來。」素顏也說道。

侯夫人遲疑了一下，又搖了搖頭，對素顏道：「算了吧，查出來了又如何？那個人，還是會再派另外的人來，說不定，會對我的揚兒下更重的黑手，我還有文嫻呢，我不能再讓文嫻也遭不測。」

素顏聽得大怒，問道：「您說的那個人是誰？她真有通天的本事嗎？這可是寧伯侯府，是皇后娘娘的娘家，難道就沒有人能治得住她嗎？」

「侯爺也知道，連他都沒有法子，妳能有什麼辦法？」侯夫人冷冷地看了素顏一眼，語氣中帶著深深的怨恨和悲痛，說到侯爺時，她的眼神冷若冰霜，似是含著刻骨之恨一般。

素顏聽得大震。侯爺也知道？那就是說那種毒，以侯爺的本事也難找到解藥出來，侯爺他……怎麼忍心讓紹揚受那樣的苦楚？

不行，就算侯爺知道又如何，如今那個背後之人害人的目標就是自己和葉成紹，她既然發現了，又怎麼能夠讓她繼續得逞下去？

素顏呆坐在侯夫人的正屋裡，腦子裡有些發木，這時，紫雲氣喘吁吁地跑來，也顧不得給素顏行禮，上氣不接下氣地說道：「大少奶奶，不好了，世子爺和侯爺兩個吵起來了，就在前院書房裡頭。墨書來報信，沒找到大少奶奶您，奴婢想起您來這裡了，便找了過來。」

素顏聽得頭痛，葉成紹怎麼一下子跟侯爺吵起來了？莫非他做了什麼，影響到了侯爺的利益？

「快走，大少奶奶，爺那性子，跟侯爺打起來可就不好了。」陳嬤嬤聽得大急，扯著素顏就往外走。

素顏也忙提了裙，卻是回頭對青竹遞了個眼色，不讓她跟著。青竹很見機地點了頭，雖然跟著出了松竹院，卻是向另一個方向而去。

素顏急急地趕到侯爺的書房，果然聽得裡面葉成紹在大聲吵鬧。她心一緊，忙走了進去，就見葉成紹擰眉瞪看著侯爺，侯爺還好，倒是坐在書桌後，兩個人正以眼神對峙。

見素顏進來，兩人都有些愕然，侯爺的眼神緩了緩，冷聲道：「兒媳，妳來得正好，把這逆子給我拖回去，好生開導開導他。」

素顏聽了忙向侯爺行禮，轉頭看向葉成紹。葉成紹臉都氣紅了，不過，看見素顏後，眼神變了變，啞聲道：「娘子妳來做什麼？快快回去歇著，這是我跟父親之間的事情。」

「相公，有話好好說，怎麼跟父親吵起來了呢？咱們可是小輩啊。」

「不行，我今天非要把劉姨娘那個賤人給處置了，不然，侯府別想安寧，娘子妳也會被她毒害！」葉成紹擰著脖子，對侯爺吼道。

第九十二章

「劉姨娘？姨娘怎麼了？」

「哼，她看著柔弱，卻是一位深藏不露的高手呢。父親，這麼多年來，您可發現了她這一點？」葉成紹沒有正面回答素顏，卻是冷笑一聲對侯爺道。

果然，那一次在侯夫人屋裡時，素顏就感覺到劉姨娘的不簡單，兩個身強力壯的粗使婆子上前都沒有拉得住她，原來真是身負絕技的高手，侯爺不可能看不出來吧？素顏不由也靜靜看向侯爺。

「紹兒，你管得太多了。」侯爺的臉色沈靜如水，聽了葉成紹的話，神情並無波動，似乎半點也不驚訝。看來，應該是知道劉姨娘身負武功的事實。

葉成紹一聽這話，氣得暴跳如雷，大聲道：「父親，您怎麼能夠袒護一個如此蛇蠍心腸的婦人在您身邊？她可是在二弟身上下過毒藥的啊！」

侯爺聽了眼神一黯，猛地站了起來，凌厲地看著葉成紹。「紹兒，沒有證據，你不可以亂說。」

「父親，相公說得沒錯，劉姨娘確實給二弟下了毒，雖然，二弟的病並非由她下毒所致，但她給二弟配的鎮痛茶，卻是有另外一種毒性。這種毒，初入身體不會有什麼太大的反應，也確實能起到鎮痛的效果，但長久服用，病人便會對此藥產生依賴，甚至逐漸上癮，想戒都難戒掉。中毒之人，如果一直服用下去，身體會逐漸變差，最後會走向死亡，這是一種殺人不見血的毒啊。」素顏冷靜而肯定地對侯爺說道。

侯爺的臉上終於起了一絲波瀾，眼裡露出驚詫之色，眼底的無奈和痛苦緩緩流過。但他很快又壓制那一絲悲痛，啞著聲對素顏道：「兒媳如何知道紹揚的鎮痛藥有此副作用？這……就連太醫也沒看出來。當初，我見紹揚痛得難受，實在不忍心讓他痛下去，才四處求醫問藥，劉氏也是託了她的師兄才弄到這種鎮痛藥的，可能連她自己，都不知道有此藥性吧。」

「父親，兒媳也學過醫的，看過不少醫學雜書，認識那種草藥。不過，這種草也確實不多見，也不知道姨娘的師兄是哪裡人，如何會認得這種草的？又是從哪裡帶來的？」素顏深感奇怪，罌粟在前世可是生長在西南的，前世的歷史裡，這種植物是七世紀時由波斯傳入中國。她不知道現在所處的年代對應前世是哪個世紀，這裡的歷史與前世相差很大，雖然也尊孔孟之道，文化和習俗基本差不多，但地理環境和歷史真的不太一樣。

太醫對這種植物不熟悉，探查不出來它的副作用，這還可以理解，但是，劉姨娘已經拿這種植物害過幾個人了，洪氏飲食裡就有這種藥的影子，而司徒蘭被關在小黑屋裡，炭盆裡燒的也是這種藥，而且，司徒蘭身上還有另一種毒，好在，上回葉成紹趕她走時，逼著她吃了一種藥，那藥除了使司徒蘭狀若發高燒外，其實還有解毒作用，想必，如今司徒蘭身上的毒素應該淡了很多。

劉姨娘確實如葉成紹所說，心如蛇蠍啊。

但侯爺的語氣裡，卻是對她頗為袒護，難道真的對劉姨娘有情，情深到連自己的嫡子被害，也能原諒？

「她……也是費了很多精力才找到這種草藥，聽說是她的師兄去大食國做生意，從那邊帶過來的。」侯爺也不是很肯定地說道，他的眼神裡帶了一絲疑惑，臉上卻不顯露，仍是很鎮定的樣子，並沒有因為知道了罌粟的毒害而生怒。

「父親，您可知道，洪氏死前也是中了這種草藥之毒？這種草藥如果連續幾天大量吸食的話，會使人性子暴躁反常，狀若瘋狂，而且不只是洪氏，連司徒氏也少量中毒。府裡瞭解這種草藥的人並不多，夫人肯定是不知道的，不然，她也不會允許給紹揚服用了。兒媳雖知，但此次中毒之人被害，矛頭都是對準兒媳的，兒媳再蠢，也不會做不利於自己的事情，如此明顯的陰謀，父親您還不能斷定劉姨娘的居心嗎？」

素顏在心頭積了很久的話，今天終於當著侯爺的面全說了出來。侯爺聽得大驚，終於臉色升起一股怒意來，他沈聲對素顏道：「妳說的，可全是事實？」

「父親如果不信，可以派人調查，兒媳敢肯定，劉姨娘與洪氏之母洪陳氏也是有勾連的。當初洪陳氏鬧得那樣凶，根本就是受劉姨娘的指使；還有，司徒夫人為何來侯府如此之快，定然也與劉姨娘有關係，父親，您如果再偏袒她，這個府裡定然永遠不得安寧。她的居心，怕不只是針對侯夫人和二弟呀。」素顏淡定看著侯爺，肯定地回道。

侯爺的眼神變得銳利無比起來，對葉成紹道：「你查到是她動手的？」

「沒有，兒子只是查到她身負武功、內力深厚，而且深藏不露。」葉成紹很老實地說道。「娘子所說的那些，兒子也著人調查過，確有其事。洪氏的茶裡、司徒氏的炭盆裡，的確是都有娘子所說的那種毒藥。兒子是做什麼的，您應該清楚，兒子手下的人要查事情，沒有查不到的，兒子如今是尊重您，又看在她是文英和成良的生母，才來請示父親，如若不然，兒子早就暗中結果了她，一點痕跡也不留。」葉成紹定定地看著侯爺，聲音沈著而堅定，還帶了一絲霸道和囂張，與平素在素顏面前那小男生的模樣判若兩人。

「你……容我再想一想。你也說了，她是文英和成良的生母，這十幾年來，她服侍我也盡心盡力，她……也是苦命人，會到如今這步田地，也受了很多的委屈和苦難，你們既是給了為父這個面子，那便網開一面吧，為父會處理她，讓她再也無法害人的。」侯爺聽了葉成紹的話，先是眸子精光一閃，凌厲如尖刀射向葉成紹，但只是一瞬，那目光又變得慈和，似是整個人都頹喪了一樣，沈痛地嘆息了一聲，語氣裡帶著一絲哀求。

話都說到這個分上了，素顏還能說什麼？她不由看向葉成紹，劉姨娘可比不得侯夫人，侯夫人雖然也壞，但她總是在面上鬧著，並沒有真對她造成很大的傷害，但劉姨娘總在暗處動刀子，這樣的人防不勝防，如果不能一次將她搞定，以後終究會是個禍害，何況還是個有功夫的人，更加可怕了。

「好，兒子決定讓父親處置，不再插手，但是，如若她再犯事，可不能怪兒子心狠了。」葉成紹定定看著侯爺道。

侯爺聽得眸中厲光一閃，皺了眉頭看著葉成紹，神情像一頭要開戰的雄獅，氣勢凌人。葉成紹毫不示弱，針鋒相對地看著侯爺，沒有半點退讓的意思。侯爺終究還是轉過頭去，不再與他對峙，卻是對素顏道：「府裡諸事如今都交由妳打理，妳應該拿出十二分的精神來，侯府可不能再傷筋動骨了，不管是洪氏，還是司徒氏，還是劉氏，都是上了侯府族譜的貴妾，兒媳妳才進府多久，便有幾個人出了狀況，為父可不想聽人說，是兒媳妳的為人品性有問題所致。」

素顏聽得眉頭一皺。侯爺這是鬥不過葉成紹，便來拿自己開刀了。她不由淡淡一笑道：「兒媳其實也正想說，過門後這些日子，幾乎都是在惶恐和不安中度過的，不是今天被人打，就是明天被人罵，後天就被人陷害，兒媳也過得很辛苦呢，父親如若覺得兒媳沒有這管家之能，兒媳可以雙手將之交還給父親，也正好過點清靜的日子。」

「父親，正好，我想帶著娘子離開府裡，去別院裡住上一段時日。娘子在侯府，心裡都是緊繃的，我想帶她去散散心。」葉成紹看侯爺總瞪著素顏不說話，心頭震怒。侯爺對他如何，他不在意，但絕對不能委屈素顏半分，那是他的底限，娘子嫁給他，是要被他疼、被他寵的，不是來受氣的。

「皇上還交給你一大堆事要辦，你這會子說什麼去別院？要是心疼老婆，就讓她好好回娘家住兩天吧。正好，她不是被封了一品誥命嗎？藍大人可是跟我提了好幾回了，藍家可沒出過一品，正好帶她回去風光風光。」侯爺被葉成紹的話打破深思，沒好氣地對葉成紹道，一甩袖，自己先走出了書房，把那一對小夫妻扔在了屋裡。

素顏與葉成紹面面相覷，好半晌，葉成紹咕噥道：「太不講理了，總是護著劉姨娘。」

「畢竟父親與姨娘有十幾年的感情，你也不能逼他太過，就算是要處置劉姨娘，也得給他一個緩衝。放心吧，我看父親其實心裡也很氣憤，只是不想在我們面前表露罷了。老人家愛面子呢，要讓他知道，自己身邊最寵愛的一個小妾是個蛇蠍美人，而自己卻沒察覺出來，還要小輩來揭穿，很沒面子的。」素顏笑著安慰葉成紹道。

葉成紹一想，也是這麼個理，便牽了素顏的手道：「要不要回娘家？正好，穿了一品誥命服回去，讓妳家老太太看看，她曾經無情對待過的孫女，如今比她的品級還要大。」

「不了，我如今也不怎麼恨她了，都是風燭殘年的人了，只要她能好生對待我娘親還有小弟就好了。」素顏有些悵然地搖搖頭。她不是個仗勢壓人的人，老太太畢竟是她的祖母，要讓她在自己面前行禮，她心裡還是過意不去的，何況比她品級低的何止是老太太，大夫人品級也低，她怎麼能讓自己的親娘給自己行禮呢？

「喔，對了，劉姨娘真的有功夫嗎？」素顏很是疑惑，劉姨娘看著柔柔弱弱的……

「她的功夫高深莫測，但願父親真能夠處置她，不然，這個人真的很危險。」葉成紹皺了眉頭說道。

「可是，我真不明白，她這樣做的目的是什麼？」素顏很是疑惑。如果說，劉姨娘一直針對侯夫人和紹揚，她還能明白點，但自己與她的衝突並不大，難道，她以為侯夫人不掌家了，接位的應該是她不成？

「娘子，因為妳太好了，有人不想妳我過得太好。」葉成紹一把將素顏攬進懷裡，在她額頭親吻了一下，眼裡含著滿滿的笑意，還有一絲得意。

「是你太特別，所以，別人才不希望我們過得幸福。相公，以後你不會……」素顏笑著擰了下葉成紹的鼻子，笑著說道，不過，心裡又湧出一絲的不安。

「該我的，我是會奪回的，不過，我要的並不是他們擔心的，但在沒得到之前，讓那些人擔心和惶恐地過著，那也不錯。誰讓他們曾經那樣對待過我。」葉成紹的眼裡浮出一抹陰厲和嘲諷，轉眸又深深地看著素顏，再輕啄了下她的鼻尖，燦亮的眸子變得幽深。「娘子，不管我的地位如何改變，妳是我的唯一，妳擔心的，我都明白。」

素顏凝視著葉成紹，好半晌，輕輕喟嘆一聲道：「我既然嫁了你，自然要風雨同舟、相扶相攜地生活下去，你既是真心待我，你想要什麼，我自是盡最大的努力幫你，便是沒什麼本事，只在你身後默默地支持，不給你添亂，也是一種助力。」

葉成紹聽得心神一蕩，猛地擁緊了素顏，像是擁緊一件最摯愛的珍寶，只喚了聲。「娘子……」

二人第一次心意相通，相互都明白對方的理想和憂慮，沒有更多的承諾，也沒有說透，一切盡在不言中。

良久，素顏才在葉成紹的懷裡鑽出來。「走吧，這裡可是父親的書房呢。」

葉成紹痞痞一笑，道：「有何關係，我們可是名正言順的夫妻，誰敢多說什麼？」

第二天，葉成紹一大早就上朝去了。兩淮貪墨案到了最後的關頭，他必須將案情向皇上稟報，而且有些事情得暗中佈置了。

素顏和陳嬤嬤幾個正在備著回門禮，紫晴給她拿了一套衣服出來，對素顏道：「大少奶奶，您真的不穿命服回門子嗎？」

「不穿，就穿尋常的衣服便好。我回娘家是看娘親的，不是去炫耀的。」

紫晴轉過頭去，又道：「爺不是說了要陪您回去的嗎？都這個時辰了，還沒回來，哼，男人的話，果然是不能聽的。」

紫綢在一旁聽得氣急，揚手就拍了她一記。「妳可真是越發大膽了，連主子也敢編排，仗著大少奶奶對咱們優榮，就連規矩都不懂了嗎？也不知道妳一天到晚在憋個什麼氣，好日子不好過，就該大少奶奶把妳配出去才好。」

紫晴聽了這話，也感覺自己方才確是逾矩了些，垂了頭，抖開手裡的衣服，小聲對素顏道：「換衣服吧，陳嬤嬤昨兒個就送了信回去，說是大少奶奶要回門子，這會子只怕大夫人正在前院翹首望著呢。」

素顏起身換衣，紫晴拿了一套淡紫色雕繡開襟大襬長襖，外罩一件煙霞色的雕繡紫鈴蘭半臂，素顏原就梳了個半月髻，頭上插著一支三尾鳳金鑲玉步搖，看著大氣端莊、溫婉嫻靜，整個人亮麗脫俗。紫晴在一旁看了，好一番讚嘆，又忍不住道：「大少奶奶這氣質可真是如九天仙女一樣，可惜，和爺那吊兒郎當的模樣站在一塊兒，怎麼看怎麼不搭調。」

素顏腦子裡就浮現出葉成紹那痞賴的模樣，也忍不住敲了紫晴一記，笑道：「妳小心爺聽到，割了妳的舌頭。」

「就是，爺其實也是長得很俊朗的，哪時就跟大少奶奶不配了，死妮子亂嚼舌根。」紫綢在一旁笑罵道。

「喲，我說紫綢，妳不會是動了小心思，喜歡上爺了吧？」紫晴邊說就邊笑著往一旁躲，把個紫綢氣得滿臉通紅，又怕素顏真的懷疑，抓起手裡的梳子就往紫晴身上砸。她真動怒了，紅著眼罵道：「死蹄子，妳自個兒心裡有什麼自個兒清楚，我才不是那不切實際的人。大少奶奶如今都已經跟爺好了，妳還存著那不該有的想法，大少奶奶容著妳，妳便越發蹬鼻子上臉了，看我不收拾妳?!」

素顏聽得眉頭一皺，冷冷地看著紫晴。她只當紫晴是少女對初戀的癡迷難以忘懷，想時間長了，紫晴總會忘了某些人的，卻沒想到她對上官明昊仍是如此癡心不忘，若不是紫晴在侯府裡，還是一心維護和忠心於她，她早就要治治她了，這會子被紫綢挑明了，便也想乘機敲打敲打紫晴。

「妳胡說什麼？我哪裡有不切實際的想法，我不過是……」紫晴看素顏動了真怒，一時也嚇住，忙小聲解釋。

「妳如果真喜歡那個人，我倒可以想法子送妳去中山侯府，只是，妳自己要想明白，去給人做妾，將來是否就能得到幸福。我看著妳服侍我多年的分上，由妳自己選擇。」素顏不等她說完，便沈聲道。

紫晴嚇得立即跪下來，眼淚汪汪道：「沒有的事，大少奶奶，紫綢她是氣糊塗了，亂編排奴婢。奴婢便是以前有那心思，如今大少奶奶都已經嫁到這裡來了，奴婢自然也就死心了。大少奶奶，奴婢向來嘴巴就不會說話，您饒了我吧，奴婢可不敢對您有二心。」

紫綢也覺得自己剛才那話過了些，便小聲對素顏道：「大少奶奶，我和她鬧著玩呢，她雖然死腦筋，但也沒犯過什麼錯，對您也是貼心貼意的，您就饒了她這一回吧。」

素顏微瞇了眼睛看著紫晴，腦子裡一時浮現出好多事情，不過，一是沒有證據，二是紫晴確實沒有做過傷害自己的事情，她想觀察一段時日再看。總之有青竹在，這屋裡想有小動作的人，都逃不過她的法眼。

正邊忙邊等著葉成紹回來，就聽小丫頭來報說，大姑娘來了，素顏聽得詫異，讓紫雲將文英請進來。

文英一進門，便撲通一下跪在了素顏面前，素顏看得一怔，隨即明白了她可能是為了劉姨娘的事來求自己，不由皺了眉。劉姨娘太過陰毒，根本就留不得，也不知道侯爺是如何懲治她的。

「大妹妹，妳這是做什麼？快快起來。」素顏忙去拉文英。

文英不肯起來，流著淚道：「我來替姨娘陪罪了，大嫂，求妳勸勸侯爺吧，他要……他要廢掉姨娘……」

侯爺還真是個雷厲風行的人，廢掉劉姨娘……是廢了她的武功吧？那不正好嗎？既懲治了她，又留下了她的性命，還讓她以後難以再害人，侯爺這分寸倒是拿捏得當啊，她才不想去勸呢。

「廢掉？不是要打斷姨娘的手腳吧，唉呀，父親這懲罰也太重了些。」素顏故作不知地說道。

「呃，不是打斷手腳，而是……」文英一時也不知道要如何說才好。劉姨娘身負絕技，連她也不太清楚，只是方才聽成良來報信時說得急切，她才急匆匆就到素顏這裡求助來了，只知道廢掉這話聽著就嚇人。

「那是什麼？難道父親要親手殺了姨娘不成？不會的，父親不是如此冷情的人，畢竟還有你們三兄妹呢。」素顏狀似擔憂地安慰文英道。

「大嫂，不管是如何，都請妳去勸勸父親吧，妹妹求妳了，妳的大恩大德，妹妹來日一定重報。」母女連心，文英急得都要給素顏磕頭了。

「那就去看看吧。」素顏看著文英又有些不忍，起了身，也想看看侯爺究竟會如何懲治劉姨娘。

走到劉姨娘那兒的穿堂裡時，只聽得一陣細細的呻吟，透過綰起的簾子，侯爺如松似竹的身子，正挺立在劉姨娘的床邊，而劉姨娘正躺在床上，大汗如雨，整個人都癱軟著，像失了筋骨一樣。

「侯爺好狠的心……妾身一生修為，竟然毀在了您手裡……好、好、好啊，不枉當年您教導我一番，如今再全收回去，也算不欠侯爺的了……」劉姨娘聲音虛弱，卻是咬著牙，儘量不讓自己發出痛苦的呻吟。

「妳不該連司徒氏也下手的。如今造成的後果，根本就無法估量，司徒雖然表面與本侯和好，但心裡卻是生恨，妳太喜歡自作主張了。」

侯爺的聲音裡帶著一絲疲倦和惱怒，一抬眼，看到屋外的素顏，眼神凌厲如刀鋒，又對劉姨娘道：「只是廢了妳的功夫，但妳的身子並未受損，以後就安分點過著吧，若真為成良著想，就少招惹是非。」說罷，侯爺轉身，大步流星地走出了劉姨娘的屋子。

素顏給侯爺福了福，侯爺點了下頭便徑直而去，文英哭著撲到劉姨娘床邊，大哭起來。

素顏跟著走了進去。她對於武功一道實在不太懂，只看見劉姨娘渾身大汗，連身上的夾襖都濕透了，臉色很是痛苦，應該是真的被廢了功夫吧？

第九十三章

回到屋裡，葉成紹派了墨書回來，說他被皇上留下，暫時回不來，但中午一定會去藍家用飯，讓墨書和青竹送素顏回娘家去。

素顏也起了身，上了馬車，到藍家門口時，果然看到大夫人派了個嬤嬤在外面等著，一看寧伯侯府的馬車來了，嬤嬤忙上前去迎，一個小丫頭飛快跑回後院去報信，一時，大夫人和三姨娘，還有素麗一起迎了出來。

素顏忙給大夫人行禮，給三姨娘行了半禮。三姨娘身子一偏，讓過了她的禮道：「奴婢可不敢受一品誥命夫人的禮，這可會折了奴婢的壽去。」

素顏拉起三姨娘的手道：「姨娘快別這麼說，您可是長輩，三妹的生母，我這一禮是受得的。」

大夫人聽了眼底都是笑意，對素顏道：「孩子，妳很好，並沒有因為地位改變而凌勢。快進府吧，先去給妳祖父請個安，一會子咱們娘兒倆再聊。」

大夫人不方便去老太爺的書房，便帶著三姨娘先回自己院裡了。素麗陪著素顏往老太爺書房裡去，路上，素顏拉著素麗的手道：「一個月不見，三妹倒是清瘦了些，怎麼，有了中意的人，犯相思病了？」

「大姊，不帶這樣的，好不容易回來一趟，就拿妹妹打趣。」素麗嘟著小嘴，不樂意的嗔道：「不過，大姊，我聽說姊夫要去治淮了，妳也要跟著去，是真的嗎？」

素麗的消息還真快。素顏不由皺了眉，斜了眼看著素麗道：「妳是如何知道的？」

「去，老太爺說的。妳都不知道，老太爺有多激動，那天皇上召老太爺進宮，好生誇了妳一回，還說妳若是男子，當有治國之才，老太爺臉上有光，回家就每人賞了五錢銀子呢。」素麗扭著素顏的手，明月般的大眼亮晶晶的，眼裡露出希冀之色。

「我不過是去服侍相公罷了，我一個女子能懂什麼啊，老太爺可能難得被皇上誇一回，所以才高興吧？」素顏淡淡說道。她不想做得太出格，這個世界並不能容忍女子太有才華，更不會給女子一方施展才華的天地，她只要站在葉成紹的身後，默默支持葉成紹就好了，他功成名就，她也一樣有榮光。

素麗聽了狡黠一笑，也沒再往下說。

給老太爺請了安後，素顏這才與素麗兩個一同去了老太太屋裡。

素顏垂眸看著自家小妹，只覺得她這半年又長高了許多，不由打趣道：「今年壽王府的賞梅會，三妹跟我一起去吧，我給妳介紹幾個貴夫人認識，好生給妳相門親事去。」

素麗聽得臉色更紅了，垂著頭嘟囔道：「大姊，我還小呢。」

「知道自己小就好，別想些有的沒的。有的人不適合妳，有的環境，聽著光鮮榮耀，其實就是個吃人不吐骨頭的地方，妳人小，把心也放小些才是。」素顏一語雙關地對素麗說道。

素麗聽得臉色微白，又撒著嬌道：「大姊，妳說什麼呢，我的心很小很小的。」

素顏無奈地撫摸著素麗的頭。她不希望素麗有野心，皇家不是素麗能去的地方，素麗是她好不容易在這個世界裡，當成親妹妹一樣對待的人，她更不希望在以後的歲月裡，因為爭權奪利，自己與素麗也變得對立。她很珍惜兩人之間難得的姊妹親情，所以，她想要防患於未然。

「小就好，姊姊是希望妳能幸福快樂的，要知道，找一個平凡些但是能疼妳、珍惜妳的人，才能給妳幸福。姊姊如今聽著是嫁得風光，身分地位也高了，可卻過得很辛苦、很不快樂，好在，妳姊夫還算好，沒有讓我失望，不然，姊姊真的很想一個人單獨過下去。大富大貴的人家，爭鬥太過慘烈，越是富貴，鬥爭就越恐怖，一個不好，就會粉身碎骨的。」素顏感慨地對素麗說道。

素麗抬起頭，眼裡含著一絲感激，笑道：「嗯，謝謝大姊，我明白的。」

素顏可以說是掏心窩的把話都跟她說了，如果再不能勸得動她，素顏也無可奈何了。素麗的人生是她自己的，路要她自己走出來，而且，素麗雖是年紀小，卻向來是個有主意的，別人的話也不一定能聽得進去，不過自己倒是可以利用手中的資源幫她改變一二，只是，就怕這丫頭不一定能領情。

兩人走到老太太屋裡，老太太早就坐在正堂裡等素顏了，讓素顏驚訝的是，王家大太太也在，她不由皺起了眉頭。自己不過是臨時起意要回娘家，可家裡就將她回來的消息宣佈了，老太太屋裡就有王大太太，如今兩淮貪墨一案正在最緊要的關頭，那些涉案的官員像餓鬼一樣，到處託人找關係，想逃脫懲治或減輕罪行，王大太太定然也是來有求於自己的。她心裡覺得好一陣厭煩。

但面上的禮數還是要的。素顏給老太太行禮，老太太笑呵呵的起了身，忙道：「如今妳可是一品誥命的，奶奶可是擔不起妳的大禮呢。」

素顏聽了忙道：「不論孫女身分變成什麼，您都是孫女的祖母，一家子人，不論身分，只論親情。」

王大太太在一旁聽了就附和道：「世子夫人可真是高義孝順啊，這一家子人，著實就該這樣，只論親情才對。」

素顏聽她話裡有話，便只是笑了笑，坐到老太太身邊的位子上。大夫人和三姨娘沒在屋裡，應該是去備飯了，素麗這會兒也正給老太太行禮。

果然沒說幾句應景的話，老太太就轉到了王家的事情上來。「妳小時候，妳舅舅可沒少疼妳們幾個姊妹，每回送年節、回禮什麼的，妳和素情都是得一份好的。唉，以前妳舅爺家可是殷實得很，門前去拜訪來往的客人車水馬龍的，可是現在呢，冷冷清清，那些個人，不落井下石就不錯了。」說著，又長嘆了一口氣，眼角沁出淚水來。

素顏在心裡就腹誹。前幾年，顧家出事之後，小王氏便仗著王家之勢，無情虐待和打壓自己母女，王家就算是送了東西來，也是將最好的給素情，挑剩的才給她和素麗。

「唉呀，姑姑，您別說那些個小事了，不值一提，不值一提，只要幾個甥女過得好，我們這些做長輩的，心裡也就舒坦了。」王大太太很謙遜地擺了擺手說道。

老太太笑著對素顏道：「聽說皇上如今可是重用著孫婿呢，咱們怎麼說都是一家子人，能不能幫幫妳舅舅啊？錢不是問題的，只是，如今實在是沒有好用的人脈，妳的話，孫婿一定是會給面子的。」

素顏聽了就冷下臉來。「您孫婿能有什麼本事，不過是個紈袴子弟罷了，成天也不過是遛狗鬥鳥，無所事事，他哪裡能幫得上大舅舅的忙？當初，二妹還死活不嫁，不就是看他無能，沒用嗎？」

老太太果然被素顏的話給噎住，臉上露出尷尬之色，一時有些下不了臺。一旁的王大太太便笑道：「姑姑的意思是，到底侯爺家與皇后娘娘是嫡親，能不能求甥女在皇后娘娘那裡，幫妳舅舅求個情。如今判決快下了，若是……若是整個王家都要流放千里，偌大個王家就會毀了，妳就行行好吧！」

素顏聽得板了臉，起了身道：「舅母，這是朝廷裡的政事，我們婦道人家怎麼好干涉？再說了舅舅清者自清，若沒做過什麼缺德的事情，也不用太過擔心，當今聖上賢明，不會冤枉好人的。」說著，她見到老太太就要哭了，便起了身，對老太太行了一禮道：「祖母，孫女多日未見父親和弟弟了，很是想念，一會子再來看望祖母。」

老太太和王大太太兩個面面相覷，無奈地看著素顏和素麗兩個一同離去。

素顏在外頭並沒走遠，倒是走得慢些，對素麗道：「三妹，妳且先去幫我娘打理打理吧，我好不容易回來一趟，想一個人在院子裡走走。」

素麗聽得一怔，深深地看了素顏一眼，笑道：「也是，自小長大的地方呢，如今大姊嫁了，回來的次數也少了，少不得有些留戀的，那大姊慢慢逛著，我先走了。」

陳嬤嬤回府後，素顏便放了她的假，讓她去找相好的老姊妹聊天去了，只有青竹貼身跟著，素顏便在青竹耳邊小聲說了一句。青竹點了頭，將素顏送回了她以前住著的院子裡。

素顏的院子還是空著的，打掃得也很乾淨，一切物什還是照先前自己未出嫁時一樣擺放著，看得出大夫人對她很是用心，就想著她回來時不會感覺生分，處處透著一份親切和關懷，讓素顏的心情舒暢好多。

沒多久，青竹便回來了，對素顏點了點頭。這時，王大太太悄悄自小院後頭溜了進來，一見素顏，屈膝就跪下去。素顏忙起了身，扶住她道：「舅母這是要做什麼？莫非要折煞素顏嗎？快快請起，您怎麼找到這地方來了？」

王大太太自素顏出了老太太屋裡後，正自惶惑，想著找個什麼好點的機會去求素顏才好，卻看到寧伯侯府的侍女正站在老太太院外，似是等著什麼人，她大著膽子去問，結果就聽見素顏獨自到了自個兒院裡，心中大喜，忙悄悄地來了。

「甥女兒，舅母明人不說暗話了，如今是上下幾百口人命的事情，求甥女兒救救舅母一大家子吧！」王大太太哪裡肯起來，埋頭就再跪下。素顏對青竹使了個眼色，青竹提起王大太太後手臂，王大太太就跪不下去。素顏便對她笑道：「舅母這話說得甥女糊塗，您說了半天，甥女也不知道究竟發生了什麼事呢，您先坐下，慢慢跟甥女好生說說，不然，甥女就是想幫，也不知道從何處幫起啊。」

王大太太聽素顏這口氣有些鬆動，眼睛一亮，也不堅持，自身後拿出一個盒子來，向素顏遞了過去，訕訕道：「甥女兒，妳先把這個收了，舅母慢慢跟妳細說，妳真要幫忙的話，上下打點是少不得這些的，舅母可不想妳出力又出錢啊。」

王大太太這話倒是說得藝術，不說是送給素顏的，只說是請她幫忙打點的，那便脫了受賄的嫌疑。

但素顏又豈肯輕易收她的東西？手輕輕一推，也不看那盒子裡是什麼，笑道：「舅母且先說說，究竟何事吧。」

王大太太臉色微黯，那盒子也收了回去，卻是放在膝上，並沒收進去，便開始說起兩淮貪墨一事來。素顏聽完後便問：「舅母，您想讓我幫忙也不是不可以，不過，您得說實話，這事是不是大舅舅主謀，他究竟拿了多少？」

王大太太臉上沁出汗來，吶吶道：「妳舅舅就是有天大的膽子，也不敢一個人下那麼大的黑手，這當中，自然是有上面的人點頭的，咱們王家，不過是只得了個零頭罷了。」

「那您怎麼不求大皇子，您的女兒不是大皇子的側妃嗎？舅母這可是本末倒置了呀。」

素顏聽她這話還是說得閃爍其辭，便淡笑著又打起了太極。

「要是他肯幫，舅母又何必來煩勞甥女妳？如今大皇子，因著貴妃娘娘的事情，變得低調很多，都是稟著明哲保身的態度呢，躲都躲不及，又怎麼肯保妳大舅？再說了，妳那姊姊，也不過是個側妃，上頭還有正妃壓著，她的話也頂不得多大用處，皇上又下了死令要嚴辦……」王大太太眼淚都出來了。她過去是何等囂張的一個人，如今四處找門路救自家，天天低三下四地求人，早沒有了當初的傲氣和脾氣了。

原來如此，素顏眼波一轉又道：「您說大皇子都要明哲保身了，我家相公一個閒人又能頂個什麼用？大舅母還是求錯人了，我怕是幫不上忙呢。」

王大太太聽了，立即撲通一下跪在了素顏面前，納頭就磕。「甥女，舅母就跟妳說句實話吧，實在是走投無路了啊，上回在這裡求了妳一回，惹怒了世子爺，妳大舅舅在牢裡就被狠打了一頓，我如今也不敢胡說半句了，只要大甥女兒妳肯救這一回，我王家今後就是世子爺的人，身家性命全繫到世子爺身上去了，求甥女開恩哪！」

原來，果然是走投無路了，到了最後關頭，不得不求自己來了。素顏一陣冷笑，卻是起了身，扶住王大太太道：「看您說的，咱們是一大家子，以前王家和藍家可也是一榮俱榮、一損俱損，就是不幫王家，甥女也得幫藍家不是，誰也不願意自己的姻親垮了呀。」

王大太太聽得大喜過望，看著素顏，顫著聲道：「甥女兒，妳這是……答應了？」

素顏不置可否地笑了笑道：「幫是要幫的，不過，也不一定幫得到，我的心是向著舅舅一家的，如今，就看舅舅能有什麼自救的法子，咱們一起使勁，雙管齊下，或許能有意想不到的效果呢。」

王大太太聽得眸光閃爍，眼裡露出遲疑之色。素顏也不打擾她，這個時候，只能她自己拿捏和選擇了，逼緊了，她怕王大太太會退縮。

半晌後，王大太太似乎下定了決心，定定地看著素顏道：「舅母算是豁出去了，今兒個身上沒帶，妳舅舅進去時，交給了我一大包東西，一會子，我就全去拿來。甥女兒，舅舅一家就全靠妳了，妳那幾個妹妹才十幾歲，若是真判了，怕是會被賣入教坊去，幾個弟弟也會進礦井賣苦力，那可都是死路啊，求妳了！」

素顏點了頭道：「我也不能打包票，只能是盡力而為，再冒著生命危險替您求求皇后娘娘，唉，能不能成，也只能是盡人事、聽天命了。」

王大太太其實只要素顏肯幫，就感覺成功了一半，忙起了身，將手裡的東西往素顏手上一放，抬腳就要走。素顏在後頭追了上來，將盒子遞還給她道：「舅母也說了，這是要打點用的，甥女為舅母花點子沒關係，但是，舅舅家要打點的地方可多了，留著救急用吧。」

王大太太聽了眼淚就出來了。這是她這一個月來聽得最窩心的話，很多人是收了她的禮，卻不肯辦事，家裡的錢財也耗了一大半了，人卻沒救出來，還越來越危險，難得這個以前她也跟著欺負過的甥女肯這樣待她，她只覺得素顏就像是一尊救世菩薩，轉身又要拜，素顏忙扶住她道：「您趕緊回去辦事吧，事不宜遲，怕是就在這兩天了。」

王大太太走後，青竹不解地問素顏。「大少奶奶，您真要幫她？」

「我這是在幫世子爺。如今世子爺手裡沒有掌握王大人上頭那個人的確切證據，王大人死咬著不肯拿出來，可能也是怕被報復，王大人存著一線希望，以為那個人會救他，怕是根本不知道，他已經被人當了替罪羊了。如果王大太太聽明的話，就會將那些東西全交出來。而且，王大人雖貪，卻是在戶部做了十幾年的侍郎，他對掌財可是一把好手呢，這一次若是救了他全家，他定當全心感激世子爺。這種人，不可重用，卻也不能少，他們有他們的才能，尤其是他們在官場是浸淫多年，懂得官場規矩，又經過了這一次大劫，更是知道如何趨吉避凶，以後會成為世子爺的一個助力。」

第九十四章

「可是，奴婢聽說，王家以前對大少奶奶您和親家夫人可都不太好，甚至……還加害過您的……若是奴婢，定然會乘機將王家就此滅掉，讓他們從此不得翻身。」青竹很是不平地說道。

素顏聽得微微一笑，眼裡露出一絲淡淡的釋然之意。「我也並非聖女，只是王家的人，真正害過我的、對不起我的，不過是幾位主子太太們，他們府裡的那些小姐、少爺，還有幾十上百號的丫鬟婆子並沒有害過我，因一人之罪禍害百人，如今的律法太過嚴苛，如若能救便救下吧。而且，我也不是個太喜歡記仇的人呢，仇恨和報復只會桎梏自己的心，讓心戴上枷鎖，那樣會過得很辛苦、很累的。而且這一次，說穿了，我也並非全是幫王家，不過是利用罷了，順帶救了王家府裡頭那些無辜的人們。看著吧，王大太太我還是會想法子懲治懲治的，只是不傷筋動骨就是，不然別人還當我是軟柿子，想怎麼捏就怎麼捏呢。」

青竹聽得笑了。「大少奶奶倒是豁達之人。奴婢其實也明白，大少奶奶如此做，最終的目的是要幫助世子爺。」說著，青竹眼神有些幽暗起來，美麗的眸子泛出淡淡的氤氳。「如此，倒也能給大少奶奶您自個兒掙個以德報怨、不計前嫌的名聲，對世子爺也是有好處的，爺的名聲可是太差了些呢……」

這話說得再正常不過，但素顏感覺青竹的心緒有些波動，像是有心事一般，不由多看了青竹一眼，並沒多言。

王大太太果然拿來了重要證據，素顏也沒看，午飯過後，她跟著葉成紹回寧伯侯府。在馬車上，她便將王大太太的東西交給了葉成紹。

葉成紹打開一看，大喜過望，驚詫地看著素顏道：「娘子，妳是如何得到的？那王大人，可是死咬著不肯交出來啊！」

「相公，你如果可以，就從輕發落王大人吧，我應了王大太太的。」素顏笑著對葉成紹道。

「我以前可不就是看他家欺負過妳嗎？所以就沒打算要放過他家，不過娘子既然開口了，我自然聽娘子的。」葉成紹將素顏往懷裡一攬，親了下她的額頭說道：「凡是欺負過我娘子的，我可不會放過他們。」

「哼，就你不欺負我就好了。」素顏瞋了他一眼，嬌聲說道。

葉成紹的眼立即閃閃發亮起來，斜著眼道：「娘子，除了那個時候以外，平素可都是妳欺負我喔，也只有在那個時候，娘子妳乖得就像隻小貓兒，最惹人疼了。」

素顏聽得大窘，知道這廝又是在說他們行房事的時候的事。這廝太過勇猛，她是一次一次敗下陣來，只有招架之功，全無還手之力，被他欺負得狠了，也只得嬌聲求饒，這廝偏就得意得緊，一副好有成就感的樣子。

越想越羞，伸了手就擰住他腰間的一塊軟肉，罵道：「今兒晚上你睡書房去，不許碰我。」

葉成紹顧不得腰痛，嘟著嘴就道：「那怎麼能行？娘子，我會憋壞的。」

「滾開，沒個正經。」素顏氣急，這廝說話越來越直白了，她都聽不下去了。

「再正經不過啊，娘子，夫妻之間的那個事可是天經地義的，這可是關乎到傳承大事，沒有什麼比這更嚴重、更正經的了。」葉成紹一把揪住了素顏的鼻子，一本正經地說道。

素顏聽得無語。這廝連傳承大事都搬出來了，簡直是無恥到極致了，再與他講下去，他會有更好聽的說出來，便轉了話題道：「王家的上頭主子是誰？這一回，能制得住他嗎？」

「他的正經主子是陳家，並非大皇子。這本帳可是難得的好證據，陳家一直隱在大皇子身後，自以為做得乾淨，百葉不沾身。哼，他們可能沒想到，王大老爺也是個老狐狸，這麼多年與陳家的一筆一筆見不得人的勾當，全都記錄下來了呢。最重要的是還有證據，哼，我只需讓人抄錄其中一張，送到陳閣老手裡，他就會徹夜難眠。」

葉成紹對素顏這次的行為很是滿意，也怪不得王大老爺口緊，這東西真要公諸於世，大周朝廷都會翻了個身，陳家更是首當其衝，便是陳閣老再聲望高，也會被打入地下去。只是他也知道，現在不是讓這東西現世的最佳時機，皇上明著就是不想打垮陳家，更不想葉家一支獨大，帝王的制衡之術用得極其巧妙和高端。他現在去端陳家的底，無異於觸皇上的逆鱗，那會得不償失，但是讓陳家難受一陣子，也是不錯的。

而且，他還打算抄上一頁送給二皇子。二皇子與大皇子正鬥得如火如荼，正愁拿不到陳家的把柄，送他這麼大的一個禮物，他應該知道如何做的。

「王大老爺也不能真的就此免了罪，相公，你只需免了王家一家老小的流放之罪就行，至於王大老爺和二老爺，該處置還是得處置。不過，要留下他們的一條命，將來你再去救他們一次，你就徹底成了他們的大恩人了。」素顏見葉成紹的打算正與自己的相同，心裡很是高興，又對葉成紹道。

葉成紹聽得一怔，伸手就擰住了素顏秀巧的鼻子，笑道：「我家娘子可真是隻小狐狸啊！我明白妳的意思的，王家曾經那樣對妳，妳肯救他全府的老小也算是仁義了。不過，妳的小心思裡，還是不肯輕易放過王大老爺和王大太太，對不？放心吧，該讓他們吃的苦頭，一點也不會少的。」

不久，皇上果然下了旨，免去王大老爺的戶部侍郎之職，發配千里之外的兗州，還特命王大太太一同發配。王家抄沒家財，但餘眾一律免於流放。至此，王家這個百年望族也算是一夜倒塌，王家子女從官家千金、少爺一下子變成了平民百姓。好在，他們既沒被賣入教坊，也沒有被押入礦井之中，只是生活由富足變成貧寒罷了。藍家老太太也收留了幾個姪孫子孫女在藍家生活，倒是因此對大夫人更為寬容起來，再不如先前那樣刻薄了。這些都是後話。

素顏與葉成紹坐著馬車回到寧伯侯府，一進門，便遇到了文靜前來拜訪。

文靜今天打扮得很是得體，神情也恭謹小心。「大嫂從娘家回來了？辛苦了吧。」

文靜殷勤地上前扶住素顏，葉成紹斜眼看了眼文靜，道：「明兒個要去壽王府赴賞梅會，二妹妹不在自己屋裡準備才藝，怎麼還有空到我屋裡來？」

文靜被葉成紹說得臉一紅，訕笑著對素顏道：「大哥也真是的，我沒事不能來看望嫂嫂嗎？嫂嫂可知，壽王府賞梅會可與往年不同呢，往年雖然也有才藝表演什麼的，可沒有正經的比試，明兒個的，可是各大府裡頭的姑娘、小姐們都要參賽，要選出京城第一才女來呢。大嫂，妳也來參賽嗎？」

素顏聽得一怔，淡然笑道：「我參加做什麼？我一個有夫之婦，才不與妳們這些待字閨中的大姑娘去搶這鋒頭呢。」

「那倒也是，不過，妹妹就是想見識見識大嫂的才藝呢。聽人說，就是皇后娘娘也誇讚過大嫂，說大嫂見識獨特、學識廣博，可惜明兒個大嫂不參賽，妹妹是沒這個眼福了。」文靜聽了眼眸一閃，笑道。

素顏有些奇怪。文靜為何突然來討好自己？她不由得深深地看了文靜一眼，問道：「三妹妹這兩日沒見著人，難道就是在屋裡練琴去了？聽說三妹妹一手琴藝很是精湛呢，二妹妹，妳明兒個打算用什麼參賽？」

文靜聽得眼神一黯，臉色竟帶了一絲赧色，期期艾艾地對素顏道：「大嫂，我的琴技比不得三妹妹，繡功也不行，就是畫畫也拿不出手，這會子正著急呢，想大嫂妳給出個主意。」

素顏聽得好笑。明兒就要參賽了，文靜這會子來抱佛腳，來得及嗎？不過，她也覺得好生奇怪，早接了壽王府的賞梅帖了，之前沒聽說過要比才藝，怎麼一下子冒出這麼個事情來了？

「我也沒什麼才藝啊，琴雖然會彈，可是，只一天的時間，我也沒法子教妳什麼啊。」素顏笑著對文靜道。

「可是，大嫂妳有好多好聽的曲子呢，我琴藝一下子提高是不可能的了，但是如果能出新，那說不定也能讓那些評選的貴夫人們留些印象呢。大嫂，妳就教教我吧！」文靜終於說出她心裡的話來。

原來如此。只是，文靜是怎麼知道自己會些新曲子的？素顏好生納悶，她可是從來也沒有在侯府裡頭出過這種鋒頭啊。

「大嫂平日間哼的歌就好聽，妳自個兒沒注意，有時一高興，就會哼上幾句呢。我也是不經意聽到的，大嫂，妳就教教我吧。」文靜看出素顏的疑惑，搖著素顏的手臂說道。

素顏聽得莞爾，心裡卻是盤算起來。明兒個肯定有不少皇親貴族的妃子、夫人參加，評選打分，不然，文靜也不會如此在意了。她的才貌算是中等，想在眾多佳麗中間脫穎而出是不可能的，但若能別出心裁，給那些夫人留些好印象，即便得不到太好的名次，被那些夫人們相中，也有可能議上一門好親呢。

文靜的想法還算聰明，不過，自己怎麼能如此輕易地幫她呢？來了侯府的這些日子，她也算看明白了，文嫻天真單純，但也自私，她不害人，卻也不會幫人，對侯夫人都有些冷漠，這也是這個時代，很多大家閨秀的通病，在府裡只管做好自己的大小姐，等著家族給她議門好親，風風光光嫁出去就好，家裡的紛爭儘量不參與。

所以，她便是對侯夫人好，對紹揚好，也沒看見文嫻如何來親近她。

而文靜，便是功利，她就算是對她好了，她也不會太領情，所以，白白幫她還真不划算。

「我這裡倒還真有些新曲子，保准全大周都沒有聽過，曲風新穎獨特，若是二妹妹在賞梅會上一彈，定然會吸引很多人的目光。不過，二妹妹這會子找我，我可是怕二嬸子說我教壞了妳呢。」素顏很是為難地對文靜說道。

「大嫂，我娘親怎麼會怪妳教壞我呢，這可是我自個兒要來學的，不關娘親的事。」文靜臉一僵。

「那算了，沒有二嬸子的許可，我可不敢教妳。唉，我去教三妹妹一首好曲子吧，指不定她彈了新曲，明兒個一舉奪魁也說不定呢。聽說東王妃也回來了，明兒個可真會很熱鬧呢。」素顏一本正經地說道，半點也沒有要教文靜的意思。

文靜一聽，果然急了。明天的賞梅會可是關係到她的終身大事，忙又求素顏，素顏硬是推說怕二夫人不高興，硬是不肯。文靜好生著惱，卻又不敢在這個時候得罪她，無奈之下，回去找二夫人去了。

葉成紹一直歪在自家正屋的椅子上，聽她們姑嫂談話，這會子待文靜走了，笑著斜了眼素顏道：「娘子，妳又起了什麼小心思？」

「誰起小心思了，我本來就是不敢教她嘛，別我一片好心，卻成了二嬸子的話柄，我才不做那費力不討好的傻事呢。」素顏瞋了葉成紹一眼說道。

葉成紹起了身，一把將她摟進懷裡。一旁的青竹一見著兩口子又當她們是空氣，光天化日之下就親熱，清冷的臉上就泛起一絲古怪之色，手一伸，就將正在沏茶的紫綢給拖走了。

紫綢雖然也窘，不過也不是經歷一次、兩次了，倒也不太介意，不過，看青竹臉色古怪，也悄悄地退走了。

這時，外頭紫雲一頭撞了進來。「大少奶奶，二夫人和二小姐來了。」一抬眸，看到素顏和葉成紹的那副模樣，頓時小臉紅得沁出粉色，也不等素顏回答，垂了頭就衝出去。

素顏不由得狠狠地踢了葉成紹一腳，瞪著他道：「你個混蛋，我的臉面都被你丟盡了！」

葉成紹看素顏像是動了真怒，也老實了，訕笑著道：「娘子哪裡丟臉啊？妳看，這小臉紅撲撲的，好生漂亮。」只是邊說邊往裡屋溜，在素顏另一腳踢來之前溜之大吉了。

二夫人真的帶了文靜進來，臉色有點僵木，素顏神情也是淡淡的。她也不想給二夫人太多好臉色看，如今是她們來求自己，不是自己求她們。二夫人只有這麼一個女兒，兒子還小，二老爺的小妾也是有好幾個，生了兒子的也有兩個，二夫人在二房裡頭的日子也並不太好過，二夫人亟需為文靜找個好婆家，增加自己的勢力，所以，不得不來求素顏。

「大嫂，我娘想通了，明兒個就要參賽了，妳快些教教我吧！」

「二嬸子既然肯了，我自然是要教二妹妹的。明兒個，很多貴夫人都會去，二妹妹妳就待在我身邊吧。」

人家態度好，她也好說話。素顏笑著對文靜道，卻是進了屋，拿出一把琴，自己先彈了一曲，頓時琴聲叮咚、樂聲悠揚，曲子歡快活潑、曲意深遠。

此時，整個院子裡的人都被大少奶奶的琴聲吸引，下人們放下手裡的差事，趴在窗前偷聽了起來。躲在裡屋的葉成紹被琴聲吸引，不由自主地就走出門來，眼神悠長，深情地看向素顏。

第九十五章

素顏來了這個世界後，就很久沒有聽過前世的音樂，平日間偶爾哼唱，也是隨心而行，並不太在意。而今，經自己的手，將一首熟悉的、歡快的曲子彈奏出來，心彷彿就回到了前世，回到了那個喧囂而又簡單忙碌的生活裡。

一首梁靜茹的〈暖暖〉，雖不太適合用古箏彈奏，但曲風明快溫馨，似明淨的小溪流，緩緩地流淌在山間，空明而安寧的平凡小日子躍然琴間。

被這複雜又陰暗的深宅大院鬥得疲憊不堪的心頓時受到了安撫，眼前又浮現出前世的鄰家小屋，越牆而開的紫色扁豆花，懶懶的躺在屋簷下曬太陽的小花狗，屋裡，戴著老花眼鏡看報紙的老爸，在廚房裡炒菜的老媽……一切是那樣的平靜祥和，素顏的心情頓時暢快了起來，嘴角不由自主就勾起一抹恬適的笑，美麗淡靜如一朵靜放的茉莉花。

葉成紹看呆了，他的心神彷彿都凝聚在素顏身上，這一刻，他不能自已，眼前的女子成了神魂的依託。他靜靜地聆聽著，連呼吸都放得平緩，生怕打攪了素顏。

「叮……」一曲終了，素顏手一收，四根纖長白皙的手指輕撫在琴弦上，她微笑著抬眼，心神便被吸入一股墨黑深潭中，那裡波光流轉，讓她沈淪進去而不能自拔。

「娘子……」葉成紹大步走近素顏，一把握住素顏的手。「真好聽，以後，經常彈給我聽好嗎？我們找一個小小的院落，妳彈琴、我舞劍好不好？」

素顏聽了微微點頭，眸光柔軟似水。這時，二夫人和文靜終於也從琴聲中回過神來，文靜的眼睛睜得老大，兩眼冒光，疾步就衝了過來，扯住葉成紹道：「大哥，你先一邊去。」轉而又萬分期待地看著素顏道：「大嫂，快教我、快教我，就這曲子，彈好了，明兒個我一定能排到前五名裡頭去。」

二夫人原本不太相信素顏的琴藝，她完全是被文靜鬧得沒辦法了才來向素顏低頭的，這會子聽完素顏彈奏了一曲後，她的心思也活泛了起來，如果素顏真能教了文靜這首曲子，文靜可能真的進前五，那……保不齊她就會被一個侯爵夫人看中，到時候，閨女能成為世子夫人，自己在二房裡的地位就無人能撼動了。

「姪媳，妳的琴著實彈得很好，文靜這孩子天賦不錯，就請妳好生教會她吧，嬸子以前有什麼做不好的地方，妳也別見氣了，這次妳若是能幫到文靜，嬸子……也不是那不知好歹的。」二夫人臉色有點不自然，但語氣裡還是帶了絲誠意的。

素顏也不是非要與二夫人槓著，見二夫人如是說，她也不再板臉，笑道：「看二嬸子說的，我既是應了要教二妹妹，那就會盡全心的。時間緊迫，二妹妹這就開始吧，但願二妹妹明日能在賞梅會上大放異彩。」

整整教了文靜一個時辰，才把那首曲子教會。其實文靜的樂感也不錯，只是她彈奏出來時，遠達不到素顏的意境，素顏又解說了好幾回，仍是不能達到最滿意的效果。沒辦法，主要是文靜的生活經歷不同，她心中沒有那份恬靜，便演繹不出那活潑和甜美的小生活出來，而且她長期養在深閨之中，沒有到戶外走動過幾回，更沒有刻骨的愛情，最多有的是小女兒似的情思萌動，沒經歷過，怎麼會理解曲中真意？自然，就彈不出那樣美妙的樂感。

葉成紹則在下午便出了門。他要快些整理兩淮貪墨一案，好瞭解了，早些動身去治河。

第二日，素顏起了個大早。紫晴得知她要去赴宴，便幫她梳了個高貴的芙蓉歸雲髻，髮中插上一根三尾鳳簪，兩邊同插一根藍寶石花勝，花勝上吊著兩根水晶流蘇，晶瑩剔透、光華流轉，再給素顏化了個淡粉的煙妝，穿上一套素淡卻高雅的宮錦繡幽蘭長襖，外罩一件輕紗褙子，長襖裁剪得穠纖合度，將素顏高眺豐滿的身材襯得越發婀娜嬌俏。

打扮完後，紫晴還上上下下打量了素顏一番，才勉強收工，好像還並不滿意。素顏看著她那正經嚴肅的樣子，不由噗哧一笑道：「妳把我打扮得這麼好看做什麼，我可是出嫁之女，又不能參選才女，難道還要跟那群小姑娘們爭鋒頭不成？」

紫晴便是一副恨鐵不成鋼的神情，嘟了嘴道：「大少奶奶這才嫁了人多久呀，就一副老氣橫秋的口吻。您如今正是風華正茂，不是奴婢吹噓，您這樣子往姑娘小姐們中間一坐，誰能蓋得過您的風華去？」

紫綢在一邊也是笑道：「可不，要說這次賞梅會開得還真不是時候，早個一年半載的，咱們姑娘去參賽，就那一手琴技也無人能匹，再加上這樣貌，誰能越得過姑娘去？」她一高興，竟像是素顏又回到了未嫁之身一般，說話也就沒忌諱起來。

打扮好後，她去給侯夫人請安。侯夫人自那日青竹發現神秘幕後人之後，就沈默了很多，每天只去紹揚的屋裡照看紹揚。紹揚毒癮過後，倒是很快又恢復，每天都很勤奮地讀書。當他看到侯夫人那雙痛苦而哀傷的眼睛時，總是笑得溫暖明淨，安慰侯夫人道：「母親，我會好起來的。大嫂說，她會找到救助我的法子。昨兒個大嫂就開方子來了，每天讓我吃上一劑，雖是斷不了前種病根，但大嫂說，只要我有毅力，後一種藥茶之癮，我還是能抗得住的，只要能熬過幾次，那就應該沒什麼問題的。」

侯夫人心中震動，眼裡露出希冀之色來。她如今倒是不太懷疑素顏對紹揚的真心了，只是，心裡仍是對葉成紹有恨，又想著整個家都被素顏掌在手裡，怎麼也越不過去自己那個坎，不能敞開胸懷接受素顏的好意，但紹揚既然信她，那就讓他信著好了，人總要有希望才能抗得住那撕心裂肺般的病痛，所以，侯夫人在紹揚面前，還是不說素顏的半句不是，附和著紹揚的話往下說。

但回到屋裡，人便有些發怔、發呆，連文嫻的事情也沒太放在心上。

這天一大早，文嫻就到了侯夫人屋裡請安。其實，她也正好在侯夫人屋裡等素顏，好一會子同坐一輛馬車，一齊往壽王府去。

素顏進得侯夫人的屋裡，侯夫人正坐在正堂裡跟文嫻說著話，見素顏進來，母女倆停了下來，都看著素顏。

要說紫晴的手還真巧，經她一打扮，素顏原來就出塵的容貌變得更加眩目了。侯夫人看了眼素顏，又轉頭看了下文嫻，臉色便有些發沈。

素顏倒沒怎麼在意，走上前給侯夫人行了一禮。侯夫人淡淡地說道：「今兒要去壽王府，妳是長嫂，可得關照好幾個妹妹，凡事要以幾個妹妹為重，她們幾個如今年歲也大了，到了談婚議親的年紀，妳可要多為她們留意些。」

「母親不去嗎？有您在，與那些夫人們，也能談得來一些。兒媳畢竟年輕，沒見過大場合，也不知道會不會得罪那些夫人，若是母親在，兒媳心裡也踏實一些。」素顏這話倒是出自真心，到底侯夫人在京中貴夫人裡頭也是混了好些年的，寧伯侯夫人的招牌，在貴夫人裡頭也能算排在前頭的。

侯夫人聽得好生惱怒，冷冷道：「妳父親禁了我的足半年呢，不許我出院子一步，我如何還能去赴宴？」

素顏聽得一滯。侯爺是下了禁足令，但侯夫人早就沒有遵守了，紹揚住在前院，她幾乎每天都要去前院看望紹揚，那禁足不過是個藉口罷了，自己請她，也是尊重她的身分，更是看她最近在府裡過得太壓抑，出去走走總是好的，沒想到侯夫人根本就不領情。

可她哪裡知道侯夫人的心思？如今素顏掌管著侯府，而素顏的品級又比她高過一級，加之上一回，為了洪氏，侯夫人打了她一頓鬧得全京城皆知，侯夫人還被逼不得不接了素顏回來，再跟她一同出去，她的顏面還往哪裡放？

文嫻一看侯夫人的樣子似乎又要為難素顏，忙上前說道：「嫂嫂，娘身子不太舒服呢，又為了二哥哥的事情憂著心，沒心思去赴宴。她不去，有妳在也是一樣的，咱們走吧。」

外頭，文英和文貞已經等在馬車外了，奇怪的是，成良竟然也在，他老實地站在侯府的一輛馬車前，憨厚笑著，見素顏和文嫻出來，忙上前來行禮。「見過大嫂和三姊。」

文嫻對成良並不太感冒，眼睛淡淡掃了他一眼道：「三弟不是要去學堂的嗎？怎麼今兒也要跟著去壽王府？」

「大姊和四妹兩個說是害怕，沒出去過，想要兄弟陪著，又說讓兄弟也出去長些見識呢。」成良黑漆的眸子老實地盯著自己的腳尖，聲音也有些微顫，似是帶了些怯怯的味道。

一旁的文英也上前道：「三妹，三弟他很少見過大場面的，我想帶他出去見識見識，大嫂，妳不會介意吧？」

素顏看了眼成良，腦子裡浮現出後院子裡，那片小藥園裡的植物，心底由衷不喜歡成良，更是討厭成良那狀似忠厚、實際蔫壞的樣子，但她也沒表露出來，只是點了頭，道：「有成良在也好，有個男孩子伴著，總是踏實一些。文英，妳和文嫻就跟我一輛馬車，文貞和成良還有文靜一輛馬車吧。」

文嫻聽得一怔，不知道素顏如此安排是什麼意思，而文靜更是嘟起了嘴，只有文英心中高興，能與素顏同坐一輛馬車，說明大嫂沒有輕看她這個庶女，便歡歡喜喜地應了，率先上了車。

而成良聽得目光閃了閃，憨厚一笑道：「大嫂放心，我一定好生顧著二姊和四妹的。」

文靜黑著臉，無奈地上了馬車。幾人都上了馬車後，文嫻便有一搭沒一搭地跟素顏說著話，文英很安靜，眼睛不時地看向車簾子外頭，目光悠遠，微蹙的秀眉似乎流露出一股淡淡的憂傷。

壽王府所在的街道上，車水馬龍，壽王府的前門開得很大，但馬車還是排成了長龍。寧伯侯府的車輛算是來得早的，但還是有比他們還到得更早的，早在前頭等著了。由於這一次有不少身分貴重的人到堂，所以壽王府的僕役相當仔細，生怕有不法之人混入馬車和人群裡。

尤其兩淮因受災人太多，賑災銀子發放不到位，也不及時，有些地方的災民在某些別有用心的人帶領下，出現在京城，發生了暴動，更有一些流民混入了京城。所以，壽王府的人不得不小心，生怕有人在這次宴會上搗亂。

素顏安坐在馬車裡，文嫻和文英兩個不時揭開一點車簾子往外頭看。突然，就聽得有人大喝的聲音。「讓開、讓開，東王妃和東王世子來了，前面的車輛全都靠邊。」

文嫻一聽，漂亮的眸子頓時閃閃發亮，將車簾子掀開了一些，向外頭看去。素顏也是對東王世子早有耳聞，也知道侯夫人有意將文嫻說給東王世子為妃，對這位東王世子之名早就如雷貫耳，也很想看看令京城無數少女迷戀的人物是何等模樣，不由也悄悄湊近了車簾子一些。

只見有人正將堵在路中間的馬車趕到一邊去，馬車裡自然也是坐著有身分的富家千金，只是身分上比不得東王府，被壽王府的人像驅乞丐一樣地打著馬兒往邊上趕，面子上就有些掛不住。

有一輛車上的小姐乾脆掀了門簾子探出頭來，罵壽王府的人。「瞎了你的狗眼！本姑娘也是你們能輕視的？你們壽王府不好好將姑娘迎進府去，卻要把姑娘往邊上趕，也太不講理了些！」

那壽王府的僕役正要開口斥罵，一看那馬車竟是護國侯府的，而探出頭的正是護國侯府的四小姐司徒敏，她可是出了名的小辣椒，京城裡頭很多人都不想惹她，不由聲音也放軟了些，好生勸道：「實在是對不住姑娘了，小的沒看出來是您家的馬車，只是東王妃遠來勞頓，我們王妃持意讓小的們先接了東王妃前去歇息，不周之處，請小姐原諒。」

司徒敏聽他這話說得還算和氣，倒也沒再發脾氣，正要縮回頭去，突然，她家的馬兒像是被什麼驚了一下，發力向前走了一步，司徒敏猝不及防，一個不小心，身子便往前栽了出去，眼看著就要掉下馬車，這時，一條白色飄逸的身子凌空出去，在空中瀟灑地空踏幾步，一個旋身，長臂一捲，堪堪將司徒敏摟住，又一個翻身，穩穩地落在了地上。

這一切都發生在剎那之間，白衣人那一身玄妙又優雅的身姿有如仙人下凡一般，頓時將兩旁馬車裡的大姑娘、小姐們的眼光全都吸引住。有人忍不住驚呼出一個「好」字來，更多的是人們的驚嘆。

「那是東王世子嗎？長得好生俊逸啊！」

「是東王世子，聽說他文才卓絕，沒想到還有這麼一身好功夫，呀，長得真俊啊！」

「那是司徒家的四姑娘嗎？她運氣真好，竟然被東王世子救了。」

「是啊，要是方才受難的是我，東王世子會不會也救我呢？」

素顏忍不住便向那東王世子看去，只見那世子已經放開了司徒敏，溫文爾雅地對司徒敏一笑，瀟灑轉身往自家馬車裡走，一句話也沒多說。但確實是一個稱得上美男子的人，身材修長，相貌英俊非凡，一身素潔的白衣迎風獵獵，雙眸炯炯有神，走路丰姿如松，神情淡然從容，有如天上謫仙。素顏也看過幾位美男子了，二皇子冷峻，上官明昊溫潤，而葉成紹雖然痞裡痞氣，但渾身散發著一股桀驁不馴的野性，也稱得上是少女殺手，而這位東王世子，更是溫潤軒昂，有著獨持的氣質。

文嫻盯著車外，小臉紅撲撲的，眼裡帶著一絲的遺憾。素顏充分相信，這丫頭這會子怕也巴不得方才出現險情的是她呢。

而司徒敏，被東王世子救下後，好不容易穩了神，他便立即走了，她心跳如鼓，對自己沒來得及與東王世子多說幾句話後悔得不行，紅著小臉往東王府的馬車裡瞄，就聽裡面有個聲音清冷地喝斥。「還站在外頭做什麼？快快上車，下頭全是低賤的下人，妳也不怕失了身分。」

素顏一聽，便知道那是司徒蘭，不由皺了皺眉。這司徒蘭經了那麼一場失敗的婚姻，怎麼還是如此傲嬌，這話可是打擊一大片人呢。

果然，壽王府的下人們原本還因為護國侯府的小姐出了狀況，有些心虛，聽了這話，都臉色不好看起來，有一個人更是將護國侯府的馬車往最邊處拉，邊拉邊道：「也太不會趕車了些，就妳們家的馬車擋了路，害好多府裡的馬車進不去。」那意思分明是讓司徒家的馬車暫時進不去。

果然，護國侯府的馬車移開後，素顏前頭的馬車就動了起來，速度快了好多。先是東王府的馬車走過去了，緊接著有壽王府的下人走到素顏馬車前問道：「可是寧伯侯世子夫人和小姐們？」

青竹忙掀了簾子回道：「正是。」

「王妃也請世子夫人先進去，去望梅軒喝茶。」

素顏聽了在馬車裡謝過，車子在護國侯府和兩列馬車前緩緩前行，倒是先那些人家進了壽王府裡。

後頭就傳來議論聲。「壽王府這樣做也太勢利了些，東王妃遠道而來，先進去也就罷了，怎麼寧伯侯府的世子夫人也要先進去呢？咱們府裡頭可也是皇親侯爵呢，憑什麼啊。」

「憑人家是一品誥命啊，妳氣也是白氣的，妳的身分沒人家貴重呢！」又有人在後面說道。

「哼，不就是嫁得好，有皇后娘娘撐腰嗎？一品又如何，聽說只是個五品小官家的女兒呢，一會子大賽開始時，還真想讓這全京城最年輕的一品夫人來個表演賽，看那五品小官家能養出什麼才貌出眾的女兒來！」

「可不，出身比咱們也不知道低了多少，哼，只怕根本就不敢上臺，她能有什麼才藝啊？寧伯侯世子不過是個浪蕩子，他的眼光看中的，不過是個狐媚子罷了。」這聲音有些熟悉，如果素顏能聽到的話，定然知道那是司徒蘭在推波助瀾。

後面的議論素顏直接無視，馬車停下後，她領著文嫻、文靜、文英、文貞幾個下了車。

壽王府立即上來兩個有體面的丫頭，給素顏行了一禮後，道：「王妃在望梅軒呢，方才東王妃也去了，請世子夫人和幾位小姐隨奴婢來。」

第九十六章

壽王府的梅花果然與眾不同，梅園很大，梅樹栽種也很講究，錯落有致，似是很隨意，但細看之下，梅樹的布局竟有幾分道家的意韻在內裡，似是有乾坤八卦的妙境在，身臨其境時，除了撲鼻來的梅香，更似有大自然無限靈氣在周身蕩漾，令人心曠神怡。

雖是早春，料峭的寒風吹在臉上卻不覺得寒冷，走在梅林裡，竟有一種身臨仙境的感覺。

望梅軒，顧名思義，所處之地要比梅園裡的其他亭臺要稍高一些，此處雖也有梅樹，但周遭的樹枝都往一個方向生長，竟是生生將亭子當中用梅樹、梅枝圍了個很大的空地出來，本是著意造出這一方空地，但細看之下，又很像是天然形成，素顏不由暗嘆這個時代園林匠人的智慧無邊。

望梅軒裡，已經有好幾位夫人正坐著，輕紗圍籠的亭子裡，溫暖如春，沒有看到火盆這類的器物，但亭子裡卻比外頭暖和了好幾度，素顏不覺詫異。這亭子好生古怪呢，怎麼不見有火，卻如此溫暖呢？走上臺階，透過紗籠，就看到幾個貴夫人正含笑看著她。

她忙收斂心神，從容大方地走上前去，先向正中間的夫人行了一禮。「世姪媳給各位王妃請安，王妃萬福。」

中間那個年約五旬的正是壽王妃，她含笑打量著素顏道：「怪道皇后娘娘絕口稱讚，就是太后娘娘也是不住地誇，果真是個美麗又端莊的可人兒。東王妃，妳瞧瞧，那模樣可真是出挑呢。」

一旁的中年美婦就是東王妃，她氣質雍容，神情嫻靜，聽了壽王妃的話也是笑道：「那是自然，皇后娘娘的眼光可是很厲害的，她誇的人哪裡還有錯的？快進來吧，外頭幾個是寧伯侯家的小姐嗎？」

素顏被兩位王妃誇得有些不自在，一聽東王妃說到文嫻幾個，忙將她們喚了進來，一一向東王妃和壽王妃介紹，東王妃果然多看了文嫻幾眼，但含笑不語，並沒多說什麼，文嫻表現得也很得體大方。而文靜幾個上前時，兩位王妃神情就淡多了，只是點了點頭，話也沒說什麼。

望梅軒的亭子裡佈置很別致，但是容不下這麼多人。

壽王妃又向素顏幾個介紹邊上坐著的另外幾位夫人，其中一位便是陳王妃，也就是明英郡主之母。可能陳王妃的品級並不如東王妃和壽王妃高，所以沒有第一時間介紹，但素顏仍是恭敬地給陳王妃行禮。陳王妃是個很親和的人，笑著起身，竟是拉住素顏的手道：「本妃倒是常聽明英那孩子說起妳，說妳的手最是巧，會做些別人沒見過的小玩意兒，還說世子夫人風趣爽朗呢，以後夫人有了空，可要多到陳王府來走動走動，與明英一塊兒玩。」

素顏聽了忙點頭應是，陳王妃又笑著讓素顏帶了文嫻幾個姊妹一同去，倒是解了文嫻幾個不被重視的尷尬。

另一旁坐著的就是護國侯夫人了，素顏雖然沒見過她，但自她進來時，就感受到護國侯夫人那像要刺穿自己身子的凌厲目光。這京城上下，除了護國侯夫人，應該沒有人如此恨素顏了吧？她只當沒看見護國侯夫人的眼神，當壽王妃介紹時，她很大方地過去給護國侯夫人行了禮，可是，她一禮下去，護國侯夫人卻是眼睛看向紗籠外，似是沒聽見一般，讓她半屈了身，久久不能站起來。

壽王妃見了就有些過意不去，正要說話，素顏自己卻大大方方地直起身來，向另一邊的一位夫人走去。壽王妃心裡一鬆，說道：「這是靖國侯夫人。」

靖國侯夫人不就是陳貴妃的嫂嫂？又是一個難纏的人物，素顏斂了心神，上前給靖國侯夫人行禮。她行的都是晚輩禮，靖國侯夫人卻是並沒為難她，臉上帶著笑容，一點也看不出來她對素顏有什麼嫌隙的樣子，倒讓素顏有些詫異了。

「妳就是皇后娘娘常說起的世子夫人嗎？果然是個玲瓏剔透的人兒，長得好生俊俏。」

「可不是嗎？長得不好看，也不能隨便就收了男人的心。我說靖國侯夫人，有些個人呢，靠的就是這個呢。」一旁的護國侯夫人不陰不陽地說道。

東王妃聽了就有些皺眉，靜靜地看著素顏，並沒有說話。素顏聽護國侯夫人那話裡的意思可是直接在這時候就要開戰了，她不由冷笑。護國侯夫人不會與自己家裡的那位也是一個德行，半分涵養也沒有，想在這裡鬧起來吧？

她淡淡一笑，對護國侯夫人道：「世姪媳方才遠遠就看到了侯夫人，早就震驚了，侯夫人雖說已不年輕，卻也是風韻猶存呢，不然司徒妹妹當年也不會豔冠京城了，想來，也是太肖夫人的緣故啊。」

說我狐媚子，妳家姑娘可是曾經給人當過妾的。在當今社會裡，所有的正室夫人，幾乎無人不是瞧不起妾室的，自己好生幫助司徒蘭，讓她脫離妾室的命運，還給足夠了護國侯府的面子，護國侯夫人不領情也就罷了，在這種場合也要為難自己，也實在是太過輕浮了。

果然，一旁的幾個王妃們聽出素顏話裡的意思，臉色各異起來。素顏被護國侯夫人說是以色事人，而素顏則不只是誇了侯夫人的美貌，更是點出了司徒蘭來，那裡面的意思可就是多了去了。司徒蘭如今是京城裡熱議的人物，護國侯夫人真不應該在素顏面前說這樣的話，簡直是自討苦吃。

「妳……蘭兒哪比得上妳呀？她自幼知書達禮，不懂得半點手腕謀略……不過，也是皇恩浩蕩，知道蘭兒品性高潔，才賞了蘭兒自由之身，若是換了別家的姑娘到了那種處境，只怕……哼……不過，有的人原就是愛慕那身分去的，沒法子啊，出身太低了，只能如此。」

護國侯夫人臉色一白，隨即又忍了忍，冷哼著說道。

壽王妃感覺再說下去，定然會冒煙起來，她是主人，忙打圓場道：「寧伯侯夫人不是要來嗎？怎麼還沒來呢，姪媳，妳婆婆身子不舒服嗎？」

素顏也不想在這個時候與護國侯夫人吵，聽了壽王妃的話笑道：「母親身子不適，頭痛病犯了，讓姪媳向王妃告罪呢。」

正說著，外頭又有丫鬟來報，說是中山侯夫人來了。護國侯夫人聽了又是冷哼一聲道：「中山侯夫人來得挺快啊，不過，她要是見了有些人，怕是不會太高興的。」

素顏與上官明昊先議婚再退婚的事情，京城裡不少人都知道，對於這件事情，京中貴婦圈子裡眾說紛紜，上官明昊相貌出眾、溫良俊雅，據說，中山侯肯與藍家聯姻，完全是因為侯夫人看在與藍大夫人是手帕交關係的緣故，不然，以上官明昊中山侯世子之位，又是如此一個絕世公子，想嫁與他的京城閨秀多了去，又怎麼會找一個五品小官之女？

後來最讓京城閨秀吐血的是，這五品小官之女竟然還退了中山侯世子的婚事，嫁與全京城名聲最壞的寧伯侯世子。兩位世子雖然都是名噪一時的京城貴公子，但就品性、名聲來說，真是一個天上、一個地下，很多貴夫人都很是不明白藍家大姑娘為什麼會如此選擇。

不過東王的藩地遠在蜀地，東王妃自是不知道這些京城八卦的，聽了護國侯夫人的話，東王妃忍不住轉過頭去，小聲問壽王妃。「中山侯夫人性子溫和嫻雅，怎麼，她與在座的誰有嫌隙嗎？」

壽王妃被東王妃問得有些尷尬，畢竟談論這種事情，還是對素顏的閨譽有損的，何況還當著正主的面，壽王妃就更不知道要如何解釋了。那邊，靖國侯夫人似是半點也不知情，湊過來問了一句。「是啊，我與中山侯夫人關係甚好，說起來，她家老太君還是我家的老姑奶奶，乃是親戚呢，怎麼不知道她與誰有嫌隙呢？她那人最是溫和厚道，應該不會與人有爭才是。」

護國侯夫人聽了便得意一笑，譏誚地看著素顏道：「東王妃您不知道嗎？明昊那麼好的孩子，竟然被人退婚了，唉，那是個多好的孩子啊，聽說還傷心了好一陣子，人也頹廢了好久，無故被人退婚，受了打擊啊！」

東王妃頓時覺得好生詫異，說道：「明昊那孩子也會被人退婚？那孩子與我的晨兒可是關係甚好，曾經一同在太學院裡就讀過呢，是哪家姑娘會看不上明昊啊，那姑娘的眼光還真是不一般呢。」

「可不？不過，人家可不是看的人才，是看家世。說起來，中山侯府也算得是顯赫人家了，可人家不是皇親國戚呀，要是侯府裡頭有位當姑姑的皇后，那怎麼可能會被人退婚呢？」護國侯夫人聽東王妃這一說，就更來勁了，大眼裡全是鄙薄之色，一副為上官明昊抱不平的樣子。

壽王妃實在是聽不下去了，她感覺護國侯夫人就是來給素顏找茬的，她今天特意請了素顏到望梅軒來陪著東王妃和陳王妃一起坐，原是一番好意，禮遇於她，卻沒想到給她惹了麻煩，心裡好生過意不去，為難又愧疚地看著素顏。

素顏只當護國侯夫人說的與自己無關，靜靜在一旁坐了，與文嫻小聲閒聊著，臉上並無半分不豫。讓護國侯夫人感覺一拳打在了軟枕上，沒著到力，心中更是冷笑，只覺素顏的厚臉皮功夫真是到家了，怪不得自家的閨女鬥不過她。

可是，文英卻是聽不下去了，她是個直爽的性子，護國侯和靖國侯夫人的話就是傻子也聽得出來，那是在貶損自己嫂嫂，她雖被介紹給幾位貴夫人認識了，但是，那些個夫人都不怎麼拿正眼看她，庶女的身分在這幾位夫人眼裡，就是上不得臺階的，正好她心裡有氣，因此便狀似不經意地小聲嘀咕。「唉呀，我家就有個當皇后的姑姑呀，我家果然是比中山侯府有勢力一些，怪不得人家侯府嫡長女都肯給我大哥做妾。如今大嫂好意懇請了皇后娘娘，讓她得了自由，更是給她封了縣主，人家還是捨不得我家的家世，心存怨恨呢。」

這話可算是拿刀子戳護國侯夫人的心窩了。司徒蘭的事，幾位在座的貴夫人都心知肚明，她方才諷刺素顏時，幾位知情的夫人都不好說什麼，但心裡自然是有想法的，這會子被文英狀似天真地說了出來，幾位夫人就有些想笑，可又知道護國侯夫人那脾氣，都不好笑出聲來，只在心裡頭悶著。

而東王妃倒是聽明白了。兩年前，護國侯府嫡長女被迫嫁給寧伯侯世子為妾之事也是鬧得沸沸揚揚，就是遠在蜀地的東王妃也是有所耳聞。當時，很多人都想不通，護國侯府為何會同意了嫡長女送與人做妾，不過，像東王這些天潢貴冑多少還是清楚些內幕的，只是不能細忖罷了。如今聽聞是素顏幫了司徒蘭脫離了小妾身分，還求得皇上封了她一個縣主，算起來，司徒蘭也是因禍得福，名聲也清洗了不少，按說，護國侯夫人還是應感激素顏才是，可聽那口氣竟是處處針對，還真有些不知好歹。

東王妃心裡隱隱猜想，如果某些傳言屬實的話，倒是能夠理解當初護國侯送嫡女做妾的本意，更能明白如今的侯夫人對素顏有怨的原因。不過，那不過是水中花、鏡中月的事情，護國侯夫人還真是功利心極重呢，想貴不可言，那可是要付出代價的。

想通這些，東王妃眼底一絲譏笑一閃而過，但很快平淡下來，仍是一副溫婉沈靜的樣子，但笑不語。

護國侯夫人氣得臉色煞白，狠狠地瞪著文英，像是要將她剝皮拆骨一般，可文英淡淡一笑，轉過頭對文嫻和文貞、文靜道：「幾個王妃和夫人在此聊天，我們這些個晚輩實在是不宜打擾，梅園美如仙境，不若我們去園中遊玩賞花吧。」

壽王妃也正有此意，望梅軒雖好，但畢竟不大，一會子還有其他京中貴夫人要來，幾個小輩在這裡實在占地方。她聽文英如此一說，便順著道：「嗯，也好，來人，請二姑娘來陪幾個寧伯侯的小姐去梅香閣玩耍。」

沒多久，丫頭們請了壽王府二姑娘前來，陪文嫻幾個出去，但文靜卻期期艾艾地看著素顏，縮了肩道：「大嫂，我就在這裡陪妳吧。」

素顏正想說也要跟著文嫻幾個走的，她著實不太想在這個場合與中山侯夫人相見，縱然是有愧於中山侯夫人，她也只想私底下道歉，不想當著眾多人的面與中山侯夫人起衝突，沒料到文靜這樣一說，倒不能立即就走了。

壽王妃原就不想素顏也走，只是多留文靜一個倒也沒什麼，便笑道：「既然二小姐想陪我們幾個老的說話，不嫌悶，那就跟妳嫂嫂一同坐下吧，外頭也著實有點冷，這亭子可是建在地熱上頭的，暖和得多。」

眾人這才明白望梅軒為何比外頭暖和許多，原來如此，不由大為驚訝，又對壽王府園林的巧妙構造和地勢的獨特大加誇讚了一番。

素顏無奈，只好留下。壽王妃聽了眾人對自家園林的讚揚心中也很是高興，又喚來丫鬟僕役們，送上宮廷特製的果品糕點，沏上頂級銀針梅花茶，幾位夫人一同坐著品茶聊天。

第九十七章

護國侯夫人方才被文英打了一記悶棍，她有苦說不出，有怒不好發，而罪魁文英已經高高興興地帶著文嫻幾個走了，她的火就只能往素顏身上燒，但是素顏淡雅地坐著，眼睛都不往她這邊飄一下，視她為無物，讓她更是鬱堵難受。

好在一會子，中山侯夫人總算來了，她便像看到救星一般，譏誚地看了素顏一眼，一副好戲就要開場的樣子。

中山侯夫人仍是一副端莊穩重的打扮，走進來時，方一抬眼便看到了素顏，她眼神一黯，但隨即又露出溫婉的笑容。素顏看得心中一暖，也不等壽王妃說話，她便先起了身，深深地向中山侯夫人行了一個晚輩禮。

「姪女向夫人請安，夫人萬福。」

她以姪女自稱，並非稱姪媳，這倒讓中山侯夫人心情舒服了一些。素顏是在向她表明，無論她自己嫁到哪裡，她還是藍家的姑娘，是藍夫人的女兒，還是以前那個中山侯看重的姪女兒。

「妳倒是清減了不少，可憐見的，起來吧，如今過得可好？」

出乎很多人的意料，中山侯夫人對素顏很是平和，語氣中透著淡淡的關切，根本不像護國侯夫人那樣，像與素顏有深仇大恨一般。立時，在座的幾位王妃和夫人們心中便比出了高下。中山侯夫人的素養和品性要比護國侯夫人強多了，人家的兒子可是被素顏退過婚的呢，她都如此豁達，不找別人的麻煩，而護國侯夫人按說是受人恩惠的，不回報也就罷了，卻還拿別人當仇敵，真是有愧於她那侯夫人的身分。

「過得還好，多謝夫人掛念。」素顏溫柔地看著侯夫人。大夫人和她處於最困難之時，是侯夫人伸出友誼之手幫助了她們，並且不顧阻攔，識破二夫人和素情的陰謀，堅定地與素顏議親，這份情誼，素顏是永記於心的，雖然她對上官明昊沒有半分情感，但對侯夫人，她是敬重而感激的。

「過得好就好，也不枉……掛念妳一場。」夫人的聲音很小，帶著一絲傷感，頓了頓才道。

「妳們果然是娘兒倆，一見面就好生親熱，倒是把我們幾個都晾一邊去了。」靖國侯夫人見素顏與侯夫人相談正歡，很熱情地笑道。

但她這話卻是讓中山侯夫人聽得臉色微僵。真是哪壺不開提哪壺，素顏退了上官明昊的婚事，可以算得上是打了中山侯府的臉，她儘量想裝得忘記前嫌也不行，總有人一再提醒，似乎想要挑起她與素顏的矛盾。

素顏也聽出了靖國侯夫人的不懷好意，倒是更為親熱地挽住中山侯夫人的手道：「靖國侯夫人說得極是，夫人，我看見您，就像看到了娘親一樣，您與我娘親自小便是手帕交，我在您面前，可不就像是您的女兒嗎？」

這話瞬間解了中山侯夫人的尷尬，她笑著拍了拍素顏的手，嗔道：「妳也知道妳在我面前就像個女兒啊，我可是早就盼著妳這個女兒去看望我呢，如今是嫁出去了，連伯母都忘了啊，說了幾回也不見妳來，可是要我這個伯母下帖子給妳？」

素顏聽了往侯夫人身上一靠，撒嬌道：「最近有些事忙，過陣子一定上門拜訪老太君和伯母您。」

壽王妃聽了這話就笑了起來，指著素顏與侯夫人道：「妳們看看，這兩人，當我們是空氣呢，只顧著自個兒說話，就是請人，也沒說要請我們家的孩子去玩，真是，什麼人啊！」

一旁的陳王妃知道壽王妃在活躍氣氛，也笑了起來。「可不是，我家明英可是跟世子夫人也算得上是手帕交呢，中山侯夫人，妳可是太偏心了啊，要請，也得連我家明英一塊兒請了。」

中山侯夫人忙向她們賠罪道：「幾位王妃家的千金可是金枝玉葉，能到我家去玩，那是給我天大的臉面，不是我不請，只怕她們不來呢。」

一時，氣氛果然活躍起來，護國侯夫人和靖國侯夫人也知道這會子不能再討人嫌，說那些掃興的話，素顏坐著也自在了很多。

文靜安靜地坐在一旁，見素顏與中山侯夫人關係融洽，暗暗地就扯她的袖子。素顏臉色微沈了沈，但還是向中山侯夫人介紹道：「伯母，這就是我家二妹妹。」

中山侯夫人好像這才看到素顏身邊站著這麼一個女子。寧伯侯家的二小姐……那是葉大人的千金吧，並非寧伯侯的嫡女。中山侯禮貌地對文靜點了點頭，問她。「多大了？在家都做些什麼呢？」

這些話其實是禮貌待客用語，可是文靜聽在耳朵裡，卻像是仙音一般，她難得人如其名，文靜地垂首，一副嫻雅淡靜的樣子回道：「回夫人的話，姪女今年十六了，平日在家做些女紅，彈琴作畫，也向大嫂學些管家治府的本事。」

侯夫人聽了便誇了幾句，並沒多言。那邊靖國侯夫人聽了卻是多問了幾句。「這孩子倒是乖巧得很呢，只是妳大嫂不過才過門一個多月罷了，怎麼妳不向妳伯母學些當家理事的本事，倒是向大嫂學呢？」

文靜一下子被這話問得怔住了。侯府為了掌家的事情鬧開了，她豈有不知的？方才不過是想多說素顏兩句好話，增加中山侯夫人的印象罷了，沒想到靖國侯夫人立即就聽出了問題，她不由為難地看了眼素顏，回道：「回夫人，我家大嫂賢能精幹，伯父甚是看重於她，如今伯母身子不好，要多休息養病，家裡的事情就全交給大嫂主理。」

「還真是個少見的精幹之人，寧伯侯夫人不過四十歲出頭，正當年的時候，哪裡就病到不能當家理事的地步了？這媳婦一過門就當了家……呵呵……」護國侯夫人總算找到一個攻擊素顏的話題，故意說一半、留一半，讓在座的自己去想。

「我要是能娶個一過門就能擔得起整個大家子的媳婦，我可是作夢都會樂醒呢，成日圍著那柴米油鹽打交道，我煩都煩死了，我怎麼沒有寧伯侯夫人那福氣啊？」一旁的東王妃卻是看著素顏，兩眼亮晶晶地說道。

這下護國侯夫人沒話說了。素顏聽了，謙虛地對東王妃道：「姪媳哪是什麼精明能幹，也是家中婆母身體不適，侯爺想要調教小輩，才勉為其難地強撐著呢，今日見過世子爺，可是一位相貌俊雅、丰姿如玉的佳公子呢，王妃您將來的兒媳定然也是人中之鳳，無人能匹的。」

東王妃聽得素顏誇讚她的兒子，自然很是高興，笑得眼都瞇了，嘴裡卻道：「唉，不提也罷，我那晨兒是個呆頭鵝，都十八了還不肯成親，真是急死我和他父王了。這回來京裡，怎麼著也得給他說個媳婦了再回去。」

雖然很多人都知道東王妃這次回京是想給世子說門親事，但親耳聽到東王妃放出話，心裡還是都很高興。東王可是皇上的親弟弟，雖然遠在蜀地，但蜀地也算是富庶，又加之天高皇帝遠，如有女兒能當上東王世子妃，那便是將來的土皇后啊，誰不想將女兒嫁到這樣的人家去？

一時，好幾個夫人的心思就活泛起來，素顏就想起了文嫻，先前在壽王府大門口文嫻看東王世子的眼神可是非常熱烈的，侯夫人也是一心想要將文嫻嫁入東王府……

「王妃您太謙虛了。世子如此人才，就是放在京城，也沒哪幾家的公子能比得過，您只說是選兒媳，這話一出，怕是有媒婆要擠破您家的門呢。」素顏掩嘴笑道。

護國侯夫人聽了眼珠子一轉，對東王妃更加親熱起來。「世子十八歲了嗎？我那蘭兒也正好十七歲，敏兒年紀小些，也有十五了，蘭兒如今也是正經的縣主了，還是皇上親封的呢，敏兒活潑可愛，一會子王妃就能看到她們，她們這會子正和明英郡主幾個在院子裡玩耍呢。」

一旁的幾位夫人聽著心裡便有些不屑。這護國侯夫人好像女兒嫁不出去似的，便是有心要聯姻，那也得含蓄些才是，哪有這麼巴巴要將女兒推出去似的？如今有閨女的，誰不是自家愛若珍寶，矜持地等男方上門提親的？如此不是自賤女兒身分嗎？

壽王妃見氣氛又要冷，一抬眼，見到亭子外頭來了好些姑娘家，便笑道：「陳王妃，妳看明英那孩子，如今可是越發出挑了，性子又沈靜，在那幾個孩子裡面，顯得好生出眾，一下就把別的女孩子比了下去。」

這話正好解了東王妃的圍，她也懶得再回護國侯夫人的話，也順著壽王妃的話向外頭看去。「中間那個個子高的就是明英嗎？幾年不見，果然成了個大美人兒，也不知道我那晨兒有這福氣沒。」

如此等於是間接地拒了護國侯夫人的提議。東王妃其實一聽護國侯夫人想要將司徒蘭許給東王世子的話就好生氣憤，司徒蘭再是縣主又如何，與寧伯侯世子鬧了那麼一齣，被人送回府的，竟然還敢跟自己這等人家提親，那不是要讓自己娶個別人不要的女人做嫡妻嗎？真真好沒輕重。

陳王妃臉色稍變，笑道：「明英那孩子是個有主意的，連我都不知道她的心思呢。」

明英可是二皇子內定的正妃，東王府再如何富貴也比不得皇家，陳王妃可是生怕這一樁好姻緣被東王妃給攪和了。東王妃聽得一愣，隨即也反應過來，皇家的事情，她也得過不少消息，裡面的彎彎繞繞自然是清楚的，方才也不過為了打壓護國侯夫人，隨便一提罷了，聽了陳王妃的話，不由淡然一笑。「啊，明英身邊的那孩子，是叫文嫻嗎？看著還真不錯呢。」

素顏聽了忙接口道：「那正是我家三妹妹，她剛才見過王妃您的，性子最是文靜，貞靜賢德，女紅也是做得很好的。」

壽王妃聽了便道：「我看妳呀，跟著我們幾個老的坐在一起就不安分，也是，妳雖說嫁了，年紀卻與她們相仿，我也不拘著妳了，下去跟她們幾個玩吧。」

素顏於是說了幾句客套話後，也不推辭，出了望梅軒，帶著文靜向明英幾個走去。

「呀，那不是素顏姊姊嗎？好久不見。」明英正與司徒敏、司徒蘭站在一起，見素顏來了，便笑著打招呼。一旁的司徒蘭臉色清冷孤傲，見素顏過來，渾身更是散發出一種冰冷的氣質，文嫻站在她身邊感覺好生不適，不由挪開了些步子。

「郡主，好久不見。」素顏淡定地走近明英。

「如今素顏姊姊可是一品誥命了，我可不敢像以前那樣在姊姊面前隨便說話呢。」司徒敏兩眼彎彎的，歪了頭，嘟著嘴對素顏說道，那樣子很是可愛，並沒有半分的疏遠和怒氣，反而比以前看著更為親暱了些。

素顏微怔，這是司徒家唯一一個對她懷有善意的人，她也很友好地對司徒敏點了點頭，笑道：「敏妹妹也長高了不少呢，先前我看妳差點摔著，可還好？」

司徒敏立即就想起了那個溫潤如謫仙般的男子，鼻間似乎還留有他身上淡淡的龍檀香味，小臉兒一紅，嬌嗔地對素顏道：「沒傷著，幸好被人救了，也不知道那馬兒是怎麼了，好生奇怪。」

「妹妹不知道吧，有些人身邊可是有武功高強之人，摘花飛葉全是武器，想要害咱們姊妹呢。」司徒蘭突兀地說了這麼一句。

當時，素顏的馬車就在司徒家的後面，而青竹正是那武功高手，如此一說，也是極有可能。素顏聽得一怔。這司徒蘭的想像力還真強，她都走了，已經對自己沒什麼影響，自己還要害她做甚？

司徒敏卻是不知這一些，聽了驚道：「有這等事嗎？誰家夫人小姐身邊還跟著一個武功高強之人啊，又不是赴鴻門宴，難道還要人保護不成？」

明英也是聽得奇怪，她身邊的侍女雖然都是百裡挑一的人兒，但也沒一個是有功夫的，聽了也附和著問道：「是啊，誰家的丫頭這麼本事呢？不過，聽說這次有不少流民進了京，身邊跟這麼個人出門倒也不錯，安全一些呢。」

文貞突然走過來小聲道：「我家大嫂身邊就有這麼個人呢，那丫頭只要手掌輕輕一拍，一般人就被打在地上起不來了。」

司徒蘭聽了便是冷笑一聲道：「果然呢，今兒世子夫人也是帶了這個丫頭來了吧，我家那馬兒可是驚得蹊蹺，妳便是對我有氣，馬車裡還有我敏妹呢，妳也不能如此狠心吧？」

這話可就是赤裸裸的冤枉和指責了。素顏輕蔑地看著司徒蘭道：「妳家馬兒為何受驚與我何干？青竹是有功夫，可是，我害妳有何意義，妳又有什麼東西值得我謀害呢？」

說著就拂袖而去。壽王家的二姑娘明慧可是今天的主家，她負責來陪同幾位侯爵家的小姐，她可不想幾位小姐之間發生爭執，忙道：「世子夫人如今可是貴為一品了，身邊有個懂功夫的人陪著也是再正常不過的，這原是私事，沒什麼好說的，司徒妹妹今兒個受了驚，實是我壽王府照應不周，姊姊在這裡給妳們姊妹賠禮了，希望海涵。」

明英也看出司徒蘭與素顏不對盤，走過來笑道：「可不是，咱們幾個可是好難得見面呢，如今素顏姊姊又嫁了，以後再也難跟我們一樣隨便能出得了門子，今兒個就該開開心心地玩鬧才是。」

司徒敏也笑著對素顏道：「素顏姊姊可不是那小氣之人，姊姊妳可別亂說話，爹爹臨出門時可是囑咐過了，今兒是讓妳來散心的呢。」

說著，對素顏頑皮一笑，走過來，在她耳邊說道：「我還要謝謝妳救了我姊姊呢，成紹哥哥那傢伙根本就沒有把姊姊放在心裡頭，如今這樣對她是最好的了，只是她心高氣傲，一時沒想得轉彎罷了，姊姊不要跟她計較。」

難得護國侯府也有個明事理的，素顏笑著點了下她秀巧的鼻子，也小聲道：「這是自然。不過，妳得再勸勸她，不要總為難我才是。」

正說著話，那邊，素麗和幾位朝臣之女也逛到了這邊園子裡來了。素顏一見，心裡高興，跟明英幾個說了幾句便要過去，明英卻拉住她的手道：「妳家三妹妹我又不是不認識，叫她一塊兒過來玩就是。」

說著，讓身邊的侍女將素麗請了過來。素麗圓臉圓眼，睫毛在大眼邊一顫一顫，身子嬌小可愛，明英幾個很是喜歡她。她正與劉婉如在一起，見這邊有請，便笑嘻嘻地過來了，一見素顏也在，親暱地上來就抱住素顏的腰道：「大姊好生無趣，不是說了今兒會叫我一同來的嗎？」

「妳大姊如今可是別人家的人了喔，她哪裡能再回去叫妳同來？」明英與素麗相熟，點了下她的腦門子笑道。

這時，就看到望梅軒前面已經圍了不少人，有朝臣夫人，也有公爵家的夫人，只是品級不若望梅軒亭子裡的幾位身分貴重罷了。其中，竟還有一位素顏的熟人，大個肚子在人群中，笑顏如花、八面玲瓏，與幾位品級高的大臣夫人談笑正歡，竟然是王側妃。她的肚子已經顯懷了，不在府裡養胎，倒是出來交際，怎麼皇子妃卻是沒來呢？

那邊，王側妃似乎也看到了素顏，她臉色一變，隨即笑著走過來，主動與素顏打招呼。「表妹，妳也來了?可是去見過壽王妃了?」

素顏淡淡一笑，並未給她行禮。她現在的品級比王側妃還高出兩級，就算側妃是皇家兒媳，她也不用給她行禮，不過王家如今敗了，大皇子卻還是禮重於她，讓她出來交好朝臣夫人，看得出她也是個有手腕的人。不過，當初第一次見面時，這位所謂的表姊便是一副高高在上的樣子，很是瞧不起素顏和素麗，如今就算做得再好，心裡也是有了膈應了。

「一早就見過了，表姊如今身懷六甲，要好生注意才是。」素顏說得客氣，語氣卻是冷冷的，她不想與大皇子府裡的人走得太近。

素麗卻是上前，很恭敬地給王側妃行了一禮。王側妃看素麗的眼光頗冷，只是微點了下頭便側過頭去，並沒有說話。素顏知道她是看不起素麗的庶女身分，心中好生討厭，便拉住素麗的手道：「三妹，我帶妳認識幾位夫人去。」

那邊的朝臣也有幾個與素顏是相熟的，如今朝中正在大換血，素顏的身分特殊，一個三品世子夫人能被封為一品誥命，這本身就透露著一個特別的訊息，那些朝臣夫人大多都是人精，這會子見素顏主動向她們走去，有幾個便自動走過來給素顏以品級行禮。素顏哪裡肯受，一一以晚輩禮還了過去。工部尚書劉夫人對素顏如此謙遜的行為很是讚賞，笑道：「世子夫人果然風華絕代，聽說連皇后娘娘也很是讚賞呢。」

邊上一位則是兵部尚書楊夫人，她家老爺正是寧伯侯爺的屬下，說話便是更為客氣一些。「可不是嗎？世子夫人不但是相貌美，人品也是絕佳，就光她能勸得世子爺一心改過，給護國侯嫡女一個好前途，那份心胸和魄力也不是常人能比的。」

邊上的幾位身分都沒有這兩位尚書夫人高，自然是也跟著附和，先前全都圍在王側妃身邊，好生熱鬧的情況一下子變了，官太太們都對素顏熱絡而恭謹，而素顏性子恬淡禮貌，說話又俏皮有趣，一時在這些夫人之間，引得陣陣笑聲，大家於是以她為中心，氣氛很是活躍。素顏也適時向幾位朝臣夫人介紹素麗，素麗長得可愛又秀麗，自然也得到了幾位夫人的喜歡。

「幾位公子明年開春便會參加殿試，不知夫人可有意否？」工部侍郎郁夫人立即明白了素顏的話意，高興地接口道。

素顏聽了也是大喜。不過，家世雖算得上門當戶對，但重要的還是要看人品，便笑道：「郁公子今兒可有來了？」

郁夫人聽了喜上眉梢，連連道：「來了、來了，一會子姑娘們比賽時，他會同中山侯世子幾個一同來呢。」

就看到那邊，二皇子為首，東王世子、陳王世子、上官明昊，還有幾位不太熟悉的青年才俊一同往這邊走來。

這邊的姑娘們一見到風采卓絕的幾位少年公子同時來了，都眼睛冒星星起來，文嫻更是不住地偷瞄東王世子，而文靜的眼睛就膩在上官明昊身上錯不開了。素麗的神情淡淡的，垂了頭，並不往那邊看。素顏與郁夫人的話讓她也聽到了，但她似是不太熱情。素顏反正是已婚，又正幫素麗找個如意郎君，便大膽地向那邊看去。

郁夫人見了，便小聲在她耳邊說道：「那左邊的第一個，身穿煙藍色直裰的就是我那不肖小子。」

素顏仔細看去，那郁公子看著一身的書卷氣，儒雅俊秀，舉手投足間很是得體，就在一眾的皇子貴親面前也從容自若，並無謙卑之態。素顏只看一眼就覺得很適合素麗，不由扯了扯素麗的衣服，跟她耳語了幾句，素麗無奈地抬眼看了過去，那郁公子好像有感似的，正好也看了過來，兩人眼光不期然便相遇了，那公子竟然微微一怔，抬手揖了一揖。

素麗立即大窘，瞪了郁公子一眼，垂下頭去。素顏覺得那郁公子好生有趣，竟然當著一眾公子和姑娘的面，第一次相遇便跟素麗遙打招呼，弄得素麗有些下不了臺。

上官明昊原是一派雲淡風輕的模樣，驟然在人群裡看到了素顏，看到她一副婦人打扮，縱然在眾多佳麗群中也是那樣清麗脫俗，眼神立即黯了一黯。

素顏感覺到了他的注視，忙要偏過頭去。上官明昊的眼神那樣的落寞，竟然帶著濃濃的哀傷，便是她與他相隔十幾公尺遠，她也能感受到他內心的湧動，如果不是真的付出感情，那上官明昊的演戲功夫便達到了極致。素顏的心裡不由湧起了一絲波瀾，竟然難得地帶了一絲愧意。

第九十八章

不多時，壽王府的僕役們便招呼大家入座。望梅軒前的空地已經架起了一座一公尺的高臺，分男女賓客擺放了桌椅，賞梅會的重頭戲就要開演了。

壽王爺挺著胖胖的肚子出現在高臺上。由於這一次的賓客身分比較貴重，他便親自來說幾句開場白。素顏聽完有些驚詫，比賽竟然也有男子參加，這分明是一項變相的相親大會，不過，這種相親比起父母之命強制來說，倒是要開明得多，至少能讓男女雙方在婚前見面，而且很可能是兩方合了意之後才會議親，她倒是由衷覺得壽王府舉辦這個宴會很好。

壽王只是說了幾句場面話，便坐到望梅軒不遠處的另一個亭子裡去了。素顏這才知道，那邊亭子裡也坐了些很有分量的人物，隱約間，有一個坐在中間的人略顯神秘，周遭的人對他都很恭敬，可離得太遠，她不是看得很清楚。

壽王世子妃笑吟吟地上臺來。她是今天的比賽主持，這位世子妃也是個八面玲瓏之人，說話風趣而得體，她將比賽的規矩說了之後，便拿出一些竹籤來，讓大家抽籤以決定參賽的順序。

先在男賓處送籤，送完後，壽王世子妃又親自帶著丫鬟們走到女賓處，拿了籤筒給各位小姐姑娘們抽。在座的閨秀們神情更為激動起來，今天不但有好多貴夫人到場，那些貴公子們也沒像以前那樣分園子隔開，能近距離地見面，這是她們最為開心的，而一會兒的表演被她們看得更重了，都卯足了勁要將自己最拿手的才藝表現出來。

素顏是已婚之人，自是不抽籤的，可沒想到等姑娘們抽完後，壽王世子妃竟是拿了籤筒向她走來。「夫人，我可是早聞妳才貌雙全、見識非凡，便是皇上也曾金口誇獎過，難得今兒有這個盛會，夫人怎麼著也得讓我們大傢伙兒開開眼界，不參加比賽，但要表演一番。」

素顏聽得一怔。她可不想在這種盛會上出鋒頭，要是真將那些閨秀比了下去，只怕有幾十雙眼睛要抽她的骨筋呢，忙笑著推辭道：「夫人，我又不是小女孩了，這……我就免了吧。」

「那可不成，我們幾個都要參加呢。」一旁的陳王世子妃，還有幾位尚書家的兒媳、公主家的兒媳，都在一旁笑道。

「可不是？憑什麼咱們幾個沒嫁時，沒有這樣的比賽啊，如今咱們雖是嫁了，可也比那些個小姐們大不了幾歲，我也要參加。」說話的正是寧安公主兒媳，周大奶奶。

壽王世子妃聽了，歪了頭對素顏眨了眨眼道：「看吧，妳推託不了喔。」

「她怕不是推託，是不敢呢。聽說連女紅都做不好，嫁衣都是丫鬟做的呢。妳們想讓她表演什麼呢，若是什麼都不會，不是對不住那身一品誥命服了嗎？」那邊小姐堆裡，司徒蘭不陰不陽、聲音不高不低，正好讓很多人都聽得見。

立即有很多人聽了司徒蘭的話議論起來。小姐們也有不喜歡素顏的，方才上官明昊看素顏的眼神讓她們很不舒服，都是出嫁為人婦了，還與外男勾眼神，很不檢點，不過，她們只敢在心裡冒酸，誰也不敢真說什麼，這會子有人打了頭陣，自然就有人跟了。

「唉，嫁妝也是要丫頭繡的嗎？難道，那做給姑爺的也是丫頭的手藝？」其中一個朝臣之女小聲說道。

「不是說才貌雙全、賢達聰慧嗎？怎麼連女紅也不會呢？」另一個有些譏諷地說道。

「那丫頭怕是也備著給姑爺的吧？不然，哪有陪嫁丫頭連姑爺的貼身衣都做的，要是做通房的，那倒也還合適。」素顏身邊的少夫人佇列裡也有人聲音不大地說道。

素顏聽著身邊的議論，心中火起。姑奶奶不會女紅又怎麼了，前世的衣服可全是現買的，誰會做這個呀？可是，這會子她要發了火，定然會落了司徒蘭的套，她才不如司徒蘭的意呢。她淡笑一聲，伸了手去籤筒隨手抽了根籤，一看那籤上的序號，竟然很是靠後，眉頭蹙了蹙，漫不經心地說道：「說起來，我也著實不太會女紅，如今誰府裡沒有丫鬟婆子服侍著，哪家府邸裡沒有針線坊，何必自個兒動手做衣裳那麼麻煩呢？再說了，我家那位爺也不在乎我這個，府裡的小妾也沒少給他做衣服，他一件也不肯穿，倒是我拿什麼給他，他就穿什麼，很好說話。」

這倒是大實話，如今各府裡頭的大奶奶、夫人們，真動手做針線的也不是很多了，偶爾給自家相公做兩件，不過是應應景、討男人歡心罷了，平素自個兒的衣服都是府裡針線坊做出來的。所謂女紅，不過是長輩們對子女賢慧持家的一個要求罷了，平常百姓家裡那倒確實重要，因為小家小戶的，請不起針線師傅。

素顏這話倒是讓很多奶奶、少夫人們心中贊同，倒也有幾個跟著附和，壽王世子妃更是玲瓏剔透心，她正為自己送個籤筒惹了不小的波瀾而煩惱，這司徒蘭也真是的，不知好歹也就罷了，非要在自己主事的時候鬧，也太不給自己面子了些。

而有些人，倒是聽出素顏的話外話了，寧伯侯世子可是花名在外，最是放蕩無形、桀驁不馴的，聽世子夫人的口氣，他竟是很服這位夫人，對這位夫人言聽計從呢，而且小妾親手做的也不穿，那不是獨寵這位夫人了？

一時就想起司徒蘭原是那位世子的妾室，怕是她為世子做的衣服，世子也不穿的吧……外頭傳司徒蘭是被逼到寧伯侯府的，說是司徒蘭守身如玉，不肯讓世子碰觸一下，至今還是完璧之身……恐怕內情不是如此呢，不然，這位世子夫人幫她脫了牢籠，還讓她有了縣主之位，她不生感激，反怒氣沖天，怕是心裡有世子，卻得之不到，所以才因嫉生恨吧……

「也不知司徒姊姊以前給世子做過沒？」真有大膽的人小聲咕噥道。

這話一出，司徒蘭頓時臉色通紅，回頭就去找那說話之人。她脾氣暴躁，這話正踩了她的痛腳。她確實給葉成紹做過幾件的，除了出嫁時備的，兩年了，春夏秋冬四季，她都有做，也著實沒看葉成紹穿上身，這讓她好生光火……

身邊的司徒敏感覺她氣得在發抖，也回過頭來瞪了那說話的人一眼，又悄聲對司徒蘭道：「姊姊何苦說這些個，不過送了臉給人打嗎？外頭雖然說得好，挽了妳的名聲，但別人心裡頭還不知道如何想呢，姊姊應該遠避寧伯侯府的人和事才對，偏還要自動去招惹，真是不明智。」

司徒蘭被司徒敏說斥得心頭更惱，一甩袖就想站起來，司徒敏將她一扯，說道：「前頭可有好些人看著呢，姊姊生氣不要緊，護國侯府的臉面可是要的。」

這話說得司徒蘭眼圈一紅，斥道：「妳這是怪我丟了侯府的臉嗎？」

她正在氣頭上，聲音就有些大，令周圍的人都看向她，司徒敏恨不得將她藏起來才好。這個姊姊其他還好，就是頭腦一發熱，說話做事都有點不管不顧……

「我沒有、沒有，姊姊，坐下來，娘親在前頭坐著呢。」司徒敏無奈地小聲勸道。

司徒蘭這才瞪了她一眼，沒有再說話，只是臉更紅了。

青竹一直在一旁幫素顏拿著包包，她早看不慣司徒蘭的作派了，聽她一再詆毀素顏的女紅，便故意揚起手裡的包包對素顏道：「少奶奶，您的東西都在奴婢手裡，一會子要用，記得吩咐奴婢一聲。」

此時的夫人小姐出門帶的都是包袱，一般都是青布一包就可，讓奴婢拿著，很少有人看到把包做成袋子的，立即就有人向青竹手裡的手提袋看去。

包包的兩頭用小紅寶石綴出兩串流蘇，看著亮麗又精緻，還顯得大方，包帶也用棉布搓成布帶子做的，只是帶子上纏了金銀雙絲混紗搓成的線繞了一層，看起來就是別致一些。青竹先前很隨意地掛在肩上，並不顯形，在座的夫人小姐們也沒誰去注意她一個丫頭，這會子青竹將包包提得老高，光線灑在那包包上，閃出炫目的光澤，煞是好看。

壽王世子妃第一個驚訝地叫了一聲。「呀，好漂亮的袋子，世子夫人，這也是妳的丫頭做的？」

青竹一聽這話沒好氣地回道：「奴婢幾個可是做不出這麼精巧又實用的東西來，這可是我家大少奶奶親手做的。」

壽王世子妃一把搶過那包包，在手裡觀摩起來，要說繡功確實不怎地，包面上的幾朵小花做得也簡單，但上頭剪了一個誇張的小兔子縫著，看著就覺得新穎，還很是可愛，她頓時就有些愛不釋手起來，越看越喜歡，笑道：「誰說世子夫人的女紅不好呢，這東西，別人還真是做不出來呢，怕是全大周朝只此一個吧。」

「回世子妃的話，是兩個，奴婢帶了一個，紫綢也帶了一個。」青竹見果然有效果，也不等素顏回答，面無表情地說道。

壽王世子妃被青竹的回話和表情逗樂了，看了她一眼道：「世子夫人，妳這丫頭可真有意思。」

「她不就是我身邊有功夫的那位嘍，相公特意請了她來護著我的，最是怕我被別人欺負呢。這丫頭俠肝義膽著呢。」素顏笑著對壽王世子妃說道。

一邊的人裡頭，有幾個先前聽到司徒蘭責怪素顏的丫頭害司徒敏的事情，這會子再聽到素顏坦承青竹是有功夫的人，不由都看向青竹，見她雖是丫頭打扮，卻氣質冷肅出塵、相貌絕佳，比在座很多大家小姐也只強不弱，不由暗暗佩服素顏，這麼強大的女子她也敢帶在身邊，也不怕她奪了世子爺的寵嗎？

再回頭一想，這麼美貌的丫頭都肯信任，又何必去加害一個已經離開寧伯侯府，根本對她不構成任何威脅的司徒蘭呢？司徒蘭還真沒事找事，虧得世子夫人大度，不與她計較。

一旁還有幾個夫人也想看世子妃手裡的包包，便接過來，大家湊在一起看，一個一個都覺得新奇，有的就說要學了自己回家做，有的看著那別致的做工，就直誇。「怪不得皇后娘娘喜歡世子夫人呢，夫人果然蕙心蘭質呢，這包包做起來不難，難就難在這份心思巧啊。」

一時，那邊小姐堆裡的人也湊過來要看，明英郡主更是笑著過來要搶，對素顏說：「素顏姊姊，以前那個小掛飾妳給了我一個，這包包也要歸我才是。」

司徒敏原也想找素顏要的，卻想起自家姊姊一再為難素顏，有些不好意思，又要顧著姊姊的面子，只好脖子伸得老長地看著。

壽王世子妃一聽明英這話，哪裡肯讓她搶去，立即就抓過包包不顧形象地抱在懷裡，笑道：「要給也是給我了，我拿著做樣子，再做幾個出來。」

一邊有幾個少婦夫人就道：「都做一樣的可就不美了。得，世子夫人，妳再做幾個別的樣子的包包出來吧，大夥兒都喜歡呢。」

那邊，壽王、東王坐在亭子裡，等著表演快些開場呢，主事的世子妃卻是這麼鬧得忘了正事，年輕人這邊又是熱鬧得緊，歡聲笑語的，不由詫異，使了人過來看。

素顏被這些夫人和小姐鬧得頭暈，包包被人搶來搶去，最後她沒法子了，答應再設計幾款包包出來，送給幾位夫人做樣子，那包包才終於到了她的手裡。她在包裡拿出一個小瓷瓶，一揭蓋，頓時芳香四溢，挨她坐得近的幾位夫人立即眼睛一亮，眼睛又轉而盯著素顏手裡的小瓷瓶了。

素顏將瓶裡的東西倒了一些出來，均勻地搽在手上，像乳液一樣的東西迅速被皮膚吸收，皮膚更加滋潤了，而且，氣味幽雅沁人心脾，邊上圍著、離得遠一些的夫人頓時站起來，脖子伸得老長，想看這又是什麼稀罕物件。

「世子夫人搽的可是潤膚露？那是哪家香粉店裡買的？這味兒可真好聞。」世子妃立即又像發現了寶藏，幾下便擠了進來，抓住素顏的手就聞。

素顏微微一笑，倒了些在她手上，幫她抹勻。「這是護手霜，我平時閒著好玩自製的，世子妃要是覺得好用，這瓶就送給妳了。」

「呀，手上果然不乾燥了，摸著也順滑，還有護手霜這種東西嗎？以前還真沒聽說過這名呢。」世子妃眼睛熠熠生輝，看素顏的眸光很是熱切，心思活絡了起來。這東西，再加上先前的那個包包，要是獨家經營，只怕會大賺呢……

一旁的夫人們看世子妃得了好東西，紛紛也要搽些試試，世子妃心思正動，立刻大方地給每位在座的都倒了些，一時，夫人們讚不絕口起來，有些直接就向素顏討，有的就說要是有得買，能買也是一樣的，有的就拿自己做得最拿手的繡活向素顏交換。

那邊，未嫁的姑娘小姐們見夫人們都塗了那東西，一個個也羨慕不已，一隻隻雪白細嫩的素手伸了過來，也向壽王世子妃討要護手霜。壽王世子妃大方得很，將素顏的一小瓶護手霜一一倒在那些雪白素手上。小瓶終是容量不夠，很快就倒完了，還有好幾位富家千金沒有塗到，好生失落。塗了的，讚不絕口，沒有塗到的，就向素顏討要、打聽，有的甚至發脾氣，說素顏厚此薄彼，弄得素顏哭笑不得。

不過，更多的夫人和姑娘們都驚異於素顏的聰慧和能幹，連這種東西都能製得出來，有些人便問她，藍家是否曾是胭脂世家出身，是否有高人指點她，素顏實在是被她們的熱情和古怪猜疑搞得頭暈，好在素麗在一旁極力為素顏辯解。

「我們藍家可是詩書世家，我大姊不但文才卓越，便是琴棋書畫也樣樣精通，這些小技藝，不過是大姊閒來時的玩鬧之作罷了。大姊的才華，哪是某些個自認清高，其實一無是處的孔雀女子所能比的，大姊只是不愛女紅罷了，她真要想做好一件事情，又有誰能越得過她去？」

素顏被素麗說得好生臉紅。自己哪有她說的那樣的能幹與強大，不過是占了幾千年文明精粹的便宜罷了，不過，想起司徒蘭一再地挑釁自己，讓她受些挫折也好。

兩個群體的人裡，只有司徒蘭是孤獨的。如今不管是對素顏印象好還是以前便不喜歡素顏的，都不想再與司徒蘭交談，對於她一再誹謗素顏，人們心生厭惡，事實勝過雄辯，尤其在素顏答應會用心做出更多更好的包包和護手霜送給在座的夫人和姑娘小姐以後，更是沒有人願意挨著司徒蘭坐下了，便是司徒敏，也早就耐不住心頭癢，也竄到素顏面前，與她好生廝磨了一陣，等素顏應了她兩個包包、兩瓶護手霜，她才心滿意足，笑眼彎彎地回到座位上，卻是故意無視司徒蘭那黑如鍋底的臉色，和落魄挫敗的神情。

壽王妃坐在亭子裡快氣死了，使過去察看的丫頭半天也沒回轉，幾個丫頭也被這邊的熱鬧給吸引住了，忍不住兩眼熱切地看著夫人小姐們都爭搶一個小瓷瓶子。她們自然是沒有資格上前去討要一星點的，不過捨不得離開就是。

壽王世子妃也總算明白今兒自己的本職是什麼，待回頭看亭子裡壽王妃那快變黑的臉時，她吐了吐舌頭，笑嘻嘻地走上臺去，宣佈第一個表演者的名字。

第一位參賽表演的人竟然是劉婉如，這讓素顏好生震驚。她自來了壽王府梅園以後，並沒有看到劉婉如的身影，以為她沒參加了，沒想到，抽到第一支籤的竟然是她？

第九十九章

劉婉如一身湖綠色輕籠紗衣，紅白雙色繡衣邊，將她曼妙的身材包裹得更加婀娜多姿。她嫋嫋娜娜，輕移蓮步，抱琴走上表演臺，優雅地坐在臺上，纖纖十指輕撥瑤琴，叮咚一聲，一首古樂曲便傾瀉而出，神情輕柔靜謐，像一株正要綻放的水仙。

還莫說，她的琴藝倒也不錯，一曲輕彈，全場靜默，人們不再小聲輕談，靜靜地聽著她的琴聲，但是劉婉如似是心思不寧，有幾個細小的音節彈錯，樂中高者只需用心便不難聽出來。一曲終了，場中掌聲齊大響，但壽王妃、東王妃幾個面上神情卻是淡淡的，遠處男賓席間，還有幾位身分高貴之人在附耳閒談，說明她的琴聲並未征服全場。

夫人和男賓中的貴客給她打分。靖國侯府的給了三朵梅花，而東王妃、壽王妃、陳王妃幾個都只給了兩朵，護國侯夫人更是嚴苛，竟然只給出一朵花，加上男賓的梅花數，總計下來劉婉如得了三十二朵梅花，成績算是不錯的了。

此次大賽，評審總共十人，最高每人給出五朵梅花，滿分自然是五十朵。劉婉如過後，便是一位尚書千金上臺，她半抱琵琶，一曲〈春江水暖〉，指法嫻熟、技藝精湛，她表演過後，所得梅花三十四朵，比劉婉如多出兩朵，暫時領先。

再下來，便是有幾位姑娘穿上漂亮的舞衣，身姿輕靈、骨身柔軟，在臺上輕盈旋轉，讓人目眩神迷。

但是，幾曲歌舞下來，人群便覺得有些乏味，畢竟這種曲、舞看得多了，便覺得厭煩，沒有新意之下，觀眾便產生了疲累。

再下來就是文靜的表演。文靜上臺前，有些忐忑不安，前面的幾位彈琴者琴藝都很高，最高的得分也就是三十四朵梅花，至今還無人突破這個數字，而且她也有自知之明，自己的琴藝不如人多矣，也不知道自己能得多少分。

她不由求助地看著素顏，素顏微微一笑，讓她以平常心待之，好生彈出自己的水平就好，不要太在意結果。文靜聽了這才心情平復了些，大膽地走上臺中央。

她看了一眼臺下的上官明昊，只見他神情憂鬱，甚至還有一絲的頹廢之色，這樣的俊公子更具殺傷力，文靜心頭怦怦直跳，竟是有些癡了，一時坐在臺上，半晌也沒有動靜，臺下便有人在小聲議論起來。素顏看著便覺得急，對青竹看了一眼，青竹兩手一攤，聳聳肩，竟是做了個愛莫能助的樣子，讓素顏哭笑不得。這丫頭看二房也欺負過自己，便不喜歡二房的人，根本就是故意想看文靜出醜，不願意出手相幫。

人群裡，上官明昊似是感覺到了文靜那迷離的目光，長眉一蹙，眼神變得冷漠起來，緩緩偏過頭去。

文靜心神一震，素手輕彈，一曲歡快的樂音流瀉而出，〈暖暖〉輕快的音符像快樂的精靈一樣，跳躍在文靜的十指之間，平凡而又溫暖的小幸福在梅園上空環繞，這些過慣了繁華喧鬧生活的貴婦人、公子、小姐們，頓時覺得耳目一新，那位身分高貴的客人眼裡也露出一絲驚色。一曲終了，掌聲雷動，就是上官明昊也多看了文靜兩眼。文靜沒想到素顏教給她的曲子真的獲得了上官明昊一眼，最終，她得了三十八朵梅花，如果不是她琴藝不佳，得的梅花肯定更多。

文嫻坐在一旁就噘起了嘴，小聲嘟囔。「大嫂可真偏心，只教了二姊一個人，我和大姊都沒教，看二姊那得意的樣子，她今天怕是能上前十呢。」

一旁的文英聽了就笑道：「誰讓妳沒有文靜見機呢，她可是磨了大嫂好久呢。」

邊上有小姐們聽到了寧伯侯家兩位小姐的談話，好生震驚，問道：「這曲子好生新鮮，還是第一次聽到呢，不是妳們二小姐自己譜的嗎？」

文貞在一旁聽了，不屑地說道：「二姊怎麼會這些，她的琴藝都是我姨娘教的呢，哼，不過是會拍大嫂的馬屁罷了，我家那大嫂也不知道是什麼出身，這種鄉野小調也會。」

文英聽得大怒，狠狠地瞪了文貞一眼道：「妳再胡說八道，我就送妳回去。小小年紀，怎生如此刻薄。」

一旁的小姐們也是輕蔑地看著文貞，不過是個庶出的小姐罷了，竟敢對自家的嫡長嫂如此無禮，太不知天高地厚了。不過，也看出素顏是個厚道的，這樣的庶女如果換在別家，只怕早就被嫡嫂整得骨頭都不剩了。

文靜之後，就是司徒蘭了。她一身緊身勁裝，將豐滿纖長的身段裹得更是妖嬈，再配上她清冷高傲的氣質，便像一個颯爽俠女。她手持一柄秋水長劍，樂聲響起，她隨聲起舞，劍氣如霜，揮動得四周梅花片片飄落，臺上的司徒蘭如一枝傲雪寒梅，豔麗而清冷，劍影和嬌軀揉成一體，劍花與梅花交合，素顏不由得想起了李白詩句裡的公孫大娘，劍舞著實能攝人心神，令久在溫軟的歌舞中浸淫的觀眾心神為之一振，血氣都跟著司徒蘭的劍氣沸騰起來。

司徒蘭果然也是懂得求新的，不過，素顏還真沒想到，她能舞出如此一曲好劍舞，倒也不負她才女之名。

一旁有幾位夫人也是小聲讚嘆。「不愧是當年排在前幾名的閨秀，將門之女、英姿勃發，壓倒很多人啊。」

果然，男賓中不少公子的目光都被司徒蘭給吸引，有人乾脆唏噓起來。「如此才色絕佳的佳人，竟然被成紹兄錯過，真是暴殄天物啊。」

東王世子一直雲淡風輕，前面幾位佳麗的表演，除了文靜的曲子讓他產生了些波動外，司徒蘭的劍舞也讓他多看了幾眼，不過神情淡如雲月，眼神也是寧靜無波。

二皇子聽了前面的話，冷峻的眸子裡射出一束精光，劍眉稍皺了皺，不過，很快就平復下來。花心風流的葉成紹竟然能兩年不碰如司徒蘭這般美豔脫俗的女子，他不是心理有問題，那便是身體有問題，可是，那個女子……似乎已是婦人……

正沈思中，掌聲如雷，將他驚醒，司徒蘭也得了三十九朵梅花，比文靜還多出一朵來。

接下來的幾位歌舞表演也沒什麼新意，大家聽久了，竟然有些昏昏欲睡，不過好在一曲終了時，很多人還是禮貌地給予掌聲，不致讓表演的千金太過沒臉。

素顏卻是擔憂了起來，不由看向素麗。文嫻表演過後，就是素麗了，她真不知道素麗會表演什麼，不由心中有愧，早知道，應該教素麗一支更好的曲子的。

但素麗神情淡淡的，大眼清亮，並無擔憂之色，素顏也放心一些。素麗向來就是個有主張又自強的女子，她一定不會讓自己失望的。

文嫻的表演波瀾不驚，不過，她琴藝精湛，也得了三十七朵梅花。比文靜少了一朵，讓她心裡有些懶懶的，提不起勁來。

輪到素麗了，素顏看她空手上臺，心裡便覺得沒譜。

但素麗大大方方地走到臺中間，大聲道：「藍家三姑娘素麗先給各位看客行個禮，先前各位姊姊們表演得太過精彩了，小女子也準備了琴、舞，但有了姊姊們前頭的精湛表演，實在覺得拿不出手，那我便給大家助個樂子，表演剪紙吧。」

說著，她身一彎，做了個請的手勢，後臺，壽王府的侍女托著一個托盤上來，托盤上放著幾張色紙，和一把小剪子。素麗笑著輕輕上前，將托盤放置在早就備好的桌子上，拿起一張紙，素手輕翻，很快就疊了個形狀出來，只見她拿起小剪子，動作熟練如行雲流水，剪了一樣東西出來。

她卻拿著那東西在臺上輕盈地轉了個圈，笑道：「有誰猜出我剪的是什麼？」

下頭男賓裡就有人起鬨，笑道：「蝴蝶。」

「鯉魚躍龍門。」

「百花圖。」

更有鬧事者哄然道：「不會是洞房花燭夜吧？」

郁三公子自素麗上臺時，兩眼便湛亮如星，嘴角含笑看著臺上那輕靈如小仙子一般的女子，這會子聽人起鬨，眉頭皺了起來，瞪了那說粗話之人一眼道：「有辱斯文。」

素麗其實也聽到了那些低俗之語，不過，她並不受影響，只是淡淡一笑，將手中剪紙打開，當那紙片就要呈現出形狀來時，她的手臂向空中畫出一道優美的弧線，頓時，自她手中如魔法般飛舞出幾十隻蝴蝶來，那原就是鍍了金邊的各色彩紙，在陽光下，紙做的蝴蝶竟翩翩起舞，與梅花片片紛合，在空中飄飄灑灑、揚揚而飛，而素麗的小手還在不停地向空中揮灑，頓時，整個梅園像是到了春暖花開的三月，令人目眩。

素麗手一收，彎腰行禮，抬眸時，觸到一雙溫暖而關切的清眸，她秀眉一皺，看向的卻是另一張冷峻的臉，但那人的眼光只是淡如靜湖，沒有波動。她眼神一黯，隨即從容退下。

素麗的表演讓整個比賽進入了又一個小高潮，人們委頓的精神也得到了振奮，結果，她得到了三十八朵梅花，僅憑剪窗花也能得到如此高分，算是跌破了名門貴府千金們的眼鏡。

小姐們表演過後，就是少夫人們了。少夫人們也是驚才絕豔，很多夫人女紅超絕，正反雙面補繡繡出的帕子上圖案有如生靈，動靜韻致，讓人嘆為觀止。

不過，所有的比賽者上完場，分數最高的，還是司徒蘭的劍舞。一時，在場之人便全都認定，司徒蘭應該是最後的冠軍，畢竟她的劍舞融舞蹈與劍氣於一體，既有女子的柔媚，又有男子的颯爽，迄今為止無人能匹。司徒蘭也是暗自得意，高高揚起下巴，不時輕蔑地看向素顏，眼中帶著挑釁的意味，而周邊小姐們向她提前祝賀時，她一副清冷孤傲的樣子，眼裡根本容不下人進去，讓好些小姐們露出不屑的神情來。

司徒蘭在鼻間冷哼一聲。劉婉如早就回到了小姐們中間，不知道何時坐到了司徒蘭身邊，聽了司徒蘭的冷哼，她湊過來道：「不過是最後一位表演者了，如同雞肋一般，司徒姊姊不必介懷。」

「我很期待，看她又能耍出什麼小把戲來贏我。」司徒蘭淡淡看了劉婉如一眼道。

素顏從容地坐在古琴前，輕輕撥動了下琴弦。她不過在試音而已，彈了下，便停了手。司徒蘭聽了便又是一聲冷笑，聲音不高不低地說道：「裝模作樣，也不知道會不會彈琴。」

素麗坐在一旁好生憤怒，忍不住說道：「只要不是牛坐在下頭，一會兒誰都會聽得出來，我大姊的琴藝有多精湛。」

文靜也是聽過素顏的琴聲的，得虧素顏幫她，她的成績才很是冒尖，她聽了司徒蘭的話也很是氣憤。「我的琴技還是大嫂教的呢，她彈不好，我怎麼會去向她學？」

「唉呀，咱們爭個什麼勁，聽她彈就是，是驢子是馬，出來遛了才知道。」劉婉如笑得春花爛漫，嬌聲說道。

素顏琴未彈，先抬了頭向人群中看去，果然看到一抹藏青色的身影，就立在不遠處的梅林裡，吊兒郎當地斜靠在樹枝上，嘴角帶著一絲寵溺的笑，正饒有興趣地看著自己。見她望過去，他還挑了下眉，用嘴形告訴她：娘子，別太出格了，意思意思就行，我可不想讓那些個不安好心的哥兒聽了去。我娘子的琴，可是只能彈給我聽的。

他連連咕噥幾遍，素顏總算明白了他的意思，不由好笑地搖了搖頭，斂了心神，頓時，場面肅殺之聲突然起，一曲〈滿江紅〉錚錚而出，如金戈鐵馬在亂世穿行，萬箭齊發、兵馬嘶吼，悲壯而激越，素顏紅唇輕啟。

「怒髮衝冠，憑欄處，瀟瀟雨歇。抬望眼，仰天長嘯，壯懷激烈。三十功名塵與土，八千里路雲和月。莫等閒，白了少年頭，空悲切……駕長車，踏破賀蘭山缺。」

這是千古名將岳飛的詞，素顏稍作修改，將不合時宜的句子改了。她聲音渾厚，清冽激揚，詞曲悲壯有力、激勵人心，在座之人頓時被歌聲、琴聲帶入了一個曠古戰場，正看到自己的祖先與外敵搏殺，場面壯烈感人。如此壯志昂揚的琴聲，將所有人的熱血都要燃燒起來似的，就連男賓處那位神秘高貴的客人也神情震動，踏腳合拍，似是要與素顏一同高歌。

東王世子兩眼如湛亮的星辰，激動地看著場中的女子，更是拿出一管碧綠的玉簫出來，和著素顏的琴聲，吹出低沈激越的簫音，為她伴奏。上官明昊溫潤的眸子中沈痛又驚喜，失落更加濃烈，雙手緊握成拳，指甲深陷肉中。沒有人比他更苦澀，怎麼會失去如此一位獨特而美麗的女子，當初，自己究竟在做什麼……一股想要捶死自己的衝動直湧心頭。

遠處葉成紹看著場下那些男人們如狼似虎的眼神，臉黑如鍋底，一個縱身飛上了臺去，長劍飛舞，隨著素顏的歌曲而舞出一道凌厲的劍氣。林中，梅花紛落如雨，落在這一對俊美佳偶肩頭，男子俊逸英偉，女子飄然如月中仙子，這樣一對佳偶，令人好生嫉羨。

一曲終了，葉成紹的一套劍式也舞完，素顏纖指在琴上一抹，頓時場中一派寧靜，連飛花落葉之音也能聽見。良久，才有人開始鼓掌，頓時，掌聲如滔滔江水，綿綿不絕，久久沒有停下來。

東王世子手中持簫，久久沈浸在那如夢似幻的歌聲裡，似乎還沒有從激烈的古戰場中抽回身來。

二皇子的雙眼不再峻冷，眼睛燃燒出一簇火苗來，尤其是看到葉成紹那修長的身姿與素顏一同琴劍和鳴時，那火苗便更是旺盛了。

男賓中，一人高聲道：「好！」

素顏與葉成紹下臺良久，掌聲才絕。大周以武興國，對將士最是推崇，更是敬佩為國獻身的英雄，岳飛此曲正合大周朝的精神，很多夫人和小姐是武將家屬，有很多人的先祖也曾血染疆場，英魂永留在後人心間，自然能與素顏的歌曲產生共鳴。

掌聲平息後，男賓中走來一位太監，當眾宣佈，寧伯侯世子夫人奪得今日之冠，所彈之曲選入皇家樂譜之中，作為軍歌而存。

第一百章

如此結果也不在眾人的意料之外，素顏得到了全場最高的滿分，五十朵花，當之無愧的頭籌，便是男子們還沒有開始表演，結果也沒有什麼懸念，便是再有人得出高分，也不能越得過素顏去，因為她的表演，突顯的不僅只是琴技的高下，那首壯烈豪邁的詞也是文采飛揚、超凡脫俗。

加上素顏是彈唱俱佳，以女子之身唱出男子的陽剛氣概，卻又剛中帶柔，再加上人家還有劍舞，讓人眼前浮現出古戰場時，便會懷想，戰士離開赴疆場，紅粉佳人十里長亭彈琴送別，人未走、情相隨，剛腸硬骨化作繞指柔，翹首盼親歸的感人場面。

司徒蘭的那曲劍舞與素顏的這一曲高歌相比，簡直就是蚍蜉與大樹的區別，以劍舞而言，她不過是刻意表達女子的英氣勃發，但葉成紹是何等人物，全京城的人可以罵他品行如何地壞，罵他如何地無形浪蕩，卻不得不承認他一身武功出神入化，那套劍術初舞之時，劍氣激蕩，園中梅花簌簌飄落如雨，臨近臺前的觀眾能夠感受到劍氣冰寒刺骨，練家子更是感到一陣陣強者氣息撲面而來，寒毛倒豎。

比剛柔並濟，沒法與素顏比；比劍法，又不過是花拳繡腿，素顏與葉成紹夫妻二人簡直配合得天衣無縫，這一曲完了，讓全場之人對葉成紹也有了改觀。這還是大家第一次見到葉成紹如此一本正經地認真做一件事情，更是難得地發現，他肯真心地呵護一個女子了，以往日日流連花叢之中，遊戲人間的紈袴子弟似乎一日蛻變成為了一個大好男兒。

全場的人聽完那太監的宣佈，有幾秒的靜默，好半晌，有眼尖之人才認出，那太監似乎是皇上身邊的執事太監，掌管乾清宮的大總管，頓時有人小聲議論起來。「皇上也親來比賽現場，看來，這一次怕是真的會給二皇子選個正妃回去了，只怕連著良娣也一併選了呢。」

「可不是嘛？真可惜，若是藍家大姑娘沒有嫁人，只怕二皇子正妃非她莫屬了。」有人接口道。

上官明昊就坐在這些人身邊，言者無意，而聽者，只覺肝腸寸斷。他從來沒有如此的失落和懊悔過，明明這顆最美的明珠本應屬於他，他卻沒有抓得住，於指尖中流失……

二皇子可以說是相逢恨晚，但自己是最先認識她的，是最先與她訂親的，竟然讓他給白白失去了，那時，為什麼就沒有發現她的好，只當她是與其他女子沒什麼區別；當自己發現她的獨特時，她已經用審視和鄙夷的眼光看自己了……

「不過，皇上欽定寧伯侯世子妃為冠軍，表明皇上也看中此女的才華。聽說，皇后曾召此女進宮，又曾同此女大談國事，皇上聽聞後，不但不怒，反而讓她細說。兄臺也知，我大周可是最忌女子干政的，皇上卻對她如此寬容，只能說明此女才華確實出眾，不只是在詩詞歌賦、琴棋書畫上，更是於施政、行政上也有獨特見解。聽說，她曾力薦皇上文武並進呢，再聽她今天這一首詞曲，此女之才堪稱當世女中第一了。」另一位儒生也湊過來，小聲議論道。

「兄臺如此推崇葉家大少奶奶，不會是心中有想法吧？」另一個懶散的世家公子斜了眼說道。

「哪敢啊，你沒看到寧伯侯世子那護妻的小意模樣，這話兄臺最好小聲些，不然葉兄可不是個善茬子，小心他半點情面也不留，打得你四肢皆殘。」先前那位儒生似是很不喜這世家公子說話的調調，冷聲說道。

那世家公子聽了不以為然，流裡流氣地說道：「家有好女百家求，就算是嫁了又如何？以葉成紹那品性，藍大姑娘還真是明珠蒙塵，可惜、可惜呀，聽說她才嫁過去兩天，就曾被婆婆寵妾滅妻，打回娘家去了，唉，如此好女子，就應該與葉成紹這等半禽獸和離啊！」

東王世子正靜靜地聽著身後之人的議論，聽到那女子曾經被婆婆打回娘家時，湛亮的眸子微黯，閃過一絲憐意，唇角輕抿了一下，抬眼向臺上看去。

臺上，葉成紹正彎腰替素顏搬起那張古琴，眾目睽睽之下，竟是毫無顧忌地牽起素顏的手，聲音不大不小，卻是讓在場很多人聽見。「娘子，妳今天彈唱的，沒有以往在家裡給我聽的好啊，不過，也不錯了，我娘子可是得了第一呢。」說著，他還回頭示威似地往世家公子堆裡看了一眼，劍眉微挑，嘴角漾開了一抹得意的笑容，故意牽著素顏往臺下走。

臺下不少世家公子看著他欠扁的樣子，真想上臺一起抽他一頓。這廝還真是命好，有個當皇后的姑姑疼著，在京城裡為所欲為，無惡不作、小惡不斷，不學無術偏又家財萬貫，從不為前途著想，這也就罷了，偏生京城第一、才貌雙全的女子也被他娶了去，沒天理啊沒天理！

娶了就娶了吧，他還那麼得意，真是氣死人啊！

素顏也是大大方方任葉成紹牽著她的手，跟他一同下臺階。自己也就彈過一回琴，這廝說得好像她以前經常彈給他聽似的，明知他莫名其妙地打翻醋罈子，耍小孩子脾氣，還是柔聲附和他道：「這裡人太多，我有些怯場，幸虧相公相助，我才能發揮好一些。」

葉成紹聽了，心裡的酸味這才淡了些。娘子肯顧著他的面子，這讓他好不得意。那些人，就讓他們看看夫妻有多恩愛！他臉上綻開一朵燦爛的笑容，墨玉般的星眸熠熠生輝，便是天天看著他的素顏也在這一刻被那笑容感染，忍不住跟著笑了起來。

葉成紹還覺得不滿足，傾著身子向素顏歪去。「娘子，給我擦汗。」

素顏真有些敗給他了，表現得這麼親密，一會子司徒蘭之流又要說三道四，指責她不守婦道了。不過，難得他開心，她也想呵護他那顆不太自信的心，便無奈地拿出帕子，輕輕幫他擦著那並不存在的汗水。

司徒蘭自素顏那一曲激越昂揚的曲子彈出來時，她心裡就像塞了一團大棉花，又堵又悶，再聽素顏彈唱的那首好詞，更是覺得手腳冰冷。藍素顏，原以為，她不過運氣好，性子比自己溫婉才得了那個人的心，要比起才貌來，哪裡能和自己這個京中有名的才女比？

可是，為什麼？便是不想承認也不行……她不只琴藝精，詩才橫溢，自己以剛柔並濟取新，她不走他徑，也走剛柔並濟的路子，生生將自己比下去一大截。她是故意的，故意要讓自己出醜的，故意要事事壓自己一頭……藍素顏，是我的劫星嗎？

正暗自鬱堵，就見到一條修長偉岸的身影瀟灑掠上臺中，合著藍素顏的那曲歌拔劍起舞。男子相貌卓絕，身姿矯捷，女子清麗出塵，飄然若仙，這樣的一對璧人看著好生刺眼。從來不知，原來那個人也有如此溫柔貼心的時候，他那樣渾不吝的性子，也會為藍素顏拔劍伴舞，只為給她增添榮光。

心，像是被人用手揪成了一團，又痛又亂，偏生那一雙人兒還故意在大庭廣眾之下牽手親暱，像是在向全天下昭告他們有多麼深情密意，真是不知羞恥！

司徒蘭的眼睛一陣刺痛，酸澀的淚爬上了眼眶，一次次在心裡咒罵，卻仍是癡癡地望著那個頎長挺拔的背影，兩手將帕子死死絞著，似要生撕了那雲錦繡帕一般。

遠處貴賓亭子裡，有些大臣忍不住便笑了起來。「寧伯侯世子和夫人倒還真是琴瑟和鳴、夫妻情深啊。」

「郎才女貌、佳偶天成！」另一個年紀稍大些的朝臣也附和道。

中間坐著的卻正是大周天子，他威嚴天成的臉上這會子帶了一絲懶散的笑容，往日凌厲的星眸也變得柔和了些，擺了擺手道：「朕那姪媳倒是才貌雙全，至於那不爭氣的姪兒嘛……算得上是男貌女才吧，朕是怎麼看，怎麼都覺得他還是個調皮小子，何時才能長大啊？」

邊上的一位老臣，灰白的頭髮，正是陳閣老，聽了皇上的話，忍不住輕笑起來。「皇上，世子是那頑皮的性子，雖是愛玩，但也未曾犯有大過，倒也是個真性情的人呢，等過幾年，他心性成熟一些，定是國之棟樑啊！」

一邊的護國侯聽了眼睛微閃，看了陳閣老一眼，道：「世子哪裡真是玩鬧？他不過是在嬉笑怒罵裡參悟人生罷了，就他剛才那套凌雲劍法，舞得可是出神入化，他可是大將之才啊。」

一邊的好幾位大臣被護國侯一句參悟人生給頓住了，皇上正端了茶在喝，聽了差點噴了身邊太監一身茶水。葉成紹那痞賴的性子，成天都表現得不務正業，那是在參悟人生嗎？

一抬眼，看見那小子護在藍素顏身邊，皇上的心一沈。死小子，有些出息好嗎？老婆再出色，也不至於如此沒自信，生怕人家搶了他老婆似的，真丟臉啊，那副樣子做給誰看呢……將手中的茶杯重重一放，沈著臉，皇上對一旁的大總管道——

「去，把那死小子給朕叫過來。」

皇上突然變了臉，一眾大臣驚詫莫名，不知道何事犯了天顏。陳閣老偷偷瞜了皇上兩眼，精明地發現皇上眼底含著一絲寵溺，心頭一震，忙笑道：「皇上，世子爺可也是太過喜歡世子夫人呢，世子夫人今天可是風華盡顯，換作是其他世家公子，有如此如花美眷，也會覺得志得意滿的。」

皇上聽了陳閣老的話，果然臉色又沈了幾分。女人再出色也是女人，皇上雖看中藍素顏之才，但絕不喜歡葉成紹太過以女子為意，不管將來葉成紹會走到何種地步，以他的身分也不能像個小男人似地窩在婦人懷裡過日子。

那太監匆匆忙忙地去了。這邊，葉成紹牽著素顏走到一眾少夫人裡，素顏掙了掙手，想要回到自己的位子上去，葉成紹卻是不肯鬆手，素顏看著他就頭痛。那裡可是女眷區，他一個大男人跟著做什麼？那邊還坐著一眾未出閣的女孩家呢，對於她們來說，他可是外男，如此跟著實在不合禮數。

結果，那傢伙根本不理會這一些，遠遠就跟壽王世子妃打招呼。「見過世嫂，今兒可是世嫂為東，可一定要照顧好我家娘子啊。」

世子妃笑吟吟地在他們十指相連的手上掃了一眼，故意酸溜溜地說道：「我說成紹啊，你那娘子可成了今天的主角了，哪用得著我照顧？再說，你身上那把劍還挎著呢，誰敢對她如何？」

後面許多少夫人、大少奶奶們聽了壽王世子妃這一番話，全都掩嘴而笑。「可不是嗎？世子，這裡人都對世子夫人喜歡得緊呢，你就哪兒好玩哪兒去吧，我們還找你家娘子有事呢。」

就連那邊的文嫻也在說：「就是，大哥，大嫂可是拔得頭籌的人呢，她的冠軍可是皇上欽點的，誰敢將她如何？」

葉成紹這才放開了手，卻對素顏道：「娘子，我就在那邊，一會子有什麼事，記得叫我。」眼睛似笑非笑地往人群裡看，當觸到司徒蘭那雙幽怨的眸子時，心中一凜，拔高了聲音，不緊不慢地說道：「娘子，若是有那不自量力的非要為難妳，妳只管讓青竹教訓了就是，打死打殘有為夫替妳頂著。」

這話說得莫名，在座的很多夫人小姐們聽得既驚又詫，全都左右四顧，不知道誰犯了這混世魔王的忌，心裡頭都有些忐忑，看素顏的眼神裡就帶了一絲的懼色。誰不知道葉成紹是個天不怕、地不怕，做事不著調，什麼都幹得出來的傢伙，看得出他對藍素顏很是維護，誰還敢輕易得罪她？

可是空穴來風，這人群裡……大家看來看去，終於都看向了司徒蘭。素顏為人和善可親，這裡初識的夫人和小姐們都對她印象極佳，別人是不會跟她爭吵，為難她的，只有……司徒大小姐，好像處處針對她呢。

而且，司徒蘭的臉色還真像是剛吞了一隻蒼蠅一樣的難看。一時，有幾個挨司徒蘭比較近的人，不自覺將身子往邊上移，想要離司徒蘭遠一些。

司徒蘭一聽葉成紹那警告的話語，也明白他是在針對自己，原本就鬱堵的心上像是加壓了一塊大石，壓得她透不過氣來，又恨又委屈。死男人，有了新歡就忘了舊人，他……竟是對自己半點情分也不講，當著這麼多人的面，要給自己難堪……

加上一下子被十幾雙眼睛像看怪物一樣地看著，司徒蘭已經到了要爆炸的極限了，就聽素顏對葉成紹道：「好的，有青竹在，你不用擔心，便是有人說些不中意的話，我也只當是有蚊子飛過就是。」

罵我是蚊子嗎？妳是什麼東西？素顏的話就像是壓死駱駝的最後一根稻草，司徒蘭終於站了起來，憤怒地看著素顏和葉成紹，兩手簌簌發抖。司徒敏見狀，嚇得忙抱住她，笑著對周圍的人道：「我大姊心悸病犯了，我送她回去，各位嫂嫂姊姊們慢慢玩。」

素顏眼裡的憐憫像一把銳利的刀戳進了司徒蘭的心裡，讓她恨怒交加，卻又不知如何發洩。司徒敏將她抱得死死的，拚命想要將她推走，她掙脫不得，想罵又罵不出，想忍又忍不下，臉色一陣紅一陣白。

有些與她家交好的小姐們就小聲勸道：「蘭姊姊，只是個比賽罷了，就算這一回被世子夫人奪了第一，不是還有下回嗎？世子夫人的確比妳高出一籌，妳就不要再不服氣了。」

「是啊，妳也算得上在小姐們裡是第一的，何必為了個名次計較呢？人家是強一些，不承認也不行啊。」

這些人不勸還好，一勸簡直是雪上加霜，司徒蘭胸口一陣氣血翻湧，喉嚨一甜，一口血便湧進了嘴裡，自唇角溢了出來。司徒敏見了驚慌失措，一旁的小姐們也是大驚，頓時場面慌亂起來，有人就在喊，護國侯府的嫡長女受不了寧伯侯世子夫人壓過她，氣得吐血了。

司徒蘭一聽這話，頓時眼一翻，直接暈了過去。

素顏看司徒敏急得眼淚都出來了，到底心有不忍，便走過去，讓人扶住司徒蘭，在她胸前後背的幾個穴道處推拿了幾下。司徒蘭這是怒急攻心，順了氣就好了。果然，沒多久，司徒蘭悠悠醒轉，一抬眼，見到素顏那張寧靜而清麗的臉，心中的怒火又蹭了上來，抬手向素顏甩了過去。邊上的夫人小姐們沒想到司徒蘭如此不知好歹，心胸狹隘到了如此地步，明明是她對世子夫人無禮至極，世子夫人不計前嫌救了她，她卻還要動手打人……這……也太過分了些。

不過，青竹早就提防著，一下就捉住了她的手，冷冷地罵道：「沒見過如此不知好歹的人，虧妳還是個縣主，也不怕污了皇家的名聲。」接著，她毫不憐香惜玉地揚手，便將司徒蘭重重甩在了地上。

司徒敏雖然氣憤青竹的粗暴，但自家姊姊也確實做得過了些，鬧得她好生沒臉，忙指揮著護國侯府的丫鬟們去扶司徒蘭。

第一百零一章

一時，皇上身邊的大總管將葉成紹喚走。他一走，夫人們和小姐們便自在多了，又圍上了素顏，有的向她討教小提包的做法，有的聽她對養顏保養很有見地，便向她求教如何養顏，又見她有醫術在身，便問起了女人家的事。

素顏看到劉尚書的兒媳年紀很輕，臉色卻是暗沈焦黃，就是用粉遮著，也沒掩蓋得住，就問她是否月事不調、有白帶之類的病症，劉尚書兒媳被她問得滿臉通紅，但看素顏眼神坦然，便垂了頭，小聲道：「世子夫人如何知曉的？」

素顏輕輕一笑道：「夫人不必介懷，這不算是什麼醜事，女人家的在這方面原本就重在調理，夫人這是有些婦科病了，一會子我告訴夫人一個方子，夫人拿了回去試著服用一段時間，應該不出三個月，就會痊癒，而且啊，包妳臉上光澤白潤。」

劉尚書的兒媳聽得大喜，激動地抓住她的手道：「真的嗎？那太好了，多謝世子夫人。」

一旁的夫人們聽素顏說得肯定，又親眼見她對司徒蘭只是幾手功夫就救了過來，便更是相信起來，不少人扯著素顏讓她幫著探脈，尤其是嫁了人的夫人們，有的沒生孩子的，就更想在素顏這裡討要調養的方子。而那些年紀稍大些且生了孩子的，就想討養顏的方子，一時，素顏忙得不可開交，壽王世子妃也來光顧，反正那邊大人物、老一輩的有壽王妃打理，她便命人拿了紙筆來，弄了個字寫得好的管事娘子，專門在一旁幫素顏寫方子。

小姐閨秀們表演完了，世家公子們的表演還沒開始呢，主持人是壽王世子，這會子，世子已經上了臺，宣佈第一個上臺表演的人名。

這邊，小姐夫人們圍著素顏討方子，要護膚品的要護膚品，還有些就想跟素顏討曲子，想在她這裡學習新曲，將她團團圍住，連壽王世子說了什麼，也沒人聽見，鬧哄哄的。壽王世子見了心裡有氣，眼睛在臺上尋自家那能幹的娘子，卻沒想到娘子正是忙得不亦樂乎，根本就忘了賽事沒完，正樂滋滋地將素顏開的所有單子讓丫頭們多抄一份呢。

那邊，壽王妃和東王妃們也被驚動了。世子妃向來是很分得清輕重的，今兒這麼大的宴會，她也不出來理事，怎麼跟著一幫小姐們在玩鬧？

便又使了人過來問，結果，回稟說，大傢伙兒都圍著問寧伯侯世子夫人養顏的、調身的方子呢。

東王妃聽得好笑。先頭素顏的那番表演已經技壓群芳，還弄了個好看的包包和護手霜讓大傢伙兒開眼界，這會子又有了養顏的方子，那孩子看著端方得很，怎麼機靈古怪著呢？

哪個女人不想美啊，壽王世子妃先頭偷偷送來一些剩餘的護手霜給壽王妃塗著用了，壽王妃就感覺自己的手潤滑了很多，這會子一聽說還有好的養顏方子，心就動了，再看那些年輕人，歡歡喜喜地笑作一團，便也想過去湊熱鬧，可她是東家，得在這裡陪著客人啊……一時眉頭又皺了起來。

一旁的劉尚書夫人很是見機，扯了扯壽王妃的衣袖，悄悄道：「剛才我那兒媳使了人來說，葉夫人還開了個方子給她調養呢，聽著很靠譜，王妃何不把那孩子請過來，讓她給我們幾個老的也瞧瞧，也好讓那邊安靜著些。」

壽王妃一聽正是這麼個理，忙使了人去請素顏。這邊，素顏還沒有忙完，壽王世子已經無奈地下了臺，走過來把世子妃叫了過去，世子妃這才想起還有比賽沒完，揚了聲對小姐夫人們道：「看比賽了、看比賽了，大家安靜著些。」

小姐們倒是安靜下來了。她們今天來可是有目的的，也想在那一堆子俊公子裡頭找個良人呢，一聽公子們要開始表演了，一下子變得端莊賢淑起來，穩穩地坐著看表演。

但夫人們可沒那心思了，公子們再好看，她們也不能妄想，還是先養好自個兒的身子，讓自個兒變漂亮些，好抓住相公的心，所以還是圍著素顏嘰嘰喳喳的。

素顏也是來者不拒、有求必應，她就是要趁這次機會，打開自己在京城貴夫人之間的人脈，好以後能幫助葉成紹。

不過，還好壽王妃派了人來，將她請了過去，這方小天地才算是安靜了。素顏臨走時，還有不少夫人在後面說：「葉夫人，今兒個時間不夠，明兒咱們再約了一起坐坐啊。」

「是啊，去我們家吧，我家後園子裡的茶花開了好多呢，就咱們幾個姊妹聚會，沒人拘著，想說些什麼都成啊。」她們也懶得叫世子夫人了，因為人堆裡，世子夫人就有好些個呢。

「那妳就快些下帖子、定日子啊，我還有好些事情要問葉夫人呢。」

壽王世子妃聽了，笑著替素顏回道：「妳們自個兒快些商量好，到時候，我帶了葉夫人去就是。」

幾個夫人一聽世子妃給了承諾，頓時放下心來。

素顏跟著壽王世子妃一同回到了望梅軒的亭子裡，給幾位王妃見禮。護國侯夫人此時臉黑如鍋底，她當然也聽自家的丫頭說了，更是聽到了那邊的叫聲，說是司徒蘭被素顏氣得吐血了，今兒原就是想讓司徒蘭出來與那些公子打照面的，司徒蘭雖然有那麼一段不太光彩的歷史，但好在皇上給她封了縣主，皇后又下詔嘉獎了她，把司徒蘭說成一位聖潔女子的典範，倒也算是洗清了污點，又憑司徒蘭的才貌，定然能再尋得一個佳偶的。

可沒想到，這素顏陰魂不散，處處與司徒蘭作對，原本十拿九穩的京城第一才女的名次被她最後奪了去，鋒頭搶盡，而後又將蘭兒氣得吐血……藍素顏，司徒家跟妳沒完！

素顏給兩位王妃行了禮後，走到護國侯夫人面前。護國侯夫人兩眼怨毒地看著素顏，像是要生吞了她似的，素顏心知她也如司徒蘭一樣糊塗混帳，身子一偏，懶得理她，逕自走到靖國侯夫人面前，對靖國侯夫人行了一禮。靖國侯夫人淡淡一笑，抬手說道：「世子夫人今兒可是出盡鋒頭了。」

素顏直起身笑道：「都是大家看得起，其實幾位妹妹和嫂嫂們，比起素顏來強多了，素顏不過是取了個求新的巧罷了。」

靖國侯夫人聽了便笑道：「年輕人知道謙遜是好的，要知道，天外有天、人外有人啊。」

素顏聽她話裡有話，也沒往心裡去，又向中山侯夫人走去。中山侯夫人一把拉住了她，眼裡有些泛濕，拍了拍她的手道：「好孩子、好孩子啊，只是……」聲音有些哽咽。素顏自然知道中山侯夫人的意思，也不好多說什麼，正要往回到自己的位子上去，就聽護國侯夫人冷聲道：「不知天高地厚，以為得了個京城第一就了不起了嗎？連尊卑長幼都不分，太無禮了。」

東王妃和陳王妃都知道護國侯夫人這是下不了臺，素顏給在場的每位夫人都行了禮，包括幾位尚書夫人，身分比她要低好幾級的，她都以晚輩禮見之，獨獨落了護國侯夫人的面子，護國侯夫人自然是要發難的。

可是她也不想想，人家原是想給她行禮來著，可她那張臉黑得能浸出一罈子油墨，人家是來參加宴會的，又不是來受氣的，憑什麼看她臉色？

「夫人可是在罵我？」素顏不想再忍這位混帳侯夫人了，她比家裡頭的那個還要討厭。

「是罵妳又怎麼地，這裡除了妳這個小蹄子，還有誰會不知道天高地厚，大庭廣眾之下與男人拉拉扯扯，有失體統！」護國侯夫人冷笑一聲罵道。她正怕素顏不接她的話茬兒，她的氣就沒法子出。

「請夫人自重，您可也是一位二品的侯夫人，說話可要注意身分，再侮辱於本夫人，本夫人可是要告到御史那裡去的。」素顏毫不示弱地說道。

「唉呀，姪媳，妳怎麼能頂撞護國侯夫人呢，她怎麼著也算是個長輩呢，妳方才著實是沒給她行禮的。」靖國侯夫人見素顏好生強硬，心中不豫，她也是早就想找素顏的茬子，這會子正好趁著護國侯夫人的由頭，一起發難。

「我可是當她長輩待著的，可人家也要有長輩的風度啊，第一次給她行禮，她便愛理不理，半個回應也沒有，我便想，可能護國侯夫人並不拿我當晚輩待呢，既是如此，那我便以品級論事。我好歹也是個一品誥命，按品級，侯夫人應該給我行禮才是，她既是不知禮數，我也不與她計較。沒想到，倒變成了我不分尊卑了，請在座的幾位長輩們評評理，這可是姪媳的不對？」素顏淡淡地看著靖國侯夫人道。

真是老虎不發威，妳們當我是病貓呢！

她這一番話說得好些個夫人們心裡舒坦得很，有幾位夫人可只是尚書夫人，雖也有誥命，卻比素顏的品級低多了，但素顏以晚輩自居，便讓她們很有顏面，而且，方才素顏的那一番話可是把她們都稱作了長輩，並沒有在那要行禮的範圍裡頭。

護國侯夫人氣得臉都發白，但又不好反駁。人說官大一級壓死人，御史又最是喜歡拎著這些瑣碎說事，要真往御史那裡告，她還真沒什麼便宜可占。這會子，在亭子裡頭的幾位夫人都看著她，讓她好生沒臉。

偏生素顏還冷冷地看著她，又說了一句。「侯夫人，皇上就在那邊，相信皇上身邊也有御史大人在吧。」

這是在逼她行禮？一旁的靖國侯夫人也好生氣惱，但是，她也比素顏低了一級，她家就閣老夫人是一品的，她是二品，若為護國侯夫人強出頭，只怕也會連累得要給個晚輩行禮呢，她只好也閉了嘴，不再說話。

東王妃和壽王妃、陳王妃幾個原是叫了素顏過來，想看她的新鮮東西的，沒想到，這位護國侯夫人也太掃興了點，明擺著連皇上都對素顏青眼相看，她又何必自討沒趣？不如讓她出出醜的好。

壽王妃更是對護國侯母女頭疼，她女兒在那邊鬧，她又在這邊鬧，今兒可是自己家來辦宴會呢，也太不給自己面子些，可她作為東家不開口打圓場，其他人就更不作聲了。

護國侯夫人被大家團團盯著，心裡氣得快要爆了，可是，沒一個人給她臺階下，而素顏的神情又是一副絕不退讓的樣子，一雙清冷的眼睛冷峻無情地看著她。

「怎麼？夫人不知道大周的禮儀規矩嗎？不若讓本夫人背上幾條給妳聽？」素顏微瞇了眼對護國侯夫人道。

護國侯夫人氣得猛然呼著氣，突然眼一翻，也暈了過去。素顏沒料到這對母女都用同一招，不過，司徒蘭怕是真的氣暈了，而護國侯夫人則是裝暈逃避呢。

這時，靖國侯夫人大驚小怪地說道：「啊呀，妳這孩子，看把侯夫人給氣的，王妃，還是請人來扶了侯夫人去歇著吧，她這……」

壽王妃聽了，這才驚訝地說道：「唉呀，怎麼這兩母女都有心悸病啊，是遺傳的嗎？快，快抬到客房裡去。」心裡卻好生厭煩，一下子在自家的宴會上暈倒兩個，知道的，是這兩母女自己鬧事，不知道的，還以為自己這宴會招待如何不周呢。

護國侯夫人走後，亭子裡氣氛便輕鬆多了。東王妃早就按捺不住，過來問素顏養顏的方子。

素顏笑道：「您啊，皮膚比我們這些年輕人都細嫩呢，您現在就是要補水，要防皮膚乾燥，若是園子裡頭種了黃瓜呀，可以搗碎了拿來敷臉，保准您越活越年輕。再有啊，就是得鍛鍊，一會子有空，姪媳教您練練一種能強身健體，又能養顏的操做做，生命在於運動呢。」

「有這種操嗎？沒聽說過。」邊上的陳王妃聽著就來了勁，她比東王妃年紀還大呢，自然也是想養身的。

「有啊，叫瑜伽，能讓您保持苗條的身段，堅持下去，還能祛病強身呢。」素顏笑道。

有幾位夫人的身材可是有些發胖了，一聽這話，更是心裡發癢，巴不得素顏立馬就教了好。東王妃是個溫婉沈穩的性子，如今女子講究的就是貞靜賢淑，練操……好像不太合規矩呀。

「這操可以在府裡頭找個清靜些的小屋子練習，或者一個人，在床上也能練的。」素顏像是看穿了東王妃的心思，又補了一句。

東王妃聽了，思路就活絡起來。在床上練，那就不怕被人看著不雅了，於是也道：「那好，唉呀，可惜今兒個沒時間啊，姪媳，明兒個我下個帖子到妳府裡頭去，請妳到我京裡的府裡來作客，妳可不能推辭啊。」

邊上的陳王妃聽了就不樂意，道：「妳既是請她，那便把我們幾個一起請了進去吧，怎麼有好事就一個人占著呢，大傢伙兒可都想學呢。」

素顏聽了笑了。「幾位世嬸不用著急，哪天姪媳下帖子請幾位到寧伯侯府來作客吧，姪媳一定讓您們包學包會啊。」

「母妃，嫂嫂這是要教您什麼？孩兒只聽了一句，生命在於運動呢。」一個溫潤又極富磁性的聲音在亭間響起。

第一百零二章

素顏好生詫異，一抬眼，卻觸到一雙湛亮如晨光的眸子，那眸子深邃明澤如湖，像是帶有魔力，要將她的靈魂都吸進去一般。

她心頭一震，忙收回目光，就聽東王妃道：「晨兒，不是快輪到你表演了嗎？你怎麼過來了？」

「孩兒看娘親這邊好生熱鬧，就過來走走，不承想，就聽到世嫂說生命在於運動的話，細想來，這話倒是很有道理啊，娘親，您可真該聽世嫂的，多運動運動，對身體有好處。」東王世子冷傲晨笑容和煦溫暖，磁性的聲音聽在耳裡如沐春風。

東王妃聽了笑道：「可不是嘛？為娘正跟葉夫人說，要請她到咱們府裡頭去教娘那什麼……操呢，她說能養顏健身，只是就怕她沒時間，抽不出空來呢。」

冷傲晨聽得黑眸一亮，微笑著對素顏道：「世嫂，王府在京城郊外有一座別院，緊鄰含香山，山上還有溫泉，過一陣子，梨花白、杏花紅的時候，世嫂難道不想在梨花樹下彈奏一曲嗎？到時也請世兄為妳舞劍，小弟為妳伴簫，豈不好生快意？」

素顏還從沒聽人如此邀請人過，這分明就是在誘惑，若他不是提到了葉成紹，素顏還真是會懷疑這位東王世子居心叵測呢。

她還沒想好要如何回答，東王妃又道：「是啊，含香山上氣候溫暖適宜，姪媳，妳可以帶著妳幾位妹妹一同去玩耍，到時，我把明英和妳壽王伯伯家的幾位小姐們也請了去，你們年輕人好生遊玩一番嘛。」

一旁的壽王世子妃聽得眼睛瞪得老大，搖著東王妃的手，撒嬌道：「呀，王嬸，不帶這樣的呀，姪媳就站在您身邊，您說來說去，也沒說要請姪媳去，太偏心了啊，我也要去。」

陳王妃聽了也道：「說得是，我們幾個老的也坐在這裡呢，都想著請世姪媳到家裡去，教我們那個什麼操……來著，弟妹妳私心太重了些，請年輕人，也沒說把我們這幾個老婆子一同請了去？」

東王妃聽得掩嘴就笑，回過頭來看了一眼道：「那便說定了，今兒我就把在座的一併都請了啊，就二月十八，那天我在含香山別院裡恭迎各位光臨，尤其是寧伯侯府世子夫人，妳若要不來，哼，我們幾個老的，就打到妳寧伯侯府去。」

陳王妃、壽王妃還有幾位夫人全都齊聲附和。東王世子冷傲晨道：「世嫂，妳再不答應，幾位嬸嬸們可會吃了妳的。」

話都說到了這分上了，素顏還能不答應嗎？而且，她原也是打算著要與這些朝臣貴夫人們搞好關係的，這也正是她想要達到的效果，自然是乖巧地點頭應了。

一時，幾位貴夫人都高興起來，東王妃便一一跟幾位夫人道：「各位家裡的公子、小姐，那天可都要去喔，年輕人就該湊在一塊兒熱鬧著才有意思呢，我們幾個老的，除了讓葉夫人教那個什麼操外，就看著那群年輕人樂和了。」

幾位夫人一聽，自然是更高興了。壽王梅花宴原本就是為了相親來的，今兒很多年輕人都是頭回見面，也不知道有幾對能看對眼，若是再去東王府別院裡多聚聚，保不齊就能多成幾對，而且能去東王府的，都是家世顯赫、身家清白的，尤其是家裡有適齡姑娘的，有東王世子如此一位人物在，對下次的宴會更是期盼得很，巴不得東王妃就能瞧上自家閨女才好。

而素顏心裡也打著小算盤。她最為掛心的就是素麗的終身大事，侯府裡頭，文英的身分也不太高，文英為人爽朗，性子謙和直率，比起劉姨娘的另外兩個子女來，品性純良多了，她很希望文英能有一個好歸宿；而文嫻和文靜兩人畢竟都有嫡女的身分，將來的婆家肯定不會差，只是能不能真合得了她們自己的心意，那就要看她們各人的緣分了。

不過，如今看來，文靜似乎對上官明昊很有意，但上官明昊今兒個看著總感覺失魂落魄的，也不知道是真的對自己不能忘情，還是在那裡故作深沈，總之，感覺他和文靜怕是未必能成。

至於文嫻，她喜歡的這位東王世子也太出色了些。她看得出，司徒敏好像對東王世子很是青睐，加上壽王府的二姑娘看東王世子時，都是含羞帶怯的樣子，誰都能看得出來那心思，只是這東王世子怕是眼光不一般……

正在思慮著，就聽中山侯夫人笑道：「到了那天，我家昊兒也會去，晨兒世姪，你可要多陪陪昊兒，他最近不是太打得起精神來，心情不太好。」

冷傲晨見素顏應了約，便垂眸看眼前的女子蹙眉深思，神情看著靜謐，但眼珠子卻是不停轉動著，眼裡的笑意就更深了，恍然聽到中山侯夫人喚他，他微微一怔，隨即溫和恭敬地回道：「明昊兄性情向來灑脫，夫人不必介懷，姪兒與他原就是至交好友，難得來京一趟，正是要明昊兄陪姪兒多在京城裡走動走動呢。」

中山侯夫人聽了便看了素顏一眼，眼光微閃，點了頭道：「那便多謝世姪了。」

素顏顧自想著事情，這會子聽到中山侯夫人說話，心頭一緊。不管上官明昊如何，侯夫人對自己終歸是好的，她有些汗顏，今天有些忽視中山侯夫人了，上官明昊心情不好，侯夫人定然也很揪心吧。她不由回頭，歉疚地看著中山侯夫人道：「伯母，姪女兒給您備了些禮，原是想著今天帶來，又想著這樣送給您不太禮貌，明兒個姪女兒親自登門送到府上去吧。」

侯夫人聽了眼裡露出一絲苦笑，微搖了搖頭，示意她不要在這個場合說。素顏能拿得出來的東西必定是新鮮的，只要一說出口，在座的夫人們肯定都會想要的，她不想給素顏添麻煩。

素顏明白她的意思後，更覺得鼻子發酸，走到中山侯夫人身邊挨近一些坐了，眼裡泛出一絲淚意，依在中山侯夫人的懷裡，柔柔說道：「伯母，對不起，素顏不是故意的，素顏不想您不開心的。」

中山侯夫人嘴角噙著一絲苦澀，輕輕撫摸著素顏的頭，道：「姻緣天注定，這也是沒法子的事情，怪只怪……明昊他沒福氣，當初沒用心，如今再後悔……卻是晚了。孩子，這不是妳的錯，妳如今就像一朵耀眼的雪蓮，妳越是開得燦爛，他便越是心痛，我這做娘的，其實真的不想他再看見妳啊，可是……我又不忍心看他沈淪下去。孩子，妳要是真的心疼伯母，就幫我勸勸明昊吧，讓他死了那份心思。」

素顏聽得心中更酸。上官明昊的話她可以不信，但是中山侯夫人的話她還是信的，如今上官明昊真因自己而頹廢，她真是對不住中山侯夫人，儘管很不想再與那條大尾巴狼見面，但她還是不忍拒絕中山侯夫人。

深吸了一口氣，她仰起小臉對中山侯夫人道：「這種事情得快刀斬亂麻，就像割毒瘤一樣，如果要斷根，就必須下重手，會很痛，夫人，您到時不要怪我對他無情，只有這樣，才能救他。」

侯夫人聽得一震，眼裡浮出一抹痛色，微帶了一絲哀求的口吻說道：「妳……妳就看在我的面上，對他溫和一些吧……」

「溫和只會害他啊，伯母，我又嫁為人婦，與他是不可能的了……好吧，我會委婉一些的。」素顏被侯夫人眼裡的哀痛給打敗了，只好妥協道。

侯夫人聽了才略感安慰，臉上帶了笑意，將素顏額前一綹秀髮輕撫到耳後，深深地看著她道：「妳這孩子，對明昊多有誤會，當時若肯將心裡的話全都說出來，也不至於弄到現在這個樣子。妳如今過得並不輕鬆，若是妳能給我當兒媳，我哪裡捨得彈妳一個指甲啊。」

素顏聽得心一滯，曾因上官明昊而變得堅硬的某處頓時融成了一潭春水，緩緩在心間流淌。是啊，也許，當初上官明昊不是那麼花心，不是那麼自以為是，若是肯對自己多用幾分心思，或許，她會嫁入中山侯府，與夫人會成為一對關係和睦的婆媳，更不會像在寧伯侯府一樣，面對四伏的危機，她……確實過得很辛苦。

本就泛濕的眼淚，終於盈眶而出，哽聲道：「伯母，您別說了，是素顏福薄……」

素顏與中山侯夫人兩個小聲說話，兩人臉色都有些悲傷，邊上的夫人們雖然沒聽清楚她們在說什麼，但也感覺到她們之間深厚的感情。像藍素顏這樣的女孩子，沒能收為兒媳，別說是差點成為她婆婆的中山侯夫人，就是她們幾個頭回見著的，也覺得有些惋惜。東王妃看著中山侯夫人的神情，就忍不住想起了冷傲晨，抬頭看了眼一旁靜坐著的兒子，果然見兒子的神情雖然淡淡的，眼睛卻是看向了那個女子，眼底帶著一抹探詢、若有所思之慼。王妃心頭一緊，暗暗喟嘆一聲。原想著兒子這一回能在京城找個如意的佳人回去，可是，見過這位寧伯侯世子夫人之後，他的眼睛裡還挾得進別的女子嗎？

好在，那邊世家公子們的表演終於開始了。第一位上場的是郁三公子，只見他手抱古琴，溫文地走上臺，長袍一撩，坐了下來，修長的十指伸展開來，輕撥琴弦，竟是一首〈蝶戀花〉。他啟唇輕唱，清冽乾淨的聲音在梅園上空飄起，詞意是一位年輕的公子對一位女子一見鍾情，卻發現那女子並不知曉，他想對她表白，卻怕女子會拒絕，忐忑不安，又怕會因此失去女子，少年初次萌動的情懷，表達得很是細緻，詞句優美，曲風清新自然，明顯聽出是郁三公子自己所作，在場的少女們都被他的歌聲吸引，原本在一眾的貴公子當中不怎麼出色的郁三公子，一下子也成了小姐們眼中的焦點。

只是，郁三公子唱歌時，一雙溫潤而略帶羞澀的眼睛卻是柔柔地看著某處，那眼神癡然如醉，似乎這首歌就是為那女子所唱。有幾個春思正萌動的少女以為他正看著自己，不由心頭竊喜又羞，忍不住紅著臉低了頭，又忍不住偷偷抬眼回望過去。

一時，郁三公子坐在臺上，被好幾雙眼睛熱辣辣地照射著，他有些羞澀，但眼神不肯躲閃，仍是柔柔地看向某個女子。

有幾個聰慧機靈的小姐便隨著他的目光瞧去，終於發現，郁三公子深情遠望著的，竟是藍家庶出的三姑娘藍素麗，一時覺得跌破了眼鏡。藍素麗雖是長得漂亮可愛，但年歲不大，身子都沒長齊全呢，一副小娃娃的樣子，還是個……庶女，這郁三公子的眼光還真是不一般呢。有幾位小姐便輕蔑地噘了嘴，暗道郁三公子沒眼光，她們心裡不見得看得起郁三公子的出身，畢竟他只是個侍郎之子，但是，哪個少女不希望得到俊男的青睞，巴不得所有男子的眼光都集中到自己身上才好。

此時的素麗卻正微垂著頭，如煙般的秀眉微蹙著，眼中帶著淡淡的憂鬱，根本就沒有看臺上之人一眼，更不知道自己差點成為眾矢之的。而臺上的郁三公子因她的心不在焉，眼神裡便帶了一絲的失落。這種情形看在別的女孩子眼裡，更惹起她們的火氣，有幾個便輕斥了一聲。「裝什麼清高啊，那麼好的男子肯看上她就不錯了，不過就是個五品小官家的庶女，有什麼好裝腔作勢的？」

「可不，要才沒才，要貌也就那樣，像個沒長大的孩子，真是身在福中不知福，可別心比天高、命比紙薄啊！」

「就是，真看不慣她那樣子，方才那什麼剪紙表演，就像個教坊裡的女子一樣，半點也沒有大家閨秀的矜持。」

素麗終於聽出那些人是在說自己了，愕然地抬頭，看到邊上不少雙眼睛正在控訴著自己，不解地看了她們一眼，耳朵裡好似才聽到臺上那悅耳的歌聲，抬了眼看過去，眼神便落在一雙略帶欣喜的眸子裡，溫柔中有絲羞澀……還有，一絲的憐惜。

她心頭一顫，憂傷的心弦似是被那多情的眼神給觸動了，不由多看了兩眼，再細聽邊上小姐們的怨責，這才明白自己受人輕辱的源頭在哪裡，一絲的心動立即被惱怒給淹沒，瞪著眼，將身邊的女子一個一個用眼神殺了回去，再抬眼，狠狠地瞪了臺上那自作多情的男子一眼，秀巧的鼻子用力吸了吸，聳一聳，仰頭望天，對著天空翻了個大大的白眼。

郁三公子並不知道自己的凝視讓素麗遭到圍攻，他終於看到她肯抬眼注意自己了，而且，那靈動的圓眼裡還帶了一絲好奇和迷離，讓他的心再一次劇跳了一下，十指差一點就彈錯了一個音符，但，她怎麼又生氣了？還那樣氣狠狠地瞪自己……不過那樣真的很可愛啊。

可憐的郁三公子，不但沒有被素麗的表情給嚇退，反而越陷越深，雙眼都要看癡了。

坐在望梅軒亭子裡的素顏饒有興趣地看著這一幕，眼睛都快笑彎了。她不解素麗的心思究竟是什麼，可是，她很是喜歡這個單純又乾淨的郁三公子，如果素麗能想得通，這個人將來一定會很疼惜憐愛她，跟著他，她一定會得到幸福的。

心機一動，素顏就有了主意——

葉成紹被皇上叫到貴賓亭裡，一見亭子裡滿坐著的都是朝中重臣，劍眉就皺了起來，老大不高興地走上前，給正位上高高在座的皇上打了個千兒。

「微臣給皇上請安。」眼睛瞟著邊上的大臣，就有些不自在。這群老東西不會又在打什麼鬼主意吧？他可是在為皇上辦差的半途跑來看他家娘子的，這裡狼太多，他要守好才行。

「紹兒，朕看你好生悠閒自在，可是也給朕和列位臣公們準備了一個好節目？」皇上看他那吊兒郎當的樣子就有些生氣，剛才為他老婆舞劍的時候，勁頭可足著呢，一到自己這裡，就這副欠抽的模樣。

葉成紹聽得一震。壽王根本就沒有邀請他，他這幾日也是為兩淮貪墨案忙得焦頭爛額，哪裡有準備什麼表演節目，皇上這不是故意拿話斥他嗎？

「回皇上的話，微臣方才已經表演過了，您不是還大加讚賞，封了臣妻第一名嗎？」葉成紹沒好氣地回道。皇上明明看見了自己的表演，還要明知故問，想罵就罵吧，別藏著掖著找理由了，直接點。

「那也是，世子爺方才那套劍舞，配上世子夫人那鏗鏘激昂的曲子，還真是完美絕倫的表演啊，郎才女貌，好一對神仙眷侶。」一旁的工部尚書晃晃胖胖的腦袋，笑著說道。

這話葉成紹愛聽，他拍了拍劉尚書的肩膀道：「好眼光，劉大人有前途，您的眼光是今兒這場子裡最好的。」

這話聽得劉尚書一身冷汗，被拍的肩膀上像壓了千斤重擔。倒不是怪葉成紹沒大沒小，而是皇上在場，還有一眾位高權重的同僚也在，他哪裡敢自認眼光最好啊，那不是把皇上也給比下去了嗎？這寧伯侯世子果然是個不好相與的，誇誇他都不行。

皇上原本被葉成紹的話給氣著，結果一看劉尚書那像吃了死孩子的驚嚇樣，心情又好轉起來，唇角忍不住就勾起一抹笑意，瞪了葉成紹一眼道：「沒大沒小的，劉尚書可算得上是你的長輩，你那爪子拍哪兒呢？」

葉成紹渾不在意地長臂一伸，勾了劉尚書的肩膀道：「尚書大人，小姪感覺與您意氣相投，不若結拜為兄弟吧，忘年交也行啊！」

真是胡鬧，這寧伯侯世子還真是紈袴依舊，誰說他是司安堂的少主來著，此等頑劣品性也能擔那大責？一旁幾個老大臣的心裡就有了疑惑。

最近朝野內外盛傳寧伯侯世子可能就是那司安堂的少主子，一干心中有鬼的大臣們便開始對葉成紹有了防備，更是忌憚於他，做事也小心謹慎了好多，令得葉成紹好些個部署又要改動，有些案子停滯不前，很難完結。

劉尚書都快要哭了。他可是與寧伯侯同輩啊，葉成紹比他兒子還要小上幾歲呢，一下子就降了一級，這什麼人啊……

「喔，大人您不同意啊，那算了，反正我與世兄也是好兄弟，那就不用與您再結拜了。」好在葉成紹也沒有繼續為難劉尚書，很快就從善如流地說道。

劉大人算是鬆了一口氣，可是怎麼聽這話都覺得彆扭啊，明明跟自己兒子是好兄弟，那還要跟老子結拜？要不是皇上在，真想問候他家母親。劉尚書在心裡罵道。

「劉愛卿，這傢伙就是個混蛋，別理他就好。」皇上在一旁看著就好笑，安慰了劉尚書一句，又對葉成紹道：「你不表演，跑來做甚？不是怕你老婆被人搶了吧，我說你有些出息好嗎？成日遊戲紅塵也就罷了，怎麼好不容易討了個老婆，又開始圍著老婆轉了？」

葉成紹聽了，硬著脖子道：「皇上，不帶這樣的，您可是九五之尊，什麼老婆不老婆的，忒俗，一會子臣也去宮裡，找臣那親姑姑問問，平日您也是這麼著叫她嗎？」

老婆一詞，只有鄉下粗野小民夫妻之間才會用到，皇上如此稱素顏，讓葉成紹有些惱火，素顏是他的逆鱗，是最值得敬重的人兒，就是皇上，也不能用如此嘻笑的語氣調侃她。

「死小子，就你那痞賴的模樣，朕要用什麼語氣同你說話？你平日間不就是這個調調的嗎？這會子自個兒的老婆自個兒看得起了？」皇上沒好氣地罵道，眼裡卻帶了一絲寵溺之色，看葉成紹的臉越發黑了，也懶得再逗他，正了色道：「你也收收心吧，再過半個多月，就該動身去淮安了。你那老婆……喔，你那夫人倒真是個人才，兩淮治水可是大事，朕可是寄予你很大的厚望。」

葉成紹聽得一震。讓他做欽差大臣去治河的意思，皇上雖早就有了，但一直沒有正式同朝中大臣商議過，今天突然在這種場合提出，皇上是何用意？

第一百零三章

果然，一邊的重臣們聽了這話面面相覷。治河是何等國家大事，葉成紹可是一介武夫，又是不學無術、放蕩無形至極的人，他能勝任此等關乎國家民生的大事？皇上這提議也太草率了吧，就算再疼愛葉成紹，想扶他一把，也不能拿國家大事、百姓民生做賭注啊！去年兩淮災情就嚴重得很，幾十萬百姓遭災，很多人家流離失所，如今已有流民竄到了京城，給京城治安造成很大壓力了，民心已有動盪，如今正是安撫民意、清理政事之時，皇上不派重臣去重新治理淮河，卻弄一個如此不著調，幾乎一無是處的人去主理，也太過冒險了吧？

頓時，陳閣老就走了出來，向皇上一揖，道：「稟聖上，老臣覺得世子雖然武功卓絕，才華……很好，但到底年輕，未經歷過大事，怕是難當此大任。」

另一邊的壽王也是點頭道：「此事確實有些不妥。成紹這孩子雖有股子衝勁，但對水利怕是不太熟悉，還是請皇上三思而行。」

工部尚書劉大人更是苦著一張臉，像死了老娘一樣對皇上一揖到地。「皇上……世子爺他……真的會修水利嗎？」

只有護國侯力挺道：「各位大人，凡事不是一蹴而就的，誰也不是天生就會修水利，總要給世子一個機會不是，年輕人就該在大事中歷練。」

皇上聽了，雙眸如電，靜靜掃視了兩旁的大臣一眼。還好，護國侯很知趣，並沒有當面反對，但這話明著聽像是贊同，實際卻是暗中反對。什麼叫給個機會歷練，水利大事也是能給年輕人練手的嗎？

不過，他仍不動聲色，一副若有所思狀。果然，陳閣老見皇上似有鬆動，又道：「朝中工部水利大臣不少，比世子有經驗、有才華的大有人在，皇上請三思。世子要歷練也是應該的，但不能當主事官員，讓他跟著有經驗的老臣去學習觀摩幾年，將來必然能成國之棟樑。」

言下之意，葉成紹現在根本不是人才，根本不堪重用，不能擔當治水大責。

沒一個人看得起自己，葉成紹好生惱火，斜著眼睛看著陳閣老和工部尚書，冷哼一聲道：「本世子爺人還沒去，做都沒有做過，你們憑什麼就說爺做不好？爺原是遭不得那罪的，這會子還偏要去做這勞什子治河大臣去，爺就非要做出些事來給你們幾個沒眼力的老東西看看！」

這話可謂是狂妄無禮至極，不但把一干反對他的老臣們罵了個遍，對皇上也很是不敬重。治河大臣也說成是勞什子了，如此邪戾之徒豈能堪以大任？

陳閣老先前說話還算委婉，聽了這話後也是怒髮衝冠，老臉氣得通紅，怒道：「豎子，好生無禮！蔑視我等老臣也就罷了，竟然連皇上也敢輕視？不要仗著有皇后娘娘撐腰，就可以如此無視國法，冒犯天顏。」

一旁劉大人不敢罵葉成紹，但他也很是氣憤。方才葉成紹就讓他好生沒臉，這會子又罵他是老東西，臉就更是掛不住，也小聲附和道：「世子也太過不知輕重了些，治河是何等大事，豈能意氣為之？那可是關乎幾十萬百姓生存的事情啊。」

護國侯還算好，關切地看著葉成紹，好言勸道：「世姪，你言語上注意著些，可不能再如此衝撞皇上和幾位大人了。」

皇上一直沒有開口，但看葉成紹的眼神裡多了幾絲玩味。這小子如此是在裝，還是真的這麼囂張狂妄？也好，只要他順著自己的意思來就行，管他是裝還是真的。他仍是沈住氣，看葉成紹要如何應對陳閣老的斥責。

「你是豎著的還是橫著的？不過，你想要橫著也成，爺打你一頓，讓你橫著說話。」葉成紹陰厲地看著陳閣老。這老東西還真是會借勢，明知自己罵的就是他，不但把皇上給拉了進來，還把在座的幾位大臣都拉進來。哼，人說穿鞋的就怕光腳的，反正自己的名聲是臭的，也不怕再添一劑臭味進去。說完就走上前去，長臂一伸，就拎住了陳閣老的領子，將他像提小雞一樣地提了起來，舉得高高的。

陳閣老大驚，雙腳懸空，脖子間也勒得生痛。他可是朝中一品大臣，兩朝元老，朝中首輔，哪裡被人如此污辱輕視過？而且還是個後輩小子，當著皇上的面就敢對他動手，真真無法無天了！

「大膽逆賊，敢對朝廷重臣無禮，當誅九族！」他一急，說話也就不顧了。

護國侯原本在葉成紹動手之際就想要阻攔，但他精明地發現皇上好像在放縱葉成紹，便故意慢上一步才走上前來。這時，陳閣老已經被葉成紹拎在手裡舉起來了，他便一副投鼠忌器的樣子，站在一旁警惕地看著，勸道：「世姪，快快放手，不要傷了閣老。」

「他自己想要橫著，爺還沒順了他的心呢！老東西，斬爺的九族，你知道爺的九族都是些什麼嗎？你以為你是誰，當個閣老就以為登天了？冒犯你就要斬三品世子家的九族，你可是快跟皇上平起平坐了啊！」葉成紹拎著陳閣老，手一抖，將他轉了過來，斜著眼，渾不把他的話當一回事。

陳閣老被勒得透不過氣來，臉都白了，說話也有些卡了音，但他這會子突然警醒過來。自己方才一氣之下說錯話了，這小子的親爹就在座，自己竟然要滅他九族，他的九族別人不清楚，自己可是最清楚的，自己那話才是真有謀逆之罪啊！

一時，他又痛又羞又氣又害怕，兩眼不停就往上翻，一副要暈過去的模樣。

皇上終於開了口，瞪了葉成紹一眼，喝道：「胡鬧！還不把閣老大人放下來，你這小子，越發任性了。」

葉成紹這才算是給了皇上面子，手一甩，將陳閣老扔在了地上，還氣呼呼地瞪了他一眼。

陳閣老被摔了個四仰八叉，老臉算是徹底丟盡了，一時悲憤交加，掙扎著站起來，垂了頭就往一旁的亭柱子上撞去。

葉成紹眼疾手快，早料到他有這一招，一閃身就抓住了他背上的衣服，又把他拎了起來，再次扔在了地上。護國侯和劉大人幾個看這形勢會越鬧越大，兩人再不裝樣，忙上前去扶住陳閣老，勸道：「老大人，何必跟個小孩子計較，他那性子全京城都知道，您氣壞了身子可真不值得。」

「是啊，他連宮裡的妃子們都敢捉弄的，您跟他這渾人計較做什麼？算了，別氣了。」

「皇上，老臣今日受此大辱，老臣不甘啊，您讓老臣死了乾淨吧！」陳閣老實在是覺得太沒臉了，不找回些場子，將來還如何統領百官？有誰還肯尊重於他？

皇上這才怒道：「來人啊，把這無法無天的小子拖出去，打……二十軍棍。」

一直站在一旁沒有作聲的兵部尚書聽了這話，忙走出來攔住道：「皇上不可啊，您不是要讓世子去治理淮河嗎？世子爺生性頑劣，但不過是小孩子性子，他是與閣老大人開玩笑呢，您要是打傷了他，讓他如何治淮？」

陳閣老原就聽皇上只是打葉成紹二十軍棍，便氣得吹鬍子瞪眼，這會子連二十軍棍也有人說情，更是氣了，仰天愴然哭道：「皇上，律法可是治國之本，不能徇私枉法啊！老臣被打不要緊，但以後都學這豎子之行，那朝堂上一有政見不一時，便大打出手，那還不亂成一團？綱常何在，朝廷威嚴何在！」

老東西還真會扣大帽子。皇上皺了皺眉。今天這頓打怕是不能免了，形式總是要走的。他不由瞪了葉成紹一眼。這傢伙做得也太過了些，意思意思就成了，還真動上了手，這會子討打了吧。便板著臉斥道：「你們都別勸朕，朕今天非要教訓教訓這臭小子不可，來人，拖下去，打二十軍棍！」

卻說素顏坐在望梅軒亭子裡，看著郁三公子對素麗一片情深，腦子就轉得飛快，正想著要怎麼拉攏素麗和郁三公子，抬眼看到侍郎夫人正坐在中山侯夫人的另一邊不遠處，她便回過頭，對郁夫人甜甜一笑。

郁夫人原就提過要與藍家聯姻，這會子見兒子也對素麗有意，心下歡喜，但她也精明地發現素麗似乎對自家兒子無意，心頭不由著急，再見素顏對她一笑，她立即明白了素顏的意思，主動走過來，挨了素顏坐下。

「今日夫人的風采可是蓋過群芳啊，想來藍家果然是百年望族，教出的女兒出類拔萃，令眾人傾倒，夫人家的妹子也是美麗靈慧得很呢。」

素顏簡直和郁夫人一拍即合，笑著說道：「郁夫人過獎了，令公子也是一表人才、性子溫文，只怕我那娘親見了也是很喜歡的。」

郁夫人聽得大喜，忙接了口道：「只怕敝府身分太低，學士大人會看不上呢。」

「哪裡，我家老太爺看重的可就是人品，再說，侍郎府也是清貴之家，兩家是再合適不過的。」素顏笑著說道。

心想，這事只要郁夫人先去提親，老太爺應了，素麗那裡，自己會想辦法說服的。

「那敢情好，回去我便找媒人上門，夫人可要為我那不肖子多多美言幾句啊。」郁夫人笑容可掬地說道。

兩人相談正歡，便見郁公子表演完畢，臺下掌聲熱烈，還有幾位大膽的小姐還使了丫鬟上前去送梅枝，郁三公子的人氣可見一斑。

這時，該劉尚書家的二公子上臺表演了，卻見二皇子和陳王世子、壽王世子都起了身，向貴賓處走去，神情有些急促，正要上臺的劉二公子也放下手中之劍，竟然也跟了去。這下，臺下有些譁然了，不知道貴賓處出了什麼事。

上官明昊對望梅軒深深凝望了一眼，擔憂地看著素顏。素顏好生詫異，卻見東王世子也飛身掠起，向貴賓處走去。

東王妃忍不住便問：「出了何事？那邊不是……皇上也在嗎？那幾個小夥子怎麼都往皇上那邊去了，連表演也停了？」

這時，壽王家的家僕走近壽王妃，在壽王妃耳邊小聲說了幾句，壽王妃大驚，回看便擔憂地看向素顏。

素顏被他們看得心裡發毛。葉成紹是被皇上召了去了，不是那廝出了什麼事吧？心裡一急，就站了起來，也想往那邊去。中山侯夫人忙攔住她道：「妳做什麼，那是男貴賓區，有嚴兵把守，妳不能過去。」

素顏心中擔憂，生怕葉成紹犯了什麼事，皇上對他……可不是很仁慈啊，他已經遭受遺棄，若再受苦，不知道那顆千瘡百孔的心，何時才能癒合？

葉成紹聽皇上果然要打他，他不怒也不掙，只是靜靜地看著皇上，眼裡古井無波。他早就知道皇上想讓他做孤臣，不想他與朝臣關係太好，所以他便順了皇上的意，故意對幾位大臣無禮。這麼些年，他不管做得如何無禮，如何任性混帳，皇上從來都沒有打過他。他對陳閣老動手，也著實是借勢而為，自己之所以落到如今這個不尷不尬的田地，這老東西當年可沒少出力，陳家是他的宿敵，他早就想出出氣了，所以才做得出格了些，皇上真的要打他？

皇上與他對視，眸光凌厲威嚴。這樣的葉成紹讓他有些難以拿捏之感，讓皇上看了並不舒服。這小子，越來越不聽調擺了，是得治上一治。於是沈聲道：「還不拖下去？」

立即上來兩個宮廷侍衛，真的上前來押葉成紹。葉成紹兩手一甩，冷聲道：「不許碰爺，爺自個兒走。」然後，冷冷地看了皇上一眼，逕自向臺下走去。

這時，東王世子已經過來，看到這情形心中一凜，也不知道是為何事，皇上要打葉成紹。二皇子也趕到，忙上前攔住侍衛。「稍待片刻！」

他大步走進亭子，向皇上行了一禮後，問道：「父皇，為何要打成紹哥哥？」

陳閣老氣得大聲道：「他敢當眾毆打朝臣，皇上只是打他二十軍棍，難道二皇子還要抗旨不遵嗎？」

陳王一直沒作聲，這會子見二皇子上臺來，忙一個勁兒地對他使眼色，讓他不要摻和。

二皇子一見這情形，也知道不好再勸，只是不解地看著皇上。皇上可是從來沒有重罰過葉成紹啊，倒是自己，打小一點事情做錯，就會被皇上責罰……

「皇兒退下，今天誰來說情也不行。」皇上語氣雖冷，眼中卻有暖意。二皇子肯維護葉成紹讓他覺得很寬慰，畢竟是兄弟，要友愛才行，可不能落井下石。

東王世子見了這情形，估計葉成紹這頓打怕是攔不住了。他與葉成紹並不太熟，但是，腦子裡立即浮現出先前葉成紹與那女子牽手下臺時的甜蜜身影，葉成紹受傷，那個如仙子一般精靈慧巧的女子怕是會傷心的吧……

於是縱身一躍。人群裡，只有他轉身回到望梅軒的亭子，看著素顏欲言又止。素顏正擔著心，見壽王妃幾個看自己的眼神都有些躲閃，知道她們怕是不會對她說實話，這會子見東王世子從那邊過來，也用那種眼神看自己，她也顧不得禮節，走向前去顫聲問道：「世子，可是我那相公出了事？」

東王世子的眼裡泛起一絲波瀾。她真的好生關心葉成紹……心裡莫名就有些苦意，但還是不忍她擔心的樣子，點了頭道：「皇上要打世兄二十軍棍。」

素顏心頭一震。二十軍棍！軍棍比板子更能傷人，皇上他……也打得下手，那可是他的……傷了身很快能治好，怕就是他的心傷更重，那廝看著玩世不恭，可是，有誰知道他的苦，連親生父母都不肯認，養母也視他為眼中釘，兄弟姊妹都對他有怨……不行，不能讓他挨打！

「請你幫我，我要過去。」素顏不禁抓住了東王世子的衣袖，小聲哀求道，眼裡滿是焦急和心痛。

素手輕拂在他的衣上，冷傲晨渾身一震，垂眼看她眼中泛起淚珠。彈琴歌唱時那樣英氣勃發，原來，為心上人擔憂時，她也如此柔弱堪憐。他無法拒絕她的要求，點了頭道：「世嫂請隨我來。」便抬腳先走。

葉成紹出了亭子，侍衛要將他按到地上去，他回頭冷冷地橫了那兩名侍衛一眼，侍衛心頭一凜，忙放開了，但手中的軍棍卻是高高舉起，就要打落——

「住手，誰敢打我相公！」

一聲嬌斥傳來，就見一個俏麗的人影像一陣風似地捲了過來，嬌小的身子就攔在了葉成紹高大的身影面前。

第一百零四章

葉成紹站直著身子，正等著那軍棍的落下，心頭一陣悲涼。

原本以為，這麼些年來，那個人會對自己有了愧疚、有了親情，虎毒不食子，可是在他的心裡，權勢江山比起自己這個原本就遺棄的人來，算得了什麼……兒子於他來說，也許只是棋子、工具……

那拿著軍棍的侍衛將軍棍舉得老高，正要用力打下去時，眼前的受刑之人突然變成了一個溫婉美麗的女子，那軍棍堪堪落在素顏的腰間時，便生生停住了，勁風仍將素顏的裙裾吹得飄起，但她嬌柔的身子筆直挺立在葉成紹身前，清亮的眸子裡帶著憤怒的譴責，那侍衛的軍棍就頓在了手裡，再也提不起來。

「娘子，妳做什麼？」葉成紹荒漠的心靈裡像被注入了一股清泉，素顏那一聲嬌喝就像天降的甘霖，他悲涼的心頓時溫暖起來。他轉過身，見她嬌弱的身子堅定地擋在自己身前，張開柔弱的雙手護衛著自己，心裡頓時像是打翻了蜜罐，甜得他的五臟六腑、四肢百骸都充溢著幸福，連身上的每個毛孔都覺得舒泰起來，一把將眼前這個小女人攬在懷裡，臉上笑得春光燦爛，哪裡有半點受刑之人的痛苦之色？

親生父母遺棄又如何，養母算計又算得了什麼，那些人既是放棄了他，那就全滾蛋吧！

他不強求了，他只要有她就好，有她，就有了天下。

「傻娘子，這軍棍要是落下來，會打傷妳的。」葉成紹將素顏擁在懷裡，甜蜜幸福的同時一陣後怕，感覺背上都出了冷汗。他的傻娘子啊，竟然為他攔軍棍，知不知道軍棍比板子會強上好多倍，一棒子下來，她那嬌弱的身子怎麼受得住？

「不怕，我不能讓他們傷著你。」素顏自葉成紹懷裡抬起頭，心疼地看著他的臉，伸了手，撫著他光潔而明亮的額頭，憂急地問：「你……可有哪裡受傷？」

葉成紹低著頭，臉上洋溢著甜得膩死人的笑容，渾不在意地說道：「沒有，娘子擋著了呢，沒打得下來。」一滴清淚卻是盈上了眼眶，聲音也有些哽咽。

「沒有就好，走，咱們回家去，不待在這裡了。」素顏鬆了一口氣，牽起他的手道。

「好，回家去，不待在這裡了。」葉成紹像個乖寶寶一樣，任她牽著，真的就跟著她往外走。

東王世子冷傲晨護著素顏走了過來，離那行刑之處還有一段距離，身邊的女子突然就提裙發力跑了起來，像一陣風一樣，向那個正要受刑的男子撲了過去，在那軍棍正要落下的一瞬間，堪堪攔在男子的身前。

寒風吹過，那女子裙裾翩翩，柔弱得似要隨風而逝，偏生她一臉堅毅，穩穩地、堅定地攔在了那男子的身前，大膽喝道：「誰敢打我相公！」

冷傲晨的心突然就一陣酸澀。人海茫茫，他遇到了她，相逢不過一日，他便看到了她才華橫溢，聽到了她高亢激揚的歌聲，感受到她如男子般的英烈，求他時的楚楚可憐，柔弱得連他的心都為之軟化。此時，再見她勇敢、大膽的一面，讓他震驚，更讓他失落……葉成紹臉上那甜得膩人的幸福此刻讓他感覺好生討厭，更是……好生嫉妒。

她怎麼可以、怎麼可以對那個男子如此深情，如此為他不顧一切，那個男子，真有那麼好嗎？

冷傲晨有生以來，第一次如此嫉妒一個男人，心裡酸成了海，偏那男人還笑得春光燦爛，笑得那麼欠抽。

晚了，太晚了，遇到了又如何，終究是晚了。他是遲到的人，也許只是遲到了一個月，也許，只是遲到十幾天，但是，不管是遲到了多久，他……都是後來人。

他從沒想過，遲到二字能讓他如此生恨、無奈，竟像是千斤重石壓在他的心上……

這時，兩個行刑的侍衛終於回過神來。這算什麼事？受罰之人，一下都沒挨著就要走？

「對不住，世子爺，您這……」其中一位伸臂攔住了這對恩愛小夫妻，明明應該喝斥的，但他的聲音卻怎麼都硬不起來，那女子清清亮亮的眼睛淡淡地看過來，眼裡的譴責更深了，好像他犯下了滔天大罪一樣。

另一個卻是大聲喝道：「世子，您想抗旨不遵？」

葉成紹斜了他一眼，冷冷看著他道：「走開。」

侍衛手中軍棍一橫，攔住他道：「皇命在身，請世子成全！」

葉成紹護著素顏，向前逼近一步，沈聲道：「讓開，不然，別怪本世子不客氣！」

話音剛落，守在亭子周圍的侍衛頓時呼啦啦地圍了上來，將葉成紹和素顏圍在中間，其中一名侍衛長身挎長刀，走上前來，聲音還算客氣。「世子，請服刑後再走。」

「我若不呢？」葉成紹此時有種破釜沈舟的壯烈，多年來的怨憤在這一刻爆發，他真的很想試試，那個人，是不是真的就會親自下令殺了他？

素顏緊緊握住葉成紹的手。她很明白葉成紹此時的心情，正是明白，所以才更加心疼。

而此時的上官明昊，發現是東王世子將素顏帶過來的，不由好生惱火。這位世子不好好地待在一邊等著上臺表演，湊什麼熱鬧？不知道那女子最是大膽的嗎？竟然讓她陷入如此危險的境地，那侍衛的軍棍若不是停得及時，真要打下去，她會受得住嗎？

一時又恨。藍素顏，當初把他看成一隻螻蟻還不如，如今嫁給了葉成紹這個混蛋，他何時好生維護過她，只會闖禍，只會胡來，她……竟然把他看得比自己的生命還重要……那是什麼眼光啊……

他真想衝上前去，將那個讓他痛、讓他憐，更讓他愛的女人從那男人的懷裡搶走、收藏起來，偏生她還對那個男人那樣溫柔，呵護備至，好像那個男人受了全天下的欺侮一樣……

上官明昊的雙手再次握緊。這一天裡，他不知道自己有幾次被指甲傷了手心，只覺得，那刺痛不夠激烈，如果有可能，他想拿刀子割裂自己的皮肉，只要能壓過那心碎般的沈痛就好。

可是，錯過了，真的錯過了嗎？當初，究竟是誰的錯，為什麼會到了如今這步田地？這些日子以來，他一遍一遍地問自己，如果當時他第一次見她，就能預料到現在的心痛和後悔，他會將她緊緊抓住，再也不放開。如果，自己能夠態度堅決明朗一些，對藍素情和劉婉如狠心一點，是不是會有不同的結果？

如果……沒有如果……好些事情都不可能從頭再來，他好恨，恨這時間不能倒流，恨這一切都再難挽回……

亭子裡的人終於聽到了外頭的動靜。皇上皺了眉問道：「出了何事？外頭如此喧譁？」

劉尚書聽了便走到紗籠外，轉頭便看到葉成紹正與侍衛對峙，早該開始的刑罰卻是中斷了，而葉成紹的身邊，正是站著那位在今天比賽現場奪得頭魁的女子，好像……是那葉成紹的新婚妻子？

劉尚書眼裡露出一絲古怪的神情，有些莫名。先前葉成紹並未對受刑作何反抗之舉，如今這樣，難道是……那個婦人的緣故？那也……太大膽了吧？

「皇上，葉成紹小賊竟然抗旨不遵，不肯受刑，還想要反出去！」劉尚書正想著，一會子要如何向皇上稟報，卻聽到身後陳閣老拔高了聲音說道，他頓時脖子一縮，很後悔自己剛才怎麼就八卦了，要先跑到外頭來看這事，失策啊失策！

皇上聽得劍眉一挑，眼神凌厲地看著陳閣老。這個老東西，給他點顏色，他就開染坊了，外頭那個人與自己是什麼關係，別人不知，他難道還不知道？

不過看他是兩朝元老，成紹那小子又做得太過，才給他挽些顏面，忍痛打成紹幾下。如今不管成紹如何頑劣，這老東西千不該、萬不該，也不該說成紹那孩子要反的話來。

那孩子只是性子偏激，但本性純良，更是淡泊的性子……死老東西，不知道有些話是不能隨便說的嗎?!

皇上狠狠瞪了陳閣老一眼，轉過頭，便向壽王看去，壽王立即起了身，對陳閣老道：「閣老啊，東西可以隨便吃，話可不能亂說啊。世子爺是個胡鬧的性子，小孩子心性，哪裡知道什麼反不反的？唉呀，您剛才怕是腦子摔壞了，快，別站到風口子上了，進來歇著吧！」

那邊的陳王也很見機地起了身，同壽王一道走了過來，一起挽了陳閣老就往裡走。

護國侯這時也站了起來，向皇上一躬身道：「皇上，微臣出去看看，去把成紹那孩子叫進來。他這會子是強到了，他那性子您知道，最是服軟不服硬的，您可別跟他生氣，為那渾小子不值得。」

皇上冷哼一聲道：「快去，將那臭小子給朕叫進來，朕倒要看看，他是不是想翻了天了，仗著太后和皇后的寵愛，越大越混蛋了。」

護國侯聽了趕緊走出去，一看那陣勢，倒吸了一口氣。侍衛長的長刀都拔出來了，而葉成紹就揚著脖子，任那凌厲的刀鋒舉在他頭上兩尺高的地方，而最讓他震驚的是，他身邊的那個女子，竟然與葉成紹一樣，堅定地站在那長刀之下，臉上毫無懼色。

再不敢遲疑，護國侯大步流星地走了過去，大聲道：「住手！發生何事？」

侍衛見護國侯過來，忙讓開了一條道。護國侯可是掌管御林軍的，整個宮廷侍衛都在他的統領之下，見到他一聲怒喝，那侍衛長立即放下長刀。

葉成紹在宮裡的地位，身為侍衛長的他哪裡不知？只是皇命在身，他不得不執行，而且這世子爺也太囂張了點，皇上那二十軍棍哪裡會真打，不過是做做樣子，這位爺卻是偏生要正面對抗，那不是讓他們這些下面的人難為嗎？

還有這位世子夫人，添什麼亂啊，哪有這麼護著夫君的，從來沒看到過如此大膽的女子，怪不得那歌唱出來激勵人心，拿了武器就能上戰場。

這會子有了上頭的人來了，侍衛長真覺得長吁了一口氣，半點也不遲疑，讓開身子退到一邊去了。

護國侯無奈地走到葉成紹身邊，對他使了個眼色，沈著聲道：「皇上有令，著寧伯侯世子及夫人見駕。」

素顏大鬆了一口氣。雖然是堅定地站在葉成紹一邊，盡最大的努力支持他，讓他知道他並不孤單，不管前面如何凶險，她也會陪著他走下去，但形勢太過緊張，她終是不想他以身犯險的。

好在，他們的堅持有了效果，皇上還是沒有泯滅天良的，終是捨不得他的，她心裡又微微替他高興起來。

葉成紹帶著素顏走進亭子，昂著頭，不肯對皇上行禮。皇上的臉色頓時黑沈下來，瞪著眼看著葉成紹。這小子就不能給朕和他自己一個臺階下嗎？非要把事情弄得下不了臺才好？

素顏一見這情形，鬆開葉成紹的手，上前一步，給皇上行了個大禮。

皇上的臉色這才緩了些，揚了手道：「起來吧，妳怎麼也這麼不懂事，跑過來了？」

素顏站起身來，退到葉成紹的身邊，抬頭直視著皇上道：「回皇上的話，臣婦聽聞相公受難，心中難過，便過來了。」

受難？那小子皮粗肉厚，二十軍棍對他來說根本就算不得什麼，她竟然說他是在受難？皇上聽得一滯，哭笑不得，無奈地說道：「他太過大膽，竟然打了陳閣老，朕不過是依法懲處他而已，哪裡就是受難了？」

一旁的陳閣老見葉成紹沒挨得成打，還那樣桀驁囂張地站在那裡，皇上不但不重罰他，反而與那婦人多說，心頭更是氣恨，冷聲道：「毆打朝廷重臣，還抗旨不遵，皇上，此乃重罪，絕不能輕饒，不然，我大周律法的尊嚴何在，朝廷威嚴何在？此婦人也是大膽妄為，竟然敢公然抗旨，應當以同罪論處！」

素顏聽得冷聲一笑，一副驚詫莫名的樣子，轉了身對陳閣老道：「毆打朝廷重臣？怎麼可能，我家相公最是知書達禮，明是非、重禮法，他怎麼可能會毆打朝廷重臣？」

一亭子的人聽了這話差點被自己的口水嗆到。就葉成紹那痞賴放蕩的樣子，還能被說成知書達禮？全京城誰不知道他最是無賴混帳了，根本就不是個東西，這世子夫人怕是被葉成紹騙娶回家的，不知道他的本性吧，也太胡說八道了些。

皇上也是聽得一滯，更加哭笑不得了。

不過，他隱隱有些期待，想看這藍家姑娘會如何顛倒是非，能把黑的洗成白的？

——未完，待續，請看文創風086《望門閨秀》5

文創風 071 **4**

相公生得俊美無比又腹黑無敵，
她孫錦娘也不差，
宅門速速上手，如今更能使計設陷阱，
一步步靠近幸福將來……

文創風 073 **5**

才剛過一陣子舒心日子，
陰謀詭計又接連而來，
當真是應接不暇，
不過他們小倆口也不能任人欺凌，
如今也要將計就計，反將一軍……

文創風 077 **6**

王府掩藏了十幾年的秘密，
終於一一水落石出，但傷害依舊，
因此她更堅定地要愛，
愛相公、愛家人，
用愛反擊一切陰謀！

文創風 078 **7** 完

終於能見到相公站起來，
玉樹臨風、英姿凜凜，
教她這個做妻子的多驕傲，
等了這麼多年，經歷各種離別，
他們總算能看見
最終的幸福日子……

國家圖書館出版品預行編目資料

望門閨秀 / 不游泳的小魚著. --
初版. -- 臺北市 : 狗屋, 民102.04-
冊 ; 公分. --（文創風）
ISBN 978-986-328-058-3（第4冊 : 平裝）. --

857.7　　　　102004461

著作者　不游泳的小魚
編輯　戴傳欣
校對　黃薇霓　林若馨
發行所　狗屋出版社有限公司
地址　台北市104中山區龍江路71巷15號1樓
電話　02-2776-5889～0
發行字號　局版台業字845號
法律顧問　蕭雄淋律師
總經銷　知遠文化事業有限公司
電話　02-2664-8800
初版　102年5月
國際書碼　ISBN-13　978-986-328-058-3
原著書名　《望门闺秀》，由瀟湘書院（www.xxsy.net）授權出版

定價230元
狗屋劃撥帳號：19001626
網址：love.doghouse.com.tw　E-mail：love@doghouse.com.tw